LES PASSAGES

CLAUDE GUTMAN

LES PASSAGES

roman

ÉDITIONS DU SEUIL
*27, rue Jacob, Paris VIe*

ISBN 2-02-031512-2

A mon père

Qui attend Joseph ? Qui sait même qu'il existe ? Qui s'intéresserait à ce jeune homme tout en os de vingt-deux ans, en chemisette et treillis, grelottant en plein été sur le pont d'un paquebot ? Pris d'un vertige, il s'agrippe au bastingage, mains moites. Il tremble de froid, de peur, d'angoisse, de solitude. La fin du voyage. Il vient d'apercevoir la côte.

Les deux remorqueurs crachotent une fumée grise. La femme et le gosse qui s'installent à ses côtés parlent fort.

– C'est Marseille ?

– Oui, mon chéri. La France, ton pays.

Elle soulève l'enfant dans ses bras. Elle le serre contre elle.

– Tu verras, ton papa sera là, sur le quai.

Elle repose l'enfant. Il s'accroche au treillis de Joseph.

– Tu sais, monsieur, je vais voir mon papa. Il m'attend.

Joseph veut lui sourire. Joseph pleure, sans retenue, sans fausse pudeur. L'enfant ne comprend pas. Il regarde les larmes du monsieur qui glissent lentement. Joseph sent une petite main se poser sur la sienne. Une main chaude de soleil. Joseph ne veut pas regarder l'enfant. Il prend la main dans la sienne. Il la presse.

– Laisse le monsieur tranquille, ordonne la mère. Viens que je te coiffe.

La petite main se retire. Les larmes de Joseph n'ont pas cessé de couler. Il sent deux silhouettes s'éloigner et le regard d'un gosse de cinq ans tenter d'accrocher le sien. Toi, petit, quelqu'un t'attend. Joseph s'essuie le visage d'un revers de bras. Le froid, la peur, qui l'avaient abandonné, le reprennent. Le doute aussi. Et s'il s'était trompé ? Si ce retour en France n'était que le coup de tête d'un sale gosse ? Si sa toute jeune vie n'avait été qu'une course folle qu'il fallait arrêter ? Si… ? A vingt-deux ans, il est épuisé d'avoir déjà tant couru, bataillé. Sa dernière victoire, il l'a gagnée par la force, une fois encore, quinze jours auparavant.

Le consul de France à Haïfa lui ferme sa porte depuis des semaines. Il est en mission, en voyage, à l'étranger, occupé. Tous les prétextes sont bons pour un huissier qu'un simple bakchich aurait convaincu. Mais Joseph n'a que l'argent du voyage. Il dort à la belle étoile, vit de fauche et de petits boulots sur le port. Puis il file au consulat vérifier que Monsieur le Consul est bien là. Joseph peut voir les lumières de sa chambre s'éteindre avant de gagner un buisson sur les pentes du Mont-Carmel, aux aguets, pour ne pas être surpris par une patrouille anglaise.

– Mais puisque je vous dis que Monsieur le Consul est absent !

L'huissier est déjà par terre, se tenant le plexus, incapable de hurler.

En quelques secondes, Joseph a gravi l'étage. Un

coup d'épaule. La porte s'ouvre. Monsieur le Consul est devant lui, en maillot de corps et caleçon, nu-pieds, déballant un superbe morceau de bœuf, enveloppé dans un journal, sur le très officiel bureau consulaire. Un malheureux Arabe compte quelques billets. Il s'enfuit. Joseph porte la main à sa poche. Le consul le supplie du regard. Joseph sort lentement son cran d'arrêt. D'un coup, il le plante dans la barbaque.

– Je vous accorde trente secondes pour me donner le papier que vous me refusez depuis vingt-sept jours. Trente secondes.

Joseph parle d'une voix blanche, avec lenteur, se maîtrisant. Il sait qu'il peut tuer. Il n'a rien à perdre.

Le consul tremble. Il pousse le morceau de viande, tire la machine à écrire. Un murmure.

– Votre nom ?

– Joseph Katz, avec un K et un Z.

Deux doigts tapent. Quelques lignes sur une feuille. Un coup de tampon.

– Voilà. Vous pouvez quitter la Palestine.

Joseph arrache la feuille. Il reprend son couteau. Il se dirige vers les rideaux. Il essuie la lame.

Il entend :

– Je ferai un rapport, monsieur Katz. En France, ils vous cueilleront...

Joseph hausse les épaules. L'huissier est toujours à terre. Joseph le regarde.

– Tu vois, ce papier, je te le ferais bien bouffer... mais...

Il court vers les docks, s'effondrant en larmes sur un tas de sable. Tant de violence, tant de haine pour un simple morceau de papier.

Joseph vérifie que le laissez-passer est toujours dans la poche de son treillis. Joseph cherche le petit garçon. Un sourire chasserait le doute. A-t-il vraiment bien fait de revenir ? L'enfant n'est plus là pour le rassurer. Les derniers mots du consul reviennent à la mémoire de Joseph. « Ils vous cueilleront. » Joseph serre son cran d'arrêt. Qu'ils viennent donc. Il les attend. Mais pas comme la dernière fois. Ce seront peut-être les mêmes : des policiers français. Ceux dont Joseph n'a pas vu le visage et qui, ce petit matin du 16 juillet 42, ont cassé sa vie. Il avait passé, la veille, toute une partie de l'après-midi à convaincre Schlomo et Ida d'aller se réfugier ailleurs, n'importe où, mais surtout de quitter l'appartement-atelier.

– Mais la rafle est imminente, papa.

– Qu'est-ce que ça veut dire, « imminente » ? Tu parles à tes parents comme un professeur. Tu ne peux pas faire comme tout le monde, monsieur Je-sais-tout ? La rafle, qu'est-ce que tu connais pour donner des leçons ? Hein, qu'est-ce que tu connais de la vie ?

Schlomo a haussé le ton. Est-ce qu'un gamin de dix-huit ans allait lui donner des ordres ? Est-ce qu'il l'avait attendu pour fuir les pogroms ? Schlomo savait sentir le danger.

Ida a regardé son mari s'emporter dans un mélange de yiddish et de français.

– Calme-toi, Schlomo. Écoute au moins ton fils ! C'est important ce qu'il dit. Ce n'est pas parce que tu cries le plus fort que tu as le plus raison.

Joseph a remercié sa mère.

– Et moi ce que je dis, c'est pas important ? Je compte pas. Parce que Monsieur a le certificat d'études, son père c'est un imbécile ? Une rafle. Qu'est-ce que tu racontes ? On est en règle. On a des papiers français. D'accord, ils nous ont mis l'étoile, mais c'est la loi. Et toi, tu es un mauvais Français. Tu ne peux pas obéir comme tout le monde. Jamais tu ne l'as mise, l'étoile, pas une fois. Tu l'as même piétinée devant moi. C'est comme ça que je t'ai appris ? C'est comme ça que tu nous remercies ?

Joseph aurait pu claquer la porte comme à chaque tempête stupide de son père. Mais ce jour-là, pas question d'abandonner la partie.

Joseph s'est mis à hurler debout, les mains sur la table.

– Mais tu vas arrêter tes conneries, papa ! Tu ne comprends rien. Tu ne sais rien. Qu'est-ce que j'en ai à foutre de ton étoile jaune ? Aujourd'hui, c'est toi qui m'écoutes.

Schlomo, la grande gueule, est resté muet. Il a baissé les yeux, tripotant son verre de thé. Lui, ne se serait jamais permis de parler ainsi à son père.

Joseph s'est radouci.

– J'ai des informations sûres, papa. Ils vont rafler les Juifs. C'est tout ce que je sais. Alors, on débarrasse le plancher. Vous prenez vite vos affaires et vous me suivez. Je sais où vous cacher pour un temps.

Ida a regardé son fils avec fierté. Joseph ne l'a pas vue. Elle réalisait tous les silences, toutes les absences, toutes les insolences de son fils depuis l'entrée des Allemands à Paris. Elle commençait à comprendre son refus obstiné d'aller faire tamponner sa carte d'identité d'un JUIF infamant. Il ne les avait pas accompagnés au commissariat. Il ne rentrait plus à la maison, inventait.

Pour Schlomo, Joseph n'avait jamais été qu'un fainéant. Schlomo prenait la terre entière à témoin, ses voisins et ses ancêtres – que Dieu ait leur âme ! – pour secouer Joseph.

– Mais qu'est-ce que j'ai fait pour avoir un fils pareil ! A ton âge, je travaillais déjà. Mon père avait installé la machine à coudre dans la rue et je piquais jusqu'à la nuit tombée. Tu vois mes lunettes, Joseph ? Tu vois mes lunettes ?

Joseph ouvrait un œil, bâillait.

– C'est parce que j'ai trop regardé les surpiqûres que je suis devenu myope.

Lassé, Joseph lançait :

– Mais tu n'es pas myope, papa, tu es presbyte. Tu ne vois pas de près, c'est tout.

Il avait le don d'exaspérer Schlomo.

– Et en plus, tu vas m'apprendre ce que j'ai !

Schlomo quittait la chambre, claquant la porte.

Ida recevait les éclaboussures de ses colères.

– Et toi, tu lui pardonnes tout, tu laisses tout passer. Ça te gêne pas qu'il donne pas un coup de main, qu'il sorte tout le temps. Et tu sais ce qu'il fait, la nuit ? Tu sais ? Monsieur croit qu'il peut jouer avec le couvre-feu, que les Allemands vont lui faire des politesses... Pfff !

Schlomo n'attendait pas de réponse. Il retournait à sa table de coupe, à son fil, son aiguille pour rapiécer de vieux vêtements qui devraient tenir longtemps pour cause de rationnement textile.

Ida pardonnait tout à son fils. Joseph ne laissait rien passer à son père. Mais cette fin d'après-midi-là, sa voix avait changé.

– Écoute, papa. Je n'en sais pas plus. Mais vous rassemblez vos affaires et vous me suivez.

L'entêtement de Schlomo.

– Mais qu'est-ce que tu racontes encore ? Si quelque chose devait arriver, je le saurais et tous les autres aussi. Monsieur Treber, monsieur Jablonka, madame Stein, ils sont aussi malins que toi mais eux, la rafle, ils n'en ont pas parlé. Ils seraient venus nous dire... Tu crois que l'Amicale, elle ne fonctionne plus parce que les rassemblements sont interdits ? On se parle, nous, pendant que tu fais je ne sais pas quoi.

Joseph a soupiré, sans s'énerver.

– Je répète, papa. Il va y avoir un énorme coup de filet. Tout est prêt. La police a reçu des instructions. Il faut partir...

– Parce que la police, elle te donne des renseignements, à toi. Elle t'écrit, peut-être, ou elle te convoque pour te dire ce qu'elle va faire. « Monsieur Joseph Katz, nous allons arrêter les Juifs et surtout dites-le bien à vos parents »... Tu es fou, mon fils. Tu es fou. Meschiguè !

C'en est trop pour Joseph.

– Pauvre con. Mais quel con ! Tu ne penses qu'à toi. Et maman, alors ? Tu veux qu'elle crève ?

– Je t'interdis...

Schlomo jette son verre par terre. Il tente d'attraper Joseph par le col. Une esquive. Schlomo trébuche. Ida supplie Joseph du regard. Elle aide Schlomo à se relever. Il la repousse. Il fond à nouveau sur Joseph. Il se croit encore ce père tout-puissant, punissant un marmot à coups de courroie de machine à coudre. Mais le marmot ne l'est plus. Il sait se battre. Et, pour la première fois, au moment où son père allait lui agripper le bras, Joseph a levé la main sur Schlomo. Un coup de poing parti à toute force, rompant dix-huit années de soumission. Schlomo n'a rien compris. Il s'est retrouvé au tapis, sonné, se tenant la mâchoire, hébété, cherchant un soutien. Joseph a fait le geste. Ida l'a devancé. Mais Schlomo l'a repoussée une fois encore. Et c'est en titubant, fierté blessée, qu'il est allé s'enfermer dans la chambre à coucher.

– Tu n'aurais jamais dû, Joseph.

Joseph pleure sur l'épaule de sa mère. Il sait qu'il a eu tort. Il sait pourtant qu'il a eu raison. Il ne sait plus. Il sent la main d'Ida lui caresser les cheveux. Il sanglote. Elle ne dit rien. Elle le laisse à ses hoquets qui s'apaisent. Joseph s'arrache à l'étreinte de sa mère.

– Mais pourquoi, pourquoi, nom de Dieu, m'a-t-il obligé à faire ça ? C'est de sa faute. C'est un salaud, un salaud.

– Tais-toi, Joseph. Tais-toi. On ne parle pas de son père ainsi. Tu lui dois le respect.

L'ordre ferme d'Ida. Mais sa voix la trahit. Elle a pris le parti de Joseph, depuis longtemps, depuis toujours. Elle se détourne. Elle sort un mouchoir de son tablier. Elle s'essuie les yeux. Elle tend le mouchoir à Joseph. Il n'en veut pas.

Ils sont assis côte à côte, n'osant se regarder. Ida pose sa main sur celle de son fils. Elle ose une question dont elle connaît la réponse.

– Tu iras t'excuser, hein ?

– Jamais !

Joseph n'a pu se retenir. Finies les demi-mesures pour faire plaisir à sa mère. Joseph sait qu'il vient de rompre un pacte tacite.

Il prend la main de sa mère dans la sienne.

– Écoute, maman, tu essaieras de lui expliquer. Il ne reste que quelques heures avant le couvre-feu. Il faut que vous partiez. Moi, j'ai fait ce que j'ai pu. Cachez-vous... c'est pour demain. Tu me crois, au moins ?

Ida serre la main de son fils. Bien sûr qu'elle le croit.

– Mais tu sais bien, Joseph, que je ferai comme lui. Je n'ai pas le choix. C'est mon mari. Tu comprends ?

– Non. Je ne veux plus rien comprendre. Plus rien.

Joseph se lève avec brusquerie. Il file dans sa chambre. Il décroche son costume, prend quelques sous-vêtements, deux chemises puis, sans ordre, entasse ce qu'il peut dans la valise qu'il descend du haut de l'armoire. Il la ferme en s'aidant du genou. Au passage, il attrape un livre.

Sa mère est toujours assise, la tête dans ses mains. Il va droit vers elle. Il embrasse ses cheveux gris. Ida se cache les yeux. Elle sursaute quand claque la porte d'entrée.

Un murmure.

– Mon fils ! Mon fils ! Joseph !

Il n'est plus là pour entendre.

Sur le pont du bateau qui accoste, Joseph prend son temps. A quoi servirait de se hâter ? Personne à embrasser, personne à rencontrer, personne à qui confier quelques miettes d'une errance commencée par cette porte qui claque, le 15 juillet 1942. Joseph descend la passerelle, bon dernier, son maigre bagage à la main, une petite valise de mauvais carton, à peine remplie. Joseph n'a plus rien. Au fil de quatre années, il s'est dépouillé du superflu. Il a appris à repartir de rien, toujours, indéfiniment. Pour quitter la France, passager clandestin, un an plus tôt sur un rafiot qui gagnait la Palestine, il avait même dû jeter à la mer ses papiers d'identité ! Seule, sauvée de tous les désastres de la guerre, récupérée avant sa décision de regagner la Terre promise : la photo de ses parents. Schlomo et Ida, dans leurs habits du dimanche, un jour de fête de l'Amicale israélite, peu avant la drôle de guerre.

Schlomo en costume sombre, chemise blanche, cravate nouée en triangle. Ida en tailleur strict, souriante et sérieuse.

Joseph s'était juré qu'il pouvait tout laisser derrière lui, excepté cette seule image rescapée du grand naufrage.

Il l'avait longtemps regardée, après la Libération, chez monsieur Rosenblatt où il avait échoué, le soir de son retour. Il n'avait rien dit. Il avait pleuré. Le visage de son père. Le visage de sa mère. Mais pourquoi, pourquoi Schlomo ne l'avait-il pas écouté ?

Joseph, sitôt descendu du train dans un Paris en liesse, aux barricades encore dressées, s'était précipité vers sa rue, son immeuble, son appartement. Peut-être que... S'il montait les cinq étages en moins de trente secondes... S'il posait le pied droit à chaque palier... Si... Comme quand il était gosse et magique. Il était adulte et toujours magique. Il y croyait. Il y croyait tant. A qui fera-t-il jamais partager ces instants où le désir broie toute réalité ? Où, marche après marche, la main sur la rampe pour se donner davantage de force, il anticipe les retrouvailles, les étreintes, l'amour partagé ? Il a tant attendu. Schlomo, Ida. Ils sont derrière la porte. Il suffit d'un coup de sonnette. Et le doigt de Joseph s'y appuie. S'en crever les tympans. Réaliser soudain que la sonnette est muette, que seul le silence d'une maison vide répond à son attente. Alors Joseph tambourine du pied, de plus en plus vite, de plus en plus fort. Il secoue des deux mains l'énorme bouton de cuivre. Il appelle. Il hurle : « Papa ! Papa ! Maman ! » Il supplie. Il chuchote. Il se colle à la porte. Les larmes de colère sont là. Mais pourquoi, pourquoi Ida, elle au moins, ne l'a-t-elle pas écouté ? Elle serait là. Elle ouvrirait. C'est une autre porte qui s'ouvre et que Joseph n'entend pas. Un homme le regarde. Un visage que Joseph reconnaît. Un visage qui reconnaît Joseph. Un visage qui lui dit, pleurs retenus, ce que Joseph ne veut pas entendre.

Épuisé, il se recule, regarde la porte. Il descend l'escalier, lentement.

Dans la rue, du trottoir d'en face, il entrevoit les volets clos. Il marche, désemparé, trahi. Schlomo, Ida ne lui ont pas fait confiance. Il s'adosse au mur chaud d'un immeuble. Entre colère et douleur, il tangue, dans les rues de son quartier. Rien n'a changé, sinon le regard surpris que quelques commerçants portent sur lui. Un signe de la main. Un sourire. Joseph ne répond pas. Seules les boutiques au rideau de fer baissé l'intéressent. Joseph n'a guère besoin d'explication. Quelques dizaines de mètres encore. Monsieur Rosenblatt et son ventre replet prennent l'air sur le pas de la boucherie. Joseph frissonne. Il court. Il court et se jette contre le tablier blanc taché de sang de monsieur Rosenblatt qui, lui aussi, pleure en silence. Ils se sont enlacés. Odeur de sciure et de viande qui écœurait Joseph enfant. Odeur de sciure et de viande dans laquelle Joseph s'enivre d'autrefois. Quelques secondes, quelques minutes qui abolissent le présent. Joseph donne la main à Ida. Il n'ose pas lui dire le dégoût de tous ces poulets déplumés qui pendent aux crochets, de ce carrelage sanguinolent. Joseph se blottit contre elle. Elle lui caresse les cheveux comme le fait monsieur Rosenblatt murmurant son prénom. « Joseph. Joseph. Qui aurait cru ? » Il n'y a rien à croire qu'à se laisser bercer dans ces bras puissants, apaisants, dans ce parfum de viande devenu délice.

Rien n'a changé dans la salle à manger de monsieur Rosenblatt. Joseph est assis, buvant l'eau fraîche sortie de la glacière. Monsieur Rosenblatt regarde boire Joseph. A qui parlera le premier. Joseph veut tout savoir mais il se tait. Monsieur Rosenblatt veut tout lui apprendre mais il a peur. La carafe d'eau tinte contre les verres. Les regards se croisent, s'évitent, s'ignorent. Les yeux de monsieur Rosenblatt sont rouges de larmes. Joseph feint de ne pas remarquer le mouchoir qui les essuie. Il fixe le lustre, ses doigts, le buffet. Il sait que les liqueurs sont à gauche. Pourquoi auraient-elles changé de place ? C'est là que monsieur Rosenblatt les prenait pour offrir un verre de schnaps maison à Schlomo et Ida. Il en servirait à Joseph, plus tard, quand il serait grand. Joseph est grand. Monsieur Rosenblatt n'a pas la force de se lever. Monsieur Rosenblatt ne tient pas ses promesses. Un sourire passe sur les lèvres de Joseph. Quelle importance ? Et le silence à nouveau. Plus même le tintement de la carafe, le grincement des chaises. Soudain, monsieur Rosenblatt, de sa pogne de boucher aux mains couturées de cicatrices, frappe un grand coup sur la table. Il tape son front contre la toile cirée. Joseph ne voit plus son visage. Monsieur Rosenblatt bafouille en hoquetant.

– Ils sont morts, Joseph. Ils sont morts. On n'a rien pu faire pour eux. C'est fini. C'est fini, tu comprends ? Fini. Fini.

Joseph regarde la grosse boule de cheveux roux qui se cogne avec obstination contre le plateau de la table. Se faire mal. Le plus mal possible.

Joseph ne dit rien. Il se lève, s'approche de monsieur Rosenblatt. D'une main, il lui attrape la tignasse, lui relève la tête et le contraint à le regarder droit dans les yeux.

– Je veux tout savoir, monsieur Rosenblatt. Tout. S'ils sont morts, ni mes larmes ni les vôtres ne les feront revenir.

La voix sèche de Joseph. Il n'a pas lâché prise. Il tient une poignée de boucles à en arracher le cuir chevelu.

Monsieur Rosenblatt n'a pas un geste de défense. Il se laisse traîner jusqu'au fauteuil où Joseph l'abandonne. Lui, tire une chaise. Il s'installe. Le temps ne compte plus. Pas davantage que les soupirs de monsieur Rosenblatt, ses mimiques de détresse, ses reniflements. Joseph attend, assis, raide, blême. Et il se laisse emporter par les mots maladroits de monsieur Rosenblatt, avec Schlomo et Ida, au petit matin du 16 juillet 1942. Il les suit dans leur lente marche au supplice dont il découvre les étapes, une à une.

– Ils sont venus chez nous d'abord, Joseph. C'était tôt le matin. Deux agents de police. Ils ont vérifié les papiers. Ils avaient l'air triste. Ils se sont regardés. Ils nous ont dit de prendre nos affaires. Ils avaient une liste. On a obéi. Deux valises. Ils nous ont laissé du temps. J'ai demandé où on allait. Le gros a dit qu'il ne savait pas. Ils ont fermé l'eau, le gaz et l'électricité. Ils nous ont pris nos clés. Ils les ont laissées chez la concierge en lui disant qu'elle était responsable de l'appartement. Dehors, c'était le silence. On marchait tous avec notre étoile, nos couvertures sur l'épaule. Moi, je portais la valise de ma femme... Je n'ai jamais vu autant de flics. Et les familles descendaient des immeubles. Madame Pludermacher hurlait. Elle regardait vers sa fenêtre. Ses deux grands lui faisaient signe. Pourquoi ils ne les ont pas pris ? Je ne sais pas. C'est devant chez toi que j'ai rencontré tes parents. On s'est fait signe de la tête. Comme si on s'interdisait de parler. Pourtant, personne n'avait interdit. On a marché jusqu'au centre de rassemblement. Quelques gosses pleuraient. On a attendu. Avec tes parents, on a décidé de ne pas se quitter. Ta mère a parlé de toi.

« Dire qu'il nous avait prévenus... »

Ton père s'est mis en colère. Il s'est tourné vers moi.

« Qu'est-ce qu'on risque, hein, Samuel ? On est français. On ne risque rien. Ils vont nous relâcher. D'ailleurs, tu vas voir. »

Ton père est allé vers un gradé. Il s'est fait rembarrer.

« J'en ai rien à foutre de votre histoire de français ! Moi aussi, je suis français. Vous verrez ça plus tard... »

Il l'a renvoyé dans notre sous-sol, au commissariat. On étouffait. On était peut-être cent, entassés. Les bébés avaient faim, les vieux se lamentaient, les jeunes les calmaient. On se posait tous les mêmes questions. Où est-ce qu'ils nous emmènent ? Pourquoi ? Qu'est-ce qu'on avait fait ? On n'avait fait que d'être juifs, juifs.

Joseph regarde monsieur Rosenblatt. Il connaît la litanie. Il veut seulement qu'on lui parle de ses parents. Il ne pose pourtant pas de questions. Il fixe monsieur Rosenblatt qui reprend souffle. Il poursuit. Rien que Joseph ne sache déjà. Les autobus réquisitionnés, le Vel' d'Hiv. Mais seules les réactions de Schlomo et d'Ida l'intéressent. Les autres, Joseph s'en fout.

Il guette Ida sur les gradins du vélodrome. Elle soutient Schlomo qui soupire. Elle le quitte pour aider à la distribution de n'importe quoi. Elle revient s'endormir à même la piste aux côtés de la famille Rosenblatt.

– Le pire, ce n'est pas les quatre jours qu'on a passés là. D'accord, on a eu chaud, faim, soif, mais on espérait encore. Il y avait les dames de la Croix-Rouge. Elles nous disaient quelques mots en distribuant l'eau ou ce qu'elles appelaient « café ». Ton père ne voulait rien accepter d'elles. Ta mère le suppliait. Mais tu le connais...

Monsieur Rosenblatt se tait. Il parle de Schlomo comme s'il vivait encore.

Joseph ne bronche pas.

– Excuse-moi, Joseph.

– Vous excuser de quoi ? Vous y êtes pour quelque chose ?

Monsieur Rosenblatt secoue la tête.

– Allez-y, racontez, racontez tout ce que vous avez vu, tout ce que vous avez appris. Parlez-moi d'eux.

– On ne savait pas que Drancy c'était si près de Paris. Ils nous attendaient. On est arrivés en une heure à peine. Il y avait tellement de monde que je n'ai pas vu tout de suite comment c'était construit. La « fouille » d'abord par la PQJ [1]. Ils nous ont pris notre argent. Là, j'ai perdu ton père et ta mère. J'ai passé les barbelés pour entrer dans la cour du camp. Je me suis retourné. J'avais perdu ma femme aussi. Ils m'avaient

1. Police aux questions juives.

donné un matricule. Bloc 4. Escalier 16. Chambre H. « Et surtout n'oubliez pas ! », ils ont gueulé. J'ai attendu pour voir ma femme. J'ai été poussé, bousculé. J'ai failli me retrouver par terre sur le mâchefer. Tout le monde cherchait quelqu'un et tout le monde cherchait son bloc, son escalier, sa chambre. Tu parles de chambre ! Prévue pour cinquante, on était soixante-dix, quatre-vingts, des matelas pleins de vermine, quand il y avait des matelas. Il a fallu enjamber des corps dans l'escalier, dans les couloirs. Je me suis dit que ça s'arrangerait. Je me suis posé dans un coin. Un vieil homme pleurait.

Un ancien, raflé, d'août 41, dans le XIe, a hurlé : « Installez-vous comme vous pouvez, après ça ira mieux ! » On s'est tournés vers lui. Il savait. Réveil à sept heures. Appel à neuf. Soupe à onze. Sieste à quinze. Distribution de pain à seize. Appel à dix-huit. Extinction des feux à vingt et une heures. Ça semblait organisé. Mais c'était avant qu'on arrive, qu'on soit des milliers, je ne sais pas combien. Tu ne peux pas imaginer, Joseph. Tu ne peux pas. La queue au « château », le petit coin : un long bâtiment de briques rouges. Quand ça te prenait, tu faisais n'importe où, dans les escaliers qui puaient déjà. Le « château », Joseph, le « château ». On est devenus des loques en quelques jours. Ce raflé de 41 nous gueulait qu'on était des « Mensh », qu'il fallait savoir se tenir devant les gendarmes qui nous gardaient. « Votre honneur, votre honneur ! » ; il répétait ça sans arrêt. On se reprenait. Puis on retombait.

Joseph écoute. Les coudes posés sur ses genoux, fixant la bouche de monsieur Rosenblatt, il semble assommé, avalant ces détails sans plus d'importance. Il attend Ida et Schlomo.

– A la première promenade, j'ai retrouvé ma femme et ta mère. On est restés d'abord sans pouvoir bouger. On se regardait sans rien oser. Et puis ma femme s'est jetée dans mes bras. Elle s'est mise à pleurer. Ta mère a avancé vers nous. A son regard, j'ai compris. Je lui ai pris le bras. On a marché. On cherchait ton père au milieu de tous les autres qui cherchaient aussi. Tout le monde hurlait pour couvrir les hurlements des autres. Tout le monde demandait des nouvelles de n'importe qui. Vous n'avez pas vu monsieur Finkelstein ? Vous n'avez pas vu madame Taub ? Vous n'avez pas vu... ? On faisait « non » de la tête et on continuait à chercher. C'était la première fois que je faisais le tour du camp, avec ma femme à mon bras et ta mère devant nous. Un rectangle, trois bâtiments et sur le quatrième côté, les barbelés et le portail par lequel on est entrés. Vingt-deux escaliers par bâtiment de quatre étages. Au premier, une marquise de ciment qui court tout du long. Tout autour du camp une double rangée de barbelés : le chemin de ronde, avec des miradors et des gendarmes. Et brusquement un hurlement qui couvre tous les hurlements. A peine le temps de tourner la tête. Une femme vient de se jeter de la marquise. Un attroupement vite dispersé. On enlève le corps. On entend « pauvre femme ». Certains haussent les épaules. On repart pour un autre tour. Au Vel' d'Hiv, on en a vu aussi des gens se tuer en sautant de tout là-haut. Qu'est-ce qu'on leur avait fait, Joseph, pour qu'ils nous traitent comme des chiens ?

Joseph soupire. Comme si monsieur Rosenblatt ignorait la réponse ! Qu'il la ferme et qu'il poursuive.

Mais monsieur Rosenblatt semble ailleurs. Joseph lit dans ses yeux l'horreur qu'il décrit. Joseph attend. Il reprend souffle, lui aussi. Que pensait Ida ? Où était son père ?

Monsieur Rosenblatt attrape la main de Joseph qu'il tient dans la sienne. Il peut poursuivre.

– Au coup de sifflet de la fin de promenade, j'ai pris ma femme dans mes bras, je l'ai embrassée. J'ai embrassé ta mère. Je lui ai dit d'être courageuse. Pas besoin de lui dire. Elle m'a regardé tristement. Elle m'a souri d'un bon sourire. Elle m'a tourné le dos. Elle est partie. « A demain, au même endroit », j'ai crié. Elle a hoché la tête. Je suis remonté. De nouveau cet escalier. Aider les vieux, marche après marche. De nouveau le long, long couloir d'où on voyait la cour. Le bruit des chaussures qui traînent, l'odeur atroce de merde qui envahit tout, puis un murmure. Un seul murmure. Mon prénom qu'on prononce. Je suis sûr que c'est mon prénom. Je regarde. Je ne vois rien. Je fais marche arrière. Et là, à l'entrée d'une chambre, en haut du châlit, ton père. Tu ne peux pas savoir le bonheur…

Monsieur Rosenblatt écrase la main de Joseph.

– Tu ne peux pas savoir le choc non plus. Je l'ai embrassé. Il n'était pas rasé. En quatre jours, il avait pris dix ans. Il vaut mieux que je te dise la vérité, Joseph. Ton père a chuchoté : « Ida ? » Je l'ai rassuré. Il viendrait avec moi à la prochaine promenade. J'ai vu dans ses yeux juste une étincelle de bonheur. Il m'a dit : « Je n'ai plus de force, Samy. » Je l'ai secoué. « Il faut que tu te lèves, Schlomo. Il le faut. Il faut que tu manges. Je suis à côté. Je passerai ce soir… » J'ai dû quitter la pièce dans la bousculade. Le soir, j'ai pris mes 200 grammes de pain et ma soupe : de la flotte et quelques morceaux de patates. Je lui ai porté. Je l'ai aidé à s'asseoir. Je lui ai tendu mon pain. Il a fait non de la tête... « Je ne peux rien avaler... » « Mais si, mais si, Schlomo. » Il m'a montré sa portion de pain. Il ne l'avait pas touchée. « Essaie, Schlomo. » Il a croqué un minuscule morceau. Aussitôt, il a tout vomi. Son voisin de lit a rouspété qu'il pouvait faire attention, non ? Qu'au moins la moitié de la chambre était malade et que ce n'était pas une vie. Je lui aurais bien cassé la gueule. Schlomo s'est excusé. « Demain, ça ira mieux. J'irai à la promenade avec toi. » Il m'a donné son pain. Je n'ai pas fermé l'œil de la nuit. Ton père était à quelques mètres de moi et je ne pouvais rien. Qu'est-ce qu'ils allaient faire de nous ? Quand est-ce qu'on sortirait ? J'ai vu le jour se lever. J'ai attendu, attendu l'heure de la promenade. Je me suis précipité dans la chambre de ton père. Il m'a dit qu'il se vidait de partout, qu'il avait froid, qu'il avait chaud. Il ne savait plus. J'ai dû le porter sur mes épaules jusque dans la cour. Et il a vu ta mère. Il m'a ordonné de le poser sur ses jambes. Je l'ai soutenu. Ida l'a regardé. Elle s'est approchée. Il m'a repoussé. Il voulait tout lui cacher, rester debout sans aide. J'ai vu des larmes dans les yeux de ta mère. Ton père s'est écroulé par terre. Ida s'est agenouillée. Elle lui a caressé le visage. Elle a posé sa tête contre sa poitrine. Elle s'est tournée vers moi. « Il faut qu'on l'emmène à l'infirmerie. Il faut faire quelque chose, vite, vite, Samy... » J'ai obéi.

Monsieur Rosenblatt s'est tu un long moment. Immobile, pressant toujours la main de Joseph, il refait sa course vers l'infirmerie du Bloc 3. Il voit à nouveau les infirmières impuissantes, occupées à soigner les enfants.

– Alors je suis revenu chercher ton père. Je l'ai remis sur mon épaule. J'ai forcé la porte de l'infirmerie. « Dysenterie ! a laissé tomber une infirmière. Qu'est-ce que vous voulez qu'on fasse ? On n'a rien, rien. » Ton père a agonisé. A la promenade du troisième jour, ta mère est venue vers nous. « Il est mort cette nuit », elle a dit.

Monsieur Rosenblatt a éclaté en sanglots, se mordant le pouce pour que ça cesse, se mordant jusqu'au sang.

– Les salauds ! Les ordures ! Ils l'ont laissé crever. Ils n'ont rien fait.

Monsieur Rosenblatt est debout dans la salle à manger. Il tourne autour de la table. Il balance un coup de pied dans une chaise. Puis sa voix change, douce ; celle qui pardonne.

– Tu sais, Joseph, les infirmières, les médecins, ils étaient juifs, comme nous, prisonniers. Ils ne pouvaient vraiment rien. On ne peut pas leur en vouloir. Ils étaient au même régime que nous. Et ils bossaient, ils bossaient, sauvant tout ce qui pouvait être sauvé... les pauvres.

La voix cinglante de Joseph qui n'a pas bougé de son siège, raide.

– Et ma mère ?

Monsieur Rosenblatt s'approche de lui. Il pose ses mains sur les épaules de Joseph. S'appuie-t-il sur lui pour raconter l'histoire d'Ida ?

– Ta mère, c'était une sainte. Quand ton père est mort, elle a caché ses larmes. Elle nous a dit qu'il y avait bien plus malheureux qu'elle... Elle s'est portée volontaire pour s'occuper des enfants. Tu sais, Joseph, ces salauds, ça ne leur avait pas suffi d'interner les adultes. Ils s'en sont pris aux gosses, des gamins, des bébés... Le docteur Blechmann, je le revois encore, cherchait partout des femmes pour l'aider. Il passait dans les chambrées, demandait qui était infirmière, étudiante en médecine... Ta mère n'a pas hésité. Elle s'est inventée aide-soignante. Tu n'imagines pas, Joseph. On était en août, une chaleur insupportable. Et le pire, le pire, l'inimaginable est arrivé. Entre-temps, j'avais été affecté au service des « effectifs ». C'est comme ça qu'on appelait les internés qui s'occupaient des petits boulots de l'administration. On pouvait apprendre plein de choses comme ça, donner des renseignements, aider, faire passer le courrier, des colis. Et puis les enfants sont venus nous rejoindre. On les déchargeait des autobus au milieu de la cour. On était allés les chercher à la gare du Bourget. Là, j'ai appris qu'il y avait aussi des camps à Pithiviers et Beaune-la-Rolande et que les gosses avaient été séparés de leurs parents. Ils avaient deux ans, dix ans, douze ans. C'est la chose la plus atroce que j'ai vue. Ta mère faisait partie des volontaires qui les accueillaient. Mais comment accueillir des gosses qui ne souriaient pas, perdus, égarés, qui mendiaient à manger ? Et ce tout petit garçon de trois-quatre ans qui s'accrochait au pantalon d'un gendarme pour qu'il le protège. L'autre l'a envoyé valdinguer. Un grand s'est approché. Il a pris le tout-petit par la main. Ils sont partis. Ils ne savaient pas qu'ils partaient encore plus loin. Où ? C'est ce qu'on se demandait tous. Tout le camp parlait des « départs ». Certains disaient que c'était pour travailler en Allemagne, d'autres que ça serait des camps de prisonniers comme en 14. D'autres ne disaient rien. Leurs yeux parlaient pour eux. Ils avaient peur. On avait tous peur. Mais pourquoi les gosses ? Est-ce qu'on allait faire travailler des enfants ? C'était ridicule, imbécile. Comment est-ce qu'on n'a pas compris ? Comment ? Dire que tout se passait au grand jour et qu'on n'a rien, rien compris… J'apercevais ta mère de temps en temps, un gosse blotti dans ses bras. Elle me faisait signe. Je l'ai vue aider les enfants à partir. Elle les accompagnait, la veille, à la fouille, dans la petite baraque où les inspecteurs de merde les dépouillaient de tout. A la sortie, des volontaires refaisaient les minuscules baluchons. J'ai vu, j'ai vu, Joseph, les enfants réveillés à cinq heures du matin. Je me souviens d'un petit qui ne savait même pas son nom et que j'ai habillé. Après, ils descendaient tous dans la cour mais d'abord, il y avait les cris, ceux qui ne voulaient pas obéir, ceux qui cognaient sur tout, sur tous. Plus personne ne pouvait les maîtriser… Et l'appel. Les petits qui donnaient la main aux grands. Ils nous cherchaient du regard. Puis ils montaient dans les bus jusqu'à la gare et de la gare…

Monsieur Rosenblatt pleure dans le dos de Joseph. Il pleure pour tous ces gosses qu'aucun gendarme n'a pleurés. Il revoit une toute petite fille aux longues anglaises qui embrasse son « nounours », puis lui donne la fessée en lui ordonnant de se tenir sage. Et partir.

Est-ce que ça se raconte tout cela ? Monsieur Rosenblatt serre les épaules de Joseph avec une force inouïe, celle avec laquelle il aurait étranglé le policier qui avait fichu un grand coup de pied à un gamin de sept ans parce qu'il n'avançait pas assez vite.

– Les salauds ! Les ordures ! Les fumiers !

Les seuls mots que monsieur Rosenblatt peut prononcer. Joseph, au bord de l'asphyxie, a rejeté lentement sa tête en arrière. Monsieur Rosenblatt s'est mis à lui caresser les cheveux doucement, chaleureusement, longtemps.

– Ce jour-là, je n'ai plus pensé qu'à moi, Joseph. A moi, à ma femme. Je savais qu'avec un certificat qui prouvait qu'on travaillait dans la fourrure, on pouvait être libérés. J'ai fait passer une lettre à ma sœur par un gendarme que j'ai payé cher, très cher. Et je me suis mis à attendre, à ne faire qu'attendre pour sortir de l'enfer. Le miracle est arrivé. La lettre. La lettre avec le certificat. « Métier libératoire. » En deux heures, on était sortis de l'horreur. Je ne me suis même pas retourné. Je n'avais même pas dit au revoir à mes amis, à ta mère... Pardonne-moi, Joseph, pardonne-moi. Un mois après, j'ai reçu une lettre du camp. Elle disait que ta mère venait de mourir... Ida. Ida... J'ai tellement pensé à elle.

Joseph s'est levé d'un bond.

Il a défié monsieur Rosenblatt du regard puis s'est jeté dans ses bras. Il a gémi « maman, maman », puis il s'est tu. Il ne voulait plus rien entendre, plus rien savoir. Il est parti. La porte a claqué. Monsieur Rosenblatt n'a pas su le retenir.

Dans la rue, Joseph s'est assis sur le bord du trottoir. Il a regardé l'eau couler. Combien de temps ? Pourquoi eux sont-ils morts et pas lui ? Il faisait presque nuit lorsqu'il est revenu chez monsieur Rosenblatt. Sa femme était là. Joseph l'a ignorée.

– Monsieur Rosenblatt, donnez-moi une photo de mes parents.

Monsieur Rosenblatt s'est précipité. Schlomo en costume sombre, chemise blanche, cravate nouée en triangle. Ida en tailleur strict, souriante et sérieuse à la fois.

A Marseille, descendu d'un paquebot, en marche vers la gare Saint-Charles, un après-midi de juillet 1946, Joseph repart, une photo enfouie dans sa méchante valise.

Paris au bout du voyage. Sur la banquette en bois d'un wagon de troisième classe, Joseph s'en veut de ne pas se mêler à la conversation. Il sourit quand on lui demande son avis. Il ignore tout. Il lui faut réapprendre la France. Il ne sait rien du procès du docteur Petiot. Il l'avait oublié, celui-là. Il ne sait rien du référendum de mai et de son rejet. Il voudrait poser des questions. Qui est au pouvoir ? Est-ce que tous les prisonniers de guerre, tous les déportés sont rentrés ? Il voudrait demander qu'on lui prête un journal, se replonger dans le monde. Joseph n'ose rien. On lui poserait des questions. Où étiez-vous jeune homme ? Vous avez donc perdu la mémoire ? Il lui faudrait parler de la Palestine, de cette année entre parenthèses. Il ne veut pas.

Joseph ne se soûle pas au litron que lui tend avec complaisance son voisin d'en face qui cherche à engager la conversation. Il se soûle de français, sa langue, qui tourbillonne dans le wagon. Jamais il n'a prêté tant d'attention aux mots, à cette musique, berceuse à laquelle il s'abandonne. Il est ivre de ces mots de tous les jours, anodins, qu'on lui a interdit d'utiliser là-bas en Palestine, au kibboutz. Ils sont à nouveau là, extraordinaires, dérisoires : les mots de sa langue. Joseph pleure de bonheur. Elle danse, cette langue qu'il retrouve, qui l'envahit, qui le recouvre doucement. Joseph se tourne, le front à la vitre pour cacher son émotion. Caresses sournoises. Il aimerait hurler « papa ! maman ! » comme les gosses qui se poursuivent dans la travée centrale. Il ne peut hurler que de l'intérieur. C'est un cri de haine. « Fumiers, vous avez tué mes parents. Papa ! Maman ! »

Sans plus s'occuper de ses compagnons de voyage, il se lève, tire sa valise du porte-bagages, l'ouvre et cherche des doigts la photo d'un jour de fête. Il la pose sur ses genoux. Il les regarde, Schlomo et Ida.

Joseph se souvient du jour lointain où, sorti de chez monsieur Rosenblatt, il s'était assis sur le bord du trottoir, regardant l'eau couler. Il n'avait en tête que des mots de reproche, de rage. Il insultait monsieur Rosenblatt.

– Pourquoi vous vous en êtes sortis ? Vous valiez mieux qu'eux ? Et votre femme, à côté de ma mère, c'est de la merde ! Elle n'a jamais levé le petit doigt pour aider qui que ce soit. Juste bonne à étaler ses bijoux. Je vous emmerde. Je vous crache à la gueule. Vous êtes des pourritures. Vous auriez pu faire quelque chose. Je vous hais. Je vous hais. Vous êtes vivants, ils sont morts.

Puis le silence dans sa tête.

– Je sais, moi aussi je suis vivant. Comme vous. Je ne vaux pas mieux. J'ai pourtant fait ce que j'ai pu. J'ai prévenu. Mais Schlomo n'a rien voulu entendre, comprendre.

Il hait Schlomo d'avoir entraîné Ida à la mort. Il se déteste d'avoir porté la main sur son père. Mais Joseph est certain d'avoir eu raison. Il aurait dû insister, user de plus de brutalité pour qu'il vive, qu'ils vivent. Il réinvente une scène plus violente pour les sauver. Il assomme son père. Il le prend sur son dos tandis que sa mère les suit dans l'escalier. Joseph les conduit jusqu'à la planque qu'il avait trouvée pour eux. Il les quitte, certain de les revoir. Il étreint sa mère. Il regarde Schlomo qui reprend seulement ses esprits.

Le train file vers Paris. Le bruit régulier des roues ne berce pas Joseph. Sa haine ne fait que croître. C'est de ma faute, c'est de ma faute, ce n'est pas ma faute... Et les coups pleuvent aussi. Ces coups qui fouettaient Joseph. Coups de ceinture, de ceinturon, de courroie de machine à coudre, pour des riens, des chapardages de monnaie, une mauvaise note... Le regard suppliant d'Ida. L'acharnement de Schlomo. La fessée cul nu, humiliante. Je le hais, je le hais, je le hais, je l'aime.

Joseph pleure dans un wagon de troisième classe. Des larmes de tous âges. Larmes d'amour. Larmes de colère.

Une main qui tapote son épaule, le fait sursauter. C'est celle d'un petit homme au visage sec. Joseph se tourne, arraché à son brouillard.

L'homme ne dit rien. Il tend simplement à Joseph la photo qui a glissé sur le sol. Joseph s'en empare, la fourre avec maladresse dans sa valise qu'il repose mécaniquement sur le porte-bagages. Il se rassoit.

La voix du petit homme est douce.

– C'est vos parents ?

Sur les banquettes de bois, le silence s'est fait. Son voisin d'en face a cessé de mastiquer sa tartine.

– C'était..., murmure Joseph.

Il s'essuie les yeux. Il esquisse un sourire d'excuse. Il leur permet, sans l'avoir voulu, de respirer enfin. Ils savent. Joseph ne les inquiète plus. Tout s'explique. C'était simple. Son gros joufflu de vis-à-vis peut à nouveau claquer des mâchoires et proposer gentiment une rasade de rouge. Les regards alternent entre pitié et compréhension. Joseph ne veut pas de leur pitié. Comment le leur dire ? Et le silence encore pour ne pas hurler. Joseph sent sur sa cuisse la pression d'une main. Il la regarde sans comprendre. C'est celle du petit homme au visage sec. Il la retire, pris en faute.

– Pardon.

Le petit homme, alors, avec lenteur, sort son portefeuille. Il en tire une photo qu'il tend à Joseph. Un tout jeune homme en habits militaires, souriant.

– C'était mon fils.

Le petit homme reprend la photo. Il la range soigneusement.

– Ils l'ont tué en 40. Il est mort au début de l'offensive allemande. Au tout début. Un mort pour rien. Mon garçon…

Le petit homme se tait. Il regarde autour de lui, ses voisins aux aguets.

Il se lève, offre une cigarette à Joseph.

– Venez, on sera plus tranquilles là-bas.

Au fond du compartiment, le petit homme digne raconte. Qu'importe que Joseph ne le regarde pas ! Une voix l'enveloppe qui murmure la mort d'un fils, les années noires, la Résistance.

– Oui, jeune homme, j'ai lutté avec les communistes. Qui l'aurait cru ? J'avais fait confiance à Pétain. En 17, j'avais votre âge… Je ne me suis pas méfié. Il a trahi la France. J'espère qu'on va bientôt le condamner à mort : c'est tout ce qu'il mérite…

Il parle tout seul, le petit homme.

– Et si vous saviez ce qu'ils ont fait aux Juifs ! C'est dans le journal. Ils parlent du procès, à Nuremberg. Ils les ont déportés… Mais vous étiez trop jeune pour savoir. Moi, j'ai cru qu'on les arrêtait. Je les ai aussi vus revenir des camps. Jamais vous ne me croirez. Tout ce que je dirais est inimaginable. Et nous, on ne savait rien. Les Boches les ont tués avec méthode. Il y a encore des rescapés. Combien ? Mais on dirait que personne ne veut savoir ce qu'ils ont vécu. On ne s'intéresse qu'aux prisonniers de guerre qui sont rentrés. Je suis catholique, jeune homme, mais les Juifs, les Juifs...

Le petit homme regarde par la fenêtre baissée. Joseph tire par grandes bouffées sur sa cigarette. Qu'elle lui brûle les poumons ! Qu'elle l'asphyxie.

Le petit homme a changé de voix, véhément.

– On ne pourra jamais réparer ce qu'on a fait aux Juifs. Jamais.

Joseph ne peut s'empêcher de hausser les épaules.

Le petit homme s'emporte, méprisant.

– Vous êtes bien comme tous les Français... D'ailleurs, pourquoi je vous parle ? J'ai cru que vous n'étiez pas comme les autres.

Le petit homme écrase sa cigarette de rage. Il fixe Joseph avec dureté et part se rasseoir.

Longtemps, longtemps, Joseph reste seul à la fenêtre. Il regarde les forêts, les prés, les champs, la verdure. Il n'a envie de parler à personne. Joseph retourne vers sa banquette, prend sa valise, part s'allonger par terre, loin, dans un coin et s'endort.

– Jeune homme ! Jeune homme !

Joseph sent qu'on le tire par la manche. Il se réveille sans comprendre. C'est le petit homme qui s'est accroupi.

– C'est bientôt Paris et je tenais à m'excuser. Je me suis emporté... A cause de mon fils... Je ne pense qu'à lui. Chacun sa croix. Et je vous ai oubliés, vous et vos parents. Ils s'appelaient comment ?

Joseph s'est redressé.

– Vous tenez vraiment à le savoir ?

Le petit homme hoche la tête.

– Schlomo et Ida. Des prénoms bien français. Et si vous tenez à vraiment tout savoir, moi, c'est Joseph.

Le petit homme ne trouve rien à dire. Il appuie simplement sa main sur l'épaule de Joseph. Une demande de pardon.

Joseph prend la main du petit homme. Il la repousse avec gentillesse. Mais il ne veut pas s'avouer que ce simple geste a fait tomber sa colère. Joseph s'est relevé. Il interroge.

– Vous savez combien de déportés sont rentrés ? Est-ce qu'ils sont tous revenus ?

– Qui sait ? Il en revient encore.

Joseph sent naître un fol espoir. Peut-être que...

Joseph dévisage le petit homme. Un sourire triste lui est renvoyé. Sait-on jamais ? Oui. Joseph se met à croire. Rien qu'un seul ami qui soit revenu. Un seul et... Et puis non, c'est impossible. Joseph ne sait plus. Le petit homme le prend par le bras.

– Venez vous asseoir, vous en avez besoin.

Joseph se retrouve installé sur sa banquette de bois. Il questionne. Il questionne sans retenue. Il n'a plus à se soucier de ses voisins qui ramassent des miettes de conversation. Joseph les ignore. Joseph les hait. Le saucissonneux, en particulier, résistant de la dernière seconde, collabo de la première minute. Qu'il crève avec son accent chantant, bon enfant. Il a regardé passer la guerre. Elle est passée. Il a rouspété avant, pendant. Il rouspète encore. L'heure est aux restrictions.

On parle de diminuer de 250 à 200 grammes la ration de pain quotidienne.

– Ils nous prennent pour qui ? Deux ans après la Libération, on a encore des tickets de rationnement. Faudrait voir à voir !

Joseph enrage. Qu'est-ce que t'en sais, connard, des restrictions ? Tu as toujours bouffé à ta faim. Et tu t'es enrichi au marché noir.

Le petit homme détourne la conversation. Joseph n'écoute plus, n'écoute rien. Il sent le train ralentir, s'engager dans la grande banlieue. Villeneuve-Saint-Georges. A ses côtés, on s'étire. Lui, se recroqueville. Il a froid. Il croise les bras, souffle dans ses paumes, s'essuie le front d'un revers de bras.

Le petit homme pousse son épaule contre celle de Joseph. Il voudrait tant le réchauffer. Joseph se ratatine. Il voudrait s'échapper, sauter par la fenêtre, fuir. Il ne bouge plus, respiration bloquée. Il fixe les rails qui s'enchevêtrent, les aiguillages. Le train ralentit toujours. Quelques bagages sont déjà descendus qui encombrent le couloir.

Schlomo, Ida... Joseph n'est revenu que pour eux. Personne pourtant ne l'accueillera sur le quai.

La voix du petit homme fait sursauter Joseph.

– Mais vous savez où aller ? Où loger ? Il vous reste de la famille ?

Joseph le regarde, inexpressif.

Le petit homme lui tend un papier.

– C'est mon adresse. Vous pouvez venir n'importe quand. N'hésitez pas surtout. Vous serez toujours le bienvenu. Peut-être avez-vous besoin d'argent ?

Le triste sourire de Joseph lui répond. Il plie le papier dans sa poche de chemise.

Pas un merci. Rien.

Joseph se lève, descend sa valise.

Faut-il dire « au revoir » ? Il regarde le petit homme toujours assis, immobile dans le désordre qui s'installe.

Joseph voudrait tendre la main. Il ne veut rien devoir à personne. Il regarde une dernière fois le petit homme. Quand le train s'arrête en gare, Joseph saute sur le quai et se met à courir.

Il est à Paris, au pied de la grande horloge. Il fait chaud. Il tire le papier de sa poche. Sans même le lire, il le déchire en tout petits morceaux qu'il jette dans le caniveau. Il n'a besoin de personne. Personne n'a besoin de lui. Personne ne sait même qu'il est encore en vie.

Schlomo... Ida...

Joseph est poisseux de crasse, de sueur. Sa barbe a poussé. Il a entr'aperçu sa silhouette dans une glace. Guère le temps de s'attarder. S'il venait à croiser de nouveau le petit homme ? C'est la fuite, à pied, dans Paris retrouvé. Son pas s'alourdit. Il regarde les autobus. Il boit l'eau d'une fontaine Wallace. Il s'asperge le visage. Joseph prend son temps. Toute sa haine, toutes ses angoisses, toutes ses vengeances ruminées depuis Marseille se gomment dans l'odeur de Paris. Odeur de crottin et d'asphalte chaud. Son désir de savoir s'amenuise à mesure qu'il marche au milieu de la foule. Le repousser, le retarder pour ne pas apprendre la vérité ! Qui est revenu ?

Joseph sourit à une jeune femme. Il se retourne sans honte. Il lève la tête sur les toiles peintes des cinémas. *L'Homme au chapeau rond.* Comme le gosse qu'il était, il colle le museau aux vitrines qui protègent les photographies de Raimu. Joseph rêvasse. Depuis combien de temps n'a-t-il pas mis les pieds dans une salle de spectacle ? « Entrée interdite aux Juifs. » Tout était interdit aux Juifs sauf la mort, la fuite, la peur, les arrestations. La dernière fois, il avait... Le front contre la vitre, il pleure de soulagement. Tout serait-il à nouveau possible ? Tout ?

Joseph poursuit sa marche, ivre de Paris où il avait dû se cacher, muni de faux papiers. Plus de couvre-feu, plus de fenêtres obscurcies. Tout recommence. Tout, comme avant. Et l'odeur du métro. Il se précipite vers les escaliers, pousse les portes vertes. Il reçoit de plein fouet le courant d'air, la fraîcheur. Il fait demi-tour juste avant le premier coude du couloir. S'il y avait un barrage de police ? Un contrôle ? Il saute les marches quatre à quatre. Sa valise bat le vide. La guerre est finie, Joseph. Il le sait mais quand même... Il se coule dans le rythme de Paris, pressé, nonchalant, pressé.

Il fait nuit. Joseph a tourné toute la journée pour se heurter enfin aux rues de son enfance. Il longe son immeuble, passe la main sur les pierres râpeuses. Il se retient d'entrer. Il poursuit un chemin tracé d'avance. Joseph fait ce qu'il s'était juré de ne jamais faire. Sur le palier des Rosenblatt, il gratte à la porte. Dans l'obscurité, il entend deux voix yiddish qui lui en rappellent deux autres. Il tend l'oreille. Il cesse de gratter. Les voix le ramènent loin, loin, autrefois. Il s'assoit sur le paillasson. Et les mots l'enveloppent. « Le thé est trop chaud. Il manque toujours un sucre, comme si tu ne savais pas, depuis les années que je dis ! Et mon tablier, il est déjà revenu de la blanchisserie ? Comment, pas encore ? Ils croient peut-être que je vais les laver à la main ?... » Une grosse voix. Une petite voix qui répond, qui n'ose pas répondre. Et Joseph, blotti contre la porte, entend d'autres mots, les hurlements de Schlomo, les douceurs d'Ida. Une vieille mélodie envahit Joseph. Il s'allonge. Il sent les mains de sa mère lui caresser les cheveux tandis qu'elle chante, doucement, doucettement.

Dans la synagogue
Dans un coin sombre
Une veuve est assise
Triste
Seule.
Elle berce son unique enfant
Et lui chante une berceuse pour qu'il s'endorme.
Quand tu seras grand, Yidèlè
N'oublie pas cette chanson...
Raisins et amandes,
Ce sera ton métier.
C'est avec ça, Yidèlè
Que tu gagneras ta vie...
Dors, petit garçon,
Dors...

Il se laisse aller. Ida est là. Il sent sur ses cheveux la caresse lente et les interrogations d'autrefois, toujours tues. Pourquoi cette femme est-elle veuve ? Qu'est devenu son mari ? Comment est-il mort ? Peut-être que... Oui, c'est ça. Il a été tué à la guerre ou alors au moment d'un pogrom. Joseph pleure la mère et l'enfant. Et pourquoi la dame est encore triste ? Elle aurait pu se remarier avec un riche !

Les voix yiddish de monsieur et madame Rosenblatt

habitent l'appartement, le palier, l'escalier, les étages, l'immeuble. Sur le paillasson, un tout petit enfant ne trouve pas le sommeil, ne trouvera jamais le sommeil. Il attend que sa mère lui passe la main dans les cheveux, prenne sa main dans la sienne, la tapote. Dors, petit garçon, dors…

Joseph n'a pas la force de se relever. Il appelle au secours, frappant de ses rangers contre la porte. Qu'on ouvre, qu'on ouvre vite. Les coups redoublent, violents, terribles. Joseph s'acharne contre la porte qui s'entrebâille dans l'obscurité du palier. Une silhouette en nuisette pousse un cri.

– Kim, kim schön, Samy !

Et Samy se précipite comme le lui ordonne sa femme.

Le palier s'éclaire. Par terre, roulé en boule, quelqu'un s'agite, s'essuie le visage puis le tend, suppliant.

Un long silence s'installe. Monsieur Rosenblatt s'accroupit avec peine.

– C'est toi, Joseph ? C'est toi ? Mais oui. C'est lui, Esther. C'est lui. Je t'avais dit qu'il reviendrait. Je te l'avais dit. Viens, Joseph. Viens, entre. Entre. C'est nous, n'aie pas peur.

La main de monsieur Rosenblatt cherche le front de Joseph. Il est brûlant.

– Bis du krènk, Joseph ?

Joseph se fout de savoir s'il est malade ou non. Il n'entend que ces mots de son enfance dans lesquels il se roule, s'enroule. Il prend la main de monsieur Rosenblatt. Cette énorme main de boucher toute tailladée. Elle est douce à son front.

– Allez, relève-toi.

Sans lâcher la main de monsieur Rosenblatt, Joseph pénètre dans l'appartement qu'il avait quitté une année auparavant dans la fureur, après avoir récupéré la photo de ses parents.

Joseph est assis sur le sofa. Monsieur Rosenblatt lui passe un gant mouillé sur le visage. Il lui tamponne le front, la nuque.

– Ça va, Joseph ? Ça va ?

Joseph lui offre un pauvre sourire.

– Tu vas voir, ça va aller mieux. Maintenant tu es chez nous, tu ne risques plus rien.

Madame Rosenblatt regarde faire, l'œil mauvais. Si jamais Samuel tache le tapis. Qu'il fasse attention, bon Dieu ! Il ne voit pas que la cuvette d'eau déborde ? Et le gant, il le trempe trop. Ça goutte de partout.

Elle file chercher une serpillière. Elle éponge le trop-plein d'eau, son mari le trop-plein d'angoisse.

Joseph ne dit rien. Il laisse courir son regard sur la table encaustiquée, le buffet Lévitan, la radio et son gros œil vert. Il rassemble des morceaux de son passé, quand, avec Schlomo et Ida, il rendait visite aux Rosenblatt. Le thé était toujours servi avec des petits gâteaux secs. Ida faisait les gros yeux quand Joseph laissait tomber des miettes. On l'oubliait au cours des discussions qui s'éternisaient, qui grondaient. Joseph se réfugiait contre la fenêtre. Il regardait la rue, les gens riches. Plus tard, lui aussi, serait riche, avec une canne à pommeau, des cols en celluloïd, un plastron. Il conduirait peut-être aussi la voiture à cheval de chez Félix Potin. Il porterait des guêtres blanches. Le bruit des disputes le détournait du dehors. Même d'accord, Schlomo et Samuel trouvaient toujours moyen de ne pas l'être. Une nuance, un détail, et c'est à qui frapperait du poing sur la table, à la faire trembler. Les femmes se taisaient. Joseph écoutait sans bien comprendre.

– Mais puisque je te dis que Léon Blum est juif, comme nous.

– Il est peut-être juif, mais pas comme nous. Lui, il sort des grandes écoles, toi tu sors de ta boucherie.

Samuel s'exaltait.

– Mais l'important, c'est qu'il est socialiste !

– Oui, mais il y a « socialiste » et « socialiste ». Pourquoi il ne fait rien pour l'Espagne ? Il est socialiste quand ça l'arrange.

Ça n'en finissait pas. Et c'était si plein de socialisme, de communisme, de fascisme que Joseph s'allongeait sur le sofa. On le réveillait quand la Révolution serait pour demain et qu'il se fait très tard, allez, viens, mein kind, mon kindèlè, mon petit enfant.

Les époques se confondent. Joseph est dans les bras de sa mère, dans l'odeur de brillantine Roja. Ils marchent dans la nuit tiède d'été. Schlomo se tient quelques mètres en arrière, pensif.

Sur le sofa trempé de madame Rosenblatt, Joseph sort d'une poussée de fièvre. Que lui est-il arrivé ? Il interroge monsieur Rosenblatt des yeux. Un grand soupir lui répond. La grosse patte de monsieur Rosenblatt se pose sur la nuque de Joseph. Il l'attire contre son torse. Joseph s'y blottit. Odeur de sueur. Odeur de brillantine. C'est la danse des parfums après celle des époques. Le Front populaire, Daladier, Munich, la drôle de guerre ne sont rien, rien, auprès des senteurs d'enfance retrouvées, perdues à nouveau ; minuscules choses de la vie. Égratignures, bobos ; c'est ce dont se souvient Joseph : l'essentiel. Il sait que dans le premier tiroir du buffet se trouvent les bonbons. Joseph sourit. Il tente de se lever. Monsieur Rosenblatt le retient.

– Reste encore assis, Joseph.

Joseph obéit.

Madame Rosenblatt fait sa tête de dindon. Joseph ne l'a jamais connue qu'ainsi, raide, rejetante, hautaine. Il l'a toujours détestée. Elle le lui a toujours rendu. Elle lève les yeux au ciel. Joseph est responsable des taches sur le parquet.

Monsieur Rosenblatt surprend le regard mauvais de sa femme. Elle l'exaspère. Un hurlement.

– Mais tu ne vois pas que ce gosse meurt de faim ! Qu'est-ce que tu fais à le regarder ? Oui, il est sale. Et alors ? Au lieu de rester plantée là ou de nous tourner autour, tu ferais mieux de descendre à la boutique chercher un morceau bien tendre, dans la bavette, hein, Joseph ?

Joseph s'amuse à voir filer madame Rosenblatt, mouchée, muselée. Elle vomira son venin sur l'oreiller. Pour le moment, elle trotte dans sa nuisette ridicule.

Monsieur Rosenblatt donne une tape chaleureuse à Joseph.

– Elle va quand même pas nous emmerder pour deux gouttes d'eau...

Il rit, monsieur Rosenblatt. Joseph rit avec lui, sans feindre, vengé. Le dindon est parti.

Sur le sofa, Joseph et Samuel savent, épaule contre épaule, qu'ils ont tout à se dire. Chacun préfère en retarder le moment. Rester encore un instant, dans le bonheur des retrouvailles avant le désastre des aveux.

Monsieur Rosenblatt se lève enfin, faussement enjoué.

– Je vais te mettre le couvert. En attendant, si tu veux te laver…

Joseph se redresse sans un mot, tête basse. Il se dirige, valise à la main, vers le cabinet de toilette, fierté de madame Rosenblatt qui le faisait visiter comme si c'était Versailles. Joseph esquisse un sourire en fermant la porte. Un souvenir revenu. Le ridicule de madame Rosenblatt expliquant à Ida qu'on pouvait même s'y laver. Et la réponse d'Ida, cinglante : « Si tu crois que moi, je confonds toilette et cabinets ! »

La bouche en cul-de-poule de madame Rosenblatt. Ce n'était que partie remise. Elle tenterait d'humilier Ida une fois prochaine. Madame Rosenblatt était femme de commerçant, pas d'ouvrier à domicile.

Joseph se rase. Joseph éclabousse la glace avec volupté. Joseph salit tant qu'il peut les serviettes blanches. Il les piétine. Il les frotte sur le lino. Il se venge, tout bêtement.

Derrière la porte, la voix pointue de madame Rosenblatt, en yiddish, qui croit chuchoter. Elle piaule.

– Et il va rester longtemps ? Parce que tu sais…

– Oui, je sais. Tu me fais chier, Esther. Tu me fais chier, t'entends. On lui doit tout à Joseph. Il n'a plus personne. Personne, tu comprends. Il n'a que nous. Alors, tu fermes ta grande gueule et tu lui prépares le lit dans la chambre d'amis. Nous, on s'en est sortis. Il a besoin d'aide. On ne peut pas le laisser comme ça.

Joseph est en arrêt devant sa valise ouverte. Il vient véritablement de comprendre qu'il est l'unique survivant de sa famille. Il tient à la main la photo de Schlomo et d'Ida. Il ne pleure pas. Il n'est pas même envahi par la haine. Il trouve ridicule sa vengeance contre madame Rosenblatt. Il remet de l'ordre dans le cabinet de toilette. Il sort, portant un vieux short râpé, une chemisette blanche froissée. Il s'excuse de sa tenue.

– Ce n'est rien, dit monsieur Rosenblatt. Regarde ce qu'Esther t'a préparé.

Joseph sent qu'on surveille chaque bouchée avalée. Samuel et Esther le gavent. Joseph ne se fait pas prier. Il remarque simplement que l'heure des restrictions n'a pas dû sonner chez les Rosenblatt. La viande est tendre. Mais il trouve aussi dans son assiette tout ce que les autres ne parviennent pas à trouver. Beurre. Fromage. Fruits frais. Depuis combien de temps n'a-t-il pas dévoré ? Il mastique pour n'avoir pas à compter. Monsieur Rosenblatt vient de faire signe à Esther. Elle quitte la table pour la chambre d'amis. Joseph guette Samuel qui, assis à ses côtés, vient de se prendre la tête dans les mains.

Il faut qu'il lui annonce des horreurs. Comment va-t-il s'y prendre ? Tourner autour du pot ? Foncer bille en tête ? Non, ça ne ressemble pas à monsieur Rosenblatt, toujours prêt aux compromis, aux compromissions. Samuel vient de jeter un coup d'œil en coin. Joseph lui adresse un sourire hypocrite.

– C'est bon, vous savez. Délicieux.

Un nouveau coup de fourchette pour un autre coup d'œil.

Monsieur Rosenblatt tortille ses doigts, fait craquer ses phalanges. Il s'éponge le front. Il se lève, se dirige vers la TSF. Il tourne un gros bouton. La lumière verte met du temps à s'allumer. Une musiquette s'élève. Monsieur Rosenblatt éteint. Il se tourne vers Joseph.

– Joseph, il faut...

Mais Joseph ne lui laisse pas le temps de bégayer. Il recule son siège, se lève et, les mains bien à plat sur la toile cirée, regardant droit monsieur Rosenblatt, d'une voix neutre :

– Joseph, il faut que je te dise que personne n'est revenu. Aucun de tes amis. Mais tu peux compter sur nous.

Le visage de monsieur Rosenblatt est blanc. Joseph se rassoit. Il boit un verre d'eau.

– Vous pouvez remettre un peu de musique, monsieur Rosenblatt, ça égaiera l'atmosphère.

Monsieur Rosenblatt obéit en automate. La voix guimauve de Luis Mariano panse les plaies.

Monsieur Rosenblatt se raccroche au gros bouton de la TSF pour ne pas tomber. Il regarde Joseph qui croque une bouchée.

– Si je pouvais avoir du café maintenant, ça me ferait du bien, monsieur Rosenblatt.

Joseph l'a dit avec gentillesse. Monsieur Rosenblatt pleure, seul, tourné vers Joseph, la main tenant toujours le bouton.

Joseph hausse les épaules.

– A quoi bon pleurer, ça ne les fera pas revenir.

– Je sais, je sais, bredouille monsieur Rosenblatt.

Il marche à petits pas vers Joseph qui s'essuie la bouche avec sa serviette. Sans que Joseph s'y attende, monsieur Rosenblatt tombe à genoux.

– Je te demande pardon, Joseph. Je n'ai rien pu faire pour tes parents. Je me le reprocherai toute ma vie.

– Moi aussi, lâche Joseph. Mais c'est fini, tout ça.

Monsieur Rosenblatt a posé son visage sur les cuisses de Joseph. Il hoquette. Joseph regarde les restes du repas, distant.

Puis, d'un seul geste, qu'il aurait voulu retenir, il se met à caresser doucement la grosse chevelure de monsieur Rosenblatt. Les boucles se prennent dans ses doigts. Joseph les démêle. Il sent contre sa cuisse les larmes de Samuel qui se redresse avec lenteur.

– Je vais te faire un café, Joseph. Et je vais en prendre un aussi. De toute façon, je ne dormirai pas.

Monsieur Rosenblatt gagne la cuisine. Son dos voûté.

Joseph fixe les miettes de pain, tente sans conviction d'attraper une mouche qui vient de se poser. Il regarde ses mains, ses ongles bien trop longs. Il entend la bouilloire que monsieur Rosenblatt pose sur la cuisinière. Il n'a pas vu Esther rentrer.

– Ta chambre est prête, Joseph, lâche-t-elle à contrecœur, rejoignant aussitôt Samuel.

Et une nouvelle palabre yiddish s'engage.

Joseph soupire. Qu'elle est bête ! Qu'elle est conne ! Comme s'il ne comprenait pas. Il est question de lui, du temps qu'il restera. Qu'est-ce qu'on va en faire ? Joseph n'entend pas la réponse. Il débarrasse le couvert. Il gagne la cuisine.

– Laisse, laisse, Joseph, pose tout sur la paillasse, lui souffle Esther, prise en faute. Un rictus.

Elle se précipite sur la lavette.

– Je vais essuyer la toile cirée.

Madame Rosenblatt s'enfuit.

– Ne t'occupe pas d'elle, s'excuse Samuel. Ici, tu es chez toi. Tu la connais. Elle râle tout le temps mais elle a un bon fond.

Il n'en croit pas un mot. Joseph pas davantage. Un simple regard. Ils sourient, complices. Quand Esther revient essorer sa lavette, s'excuser d'avoir sommeil et d'aller se coucher, Joseph et Samuel sont au bord du fou rire.

Ils sont au bord de la détresse quelques instants plus tard, attablés devant les photos que monsieur Rosenblatt est allé chercher. Tout un passé sépia recomposé. Des clichés qui envahissent la table, les crânes, les cœurs.

– Tiens, là c'est ton père, la première fois qu'il est venu à l'Amicale. C'est moi qui ai pris la photo. Le premier appareil que je m'étais acheté. Un Rollei. Je ne l'oublierai jamais. Payé à tempérament.

Joseph écoute sans vraiment regarder. Tout un passé en vrac.

– Prends, prends tout ce que tu veux, Joseph.

Joseph pose son doigt sur l'image d'un gosse déguisé en dimanche.

– Ça, c'est moi. J'avais neuf ans.

Il sourit.

– Papa avait passé toute la semaine à me l'essayer…

Joseph s'arrête net. Il vient de prononcer « papa ». Il entend le mot qui cogne à sa tête. « Papa, papa. » Il répète le mot magique. Celui qui fait qu'il ne peut plus parler, que les larmes viennent tout brouiller et qu'il pose sa tête sur ses avant-bras, pour ne rien voir, pour ne pas être vu.

Monsieur Rosenblatt ne bouge pas. Il sent qu'au moindre mouvement Joseph peut tout envoyer promener, tout déchirer, tout casser. Monsieur Rosenblatt regarde le petit Joseph du cliché dans son costume bleu marine croisé, tissu anglais. Il a l'air sérieux. Il se souvient aussi. C'était au bord de la Marne, un dimanche, un pique-nique.

Joseph relève la tête. Les mots reviennent lentement.

– Je n'avais rien le droit de faire, ce jour-là. Pas le

droit de me salir, pas le droit de me baigner, jamais le droit de rien...

Monsieur Rosenblatt l'interrompt.

– Tu t'es bien repris, depuis.

Joseph lui lance un regard surpris. Il s'attendait à de l'apitoiement, il a droit à un bon sourire d'ironie. Pour ne pas perdre contenance, Joseph éloigne la photo, son enfance.

– Vous savez, monsieur Rosenblatt, mon père ne m'a jamais parlé de son arrivée en France. Il ne m'a jamais parlé, sauf pour me gueuler dessus. Vous, vous pouvez peut-être me dire.

Monsieur Rosenblatt hoche la tête. Il fouille dans les photos, pour chercher le commencement. Il ne trouve pas, il s'énerve. Il se lève.

– Tu veux encore un café ?

Joseph accepte. Monsieur Rosenblatt s'essuie le front. Il attend les questions de Joseph. Rien ne vient. Joseph se contente de tourner sa petite cuillère dans la tasse, en le regardant. Monsieur Rosenblatt se racle la gorge.

– Et ta mère ne t'a jamais rien dit ?

– Non. Elle me protégeait. Elle le protégeait aussi. Mais je ne sais pas de quoi. Elle ne voulait parler que de l'avenir. Avant que je naisse, c'est comme si le monde n'avait jamais existé ou bien rien que du malheur. C'est vrai ? Il n'y a plus que vous qui pouvez me le dire.

Joseph vrille bien le « vous ». Un défi à relever pour monsieur Rosenblatt. Joseph écoute, tripotant sa tasse.

– Les restrictions de la guerre, Joseph, ce n'est rien à côté de celles qu'on a connues ton père et moi, dans notre shtettl, en Pologne. Ici, encore, on a eu des tickets de rationnement. Là-bas, il y avait le rationnement sans les tickets. On ne mangeait rien. On crevait de faim. Les gosses marchaient nu-pieds dans les rues. Et quand je dis « rues », c'était de la terre sèche en été, de la boue le reste du temps. Et malgré tout, les gosses allaient à l'école, tu te rends compte ? Je me souviens bien de ton père, un jour, qui s'est évanoui quand l'instituteur expliquait un passage de la Bible. Schlomo n'avait pas mangé depuis deux jours entiers. Ma mère lui a donné un oignon… Il l'a dévoré chez nous. Du pain, on n'en mangeait qu'une fois par semaine et encore mes parents tenaient une boutique. Ils faisaient du troc avec les paysans polonais. Des clous contre des pommes de terre pour faire des galettes. Mais tu sais tout ça par cœur, Joseph.

– Non, monsieur Rosenblatt, je ne sais rien. Mon père n'a jamais rien dit, ma mère non plus. Ils voulaient que je réussisse dans la vie, rien d'autre. Et mon père me battait quand j'avais une mauvaise note en conduite, en dictée. Il m'obligeait à mentir sans arrêt. Il fallait que j'apprenne. J'ai bien surpris quelques conversations mais, à l'époque, ça ne m'intéressait pas. Je préférais voler dans le porte-monnaie pour acheter des illustrés… Racontez, monsieur Rosenblatt. Je vous en supplie.

Monsieur Rosenblatt raconte. Il dit des histoires qui n'étaient pas dans les livres d'histoire de Joseph. Il dit que deux frères de Schlomo sont morts de maladie. Le rabbin a prié mais c'est un médecin qu'il fallait. Mais comment on aurait payé le médecin ?

Monsieur Rosenblatt raconte une autre vie, un autre monde, avant le début du siècle, avant la Grande Guerre. Il raconte une Pologne dont il ne connaît pas même les frontières. Mais ce qu'il dit semble si vrai. Il dit le shabbat, les bougies, comment les familles se serraient la ceinture toute la semaine pour un peu de viande le vendredi soir. Il dit l'envie de partir vers Lodz, la grande ville pour devenir ouvrier tisserand, pour gagner de l'argent et gagner l'Amérique. Fuir la misère, unique horizon.

– On en rêvait de l'Amérique, ton père et moi. On irait. Quand une lettre arrivait de là-bas, tout le monde la connaissait par cœur, la récitait. Un jour, on serait américains et nous aussi on enverrait des lettres. On raconterait les voitures, les gratte-ciel, tout l'argent qu'on gagnerait, et on ferait venir toute notre famille.

Joseph pose un coude sur la table. Il regarde monsieur Rosenblatt qui se souvient. Il entend surtout sa voix qui se casse.

– Un jour, ton père est venu me voir en courant, catastrophé. Il répétait : « Ils n'ont pas le droit de faire ça ! C'est dégueulasse. Je m'en fous de Rivka. Je m'en fous. Je ne l'aime pas. Et pourtant, c'est avec elle que je dois me marier. Salauds de parents. Ils ont tout arrangé. Tout ça pour du fric. Elle est moche, Rivka… » Et Schlomo s'est écroulé dans mes bras. Oui, Joseph, ton père a pleuré et le mariage a bien eu lieu. Moi, j'étais garçon d'honneur. Rivka pleurait aussi. Elle n'aimait pas ton père. Ils n'avaient qu'une chose en commun : la haine de leurs parents. Il a bien fallu qu'ils s'arrangent. La tradition… l'habitude.

Joseph s'est mis à vivre au rythme de Schlomo dans une bourgade qu'aucune carte n'indique plus. Schlomo et la naissance de sa première fille, de la seconde. Monsieur Rosenblatt ne retrouve pas leurs prénoms, pas davantage leur date de naissance. Juste avant la guerre. Et toutes les deux le 1er janvier.

– Ça, j'en suis sûr. Il fallait aller déclarer les naissances à la ville. On le faisait quand on pouvait. Personne n'était à un an près. Alors, les véritables dates de naissance…

Monsieur Rosenblatt se tait. Ses yeux sont là-bas, loin, loin, très loin. Une bourgade dont il ne veut pas même dire le nom, un coin de terre qu'il n'a jamais voulu revoir. Qu'y aurait-il revu ? Même ses morts n'y ont plus de sépulture.

Joseph regarde monsieur Rosenblatt. Un mariage, des enfants ? Schlomo n'en a jamais dit un mot. Ida non plus. C'était peut-être leur secret.

Joseph, sans le vouloir, fait grincer sa chaise. Monsieur Rosenblatt sursaute. Il abandonne la boutique de ses parents, la maison au sol de terre battue, les forêts de son enfance. Il y revient pour Joseph.

Il fait revivre les petits métiers oubliés, les mendiants, les femmes mariées et leur perruque, les nouvelles qui viennent d'Europe, la synagogue en bois, les jeunes hommes qui se tranchent les doigts pour échapper au service militaire.

– Être juif, Joseph, c'était la pire chose pour un Juif. Et on l'était tous. Et c'est alors que le malheur est arrivé.

La voix sourde de monsieur Rosenblatt.

– Ce que je vais te raconter, je ne l'ai jamais dit à personne. Je l'ai gardé là mais j'ai envie de hurler : « Pas ça ! Pas ça ! »

Joseph ne comprend rien.

– Un jour, il faisait soleil. Avec Schlomo, on était dans les champs à quelques kilomètres, en train de ramasser des patates. On s'était loués à des paysans polonais pour quelques kopecks. C'est ton père qui l'a vue le premier. Une immense fumée qui venait du village. Une fumée noire, noire dans un ciel tout bleu. On s'est regardés. On avait compris. Il n'y avait rien à dire. On a couru, couru dans les ronces, les buissons, la caillasse. On aurait mieux fait de s'asseoir et de se couvrir de cendres. On savait, dans notre cavalcade. Les vieux du village nous l'avaient dit. Ça pouvait recommencer, n'importe quand. Nous, comme des petits cons, on n'y croyait pas. Les vieux, ils étaient toujours avec leurs histoires d'antisémitisme... Il paraît qu'on avait tué le Christ et que les Polonais nous en voulaient encore, que le monde entier nous en voulait. On haussait les épaules. Ça ne les empêchait pas de raconter les horreurs, les viols, les meurtres et tout à recommencer, ailleurs, « grâce à Dieu ! ». Je t'en ficherais de Dieu. Ce jour-là, avec ton père, si on avait eu Dieu entre nos mains, on l'aurait tué pour ce qu'il avait laissé faire. C'est le rabbin qu'on a vu tout d'abord, allongé sur le chemin, à l'entrée du village, égorgé. Du sang coulait encore. Pour s'approcher, il fallait se protéger le nez, la bouche, à cause des coups de vent qui rabattaient la fumée. La synagogue finissait de brûler, le reste brûlait encore. Tout. Nos baraques. Ma maison, celle de ton père, les étables, les écuries. Et des corps allongés partout, mutilés, décapités à coup de sabre, de hache, de n'importe quoi. Il n'y avait que Schlomo et moi debout, au milieu des animaux affolés, des poules qui s'envolaient. Comme si on était entrés en Enfer. J'ai couru vers ma maison. J'ai heurté quelque chose. Je me suis retrouvé par terre. Je venais de buter sur le corps de Rivka. Ton père qui me suivait m'a aidé à me relever. C'est alors qu'on a découvert les deux petits corps des fillettes à côté de leur mère. Elles avaient été égorgées, elles aussi. Je n'ai jamais vu ton père comme ça. Il regardait les trois corps allongés mais c'est comme s'il ne les voyait pas. Il avait la bouche ouverte. Les mots ne sortaient pas. Il était plus blanc que les plumes d'oies qui volaient dans tout le village. Moi, j'ai essuyé mes mains rouges de sang sur ma chemise. J'ai laissé ton père. J'ai voulu revoir ma maison, mes parents. J'ai vu des poutres qui flambaient, le toit effondré et j'ai compris que pour mes parents…

Monsieur Rosenblatt ne peut plus parler. Joseph baisse la tête. Monsieur Rosenblatt se passe la main dans les cheveux.

– J'avais vingt-deux ans, Joseph. Ton père aussi. Le même âge que toi, aujourd'hui. Devant ma maison, j'ai ramassé un morceau d'étoffe. Il appartenait à ma mère. Je l'ai mis dans ma poche. Il est là, dans le tiroir.

Monsieur Rosenblatt se lève lourdement. Il revient avec un bout de chiffon bleu délavé qu'il pose sur la table, et qu'il lisse de ses grosses pattes, avec amour, avec précaution.

Joseph est resté avec son père devant les corps déchiquetés. Le même âge que lui. Joseph revoit le regard de Schlomo, par moments. Un regard qui aurait tué. Et le petit Joseph ne comprenait pas. Il sentait cette violence pour des riens. Un verre cassé, la vaisselle mal essuyée, des cheveux mal coiffés. Joseph revoit sa mère l'entraîner dans la cuisine, le serrer contre elle. Ida savait. Pourquoi n'a-t-elle rien dit si Schlomo en était incapable ? Le regard de Schlomo revient. L'estomac de Joseph se tord. Ses mains sont moites.

– Je suis retourné vers ton père. Il n'avait pas bougé. J'ai posé ma main sur son épaule. Il m'a repoussé. J'ai failli tomber. On a entendu des hurlements. Ils s'approchaient. On a vu Dorith venir vers nous sans nous voir, les mains sur les yeux. Elle était devenue folle. Ton père m'a dit : « Ce soir, on dort dans les bois. Foutons le camp d'ici. » On a quitté le village.

Monsieur Rosenblatt a besoin de reprendre souffle. Il se lève à nouveau, laissant sur la table le triste bout de chiffon rescapé. Devant la fenêtre grande ouverte de cette nuit d'été, il raconte à Joseph une autre nuit d'été.

– On aurait pu rejoindre les bois en courant, ton père et moi, par les raccourcis qu'on connaissait bien. L'idée ne nous en est même pas venue. Schlomo pensait comme moi. On en a parlé plus tard. On aurait aimé que ces fumiers de Polacks nous tombent dessus et nous achèvent. On avait pourtant ramassé chacun, à l'entrée du village, à côté du rabbin, un solide bout de bois qu'on était prêts à foutre sur la gueule de ces salauds, s'ils venaient sur nous. On ne crèverait pas sans en crever un ou deux. Tu parles d'une vengeance... Il en resterait toujours des millions à vouloir notre mort. Alors un de plus, un de moins...

Monsieur Rosenblatt n'a pas quitté des yeux le morceau d'étoffe bleu. C'est à lui qu'il s'adresse.

– Ton père marchait devant. De temps en temps, il filait un grand coup de sabot dans les mottes de terre. Moi, j'ai essuyé mes yeux avec le bout du fichu de ma mère. Je l'ai remis dans ma poche. Il faisait chaud. Le soir commençait à tomber. J'aurais préféré m'asseoir, là, sur la mauvaise route et attendre. On n'entendait pas un bruit, pas le vol d'une guêpe, d'une abeille, pas l'aboiement d'un chien, pas le bruit du vent. Comme si la campagne était en deuil. Elle devait avoir l'habitude. Ton père secouait la tête, les épaules rentrées, puis il regardait du côté de la colline, des bois. Je suivais en traînant. On a peut-être marché deux heures. Au premier arbuste, juste avant le raidillon qui s'enfonçait dans les arbres, j'ai vu ton père s'arrêter. Il est devenu fou. Il a soulevé ce qui lui servait de gourdin et s'est mis à cogner, cogner en hurlant. « Venez, venez donc, chiens de Polacks, voir ce que peut faire un petit Juif de merde. Mais venez donc. Tiens, pour ta sale gueule ! Tiens, pour ma femme, mes filles. Tiens. Tiens. Tiens. » Et il frappait, il frappait. Il avait soulevé son bâton à deux mains et il tuait des ennemis qui ne venaient pas. « Qu'est-ce qu'on vous a fait ? Venez le dire en face. Vous êtes des lâches, des charognes », et il continuait à taper, de plus en plus fort, de plus en plus vite. Il n'est rien resté de l'arbuste. Ton père faisait tournoyer son bâton dans le vide. Il piétinait les branchages. Puis il s'en est pris à Dieu. « Tiens, pour ta sale gueule aussi ! Pourquoi tu as laissé faire ? Pourquoi ? Donne une seule bonne raison. Viens me le dire puisqu'il paraît que tu parles. Si tu as parlé à Moïse, tu peux bien parler à Schlomo, à Samuel. Ils ne sont pas plus cons que lui. Viens nous expliquer en face. Allez, allez. Je t'attends. » Ton père cherchait de tous côtés. Il ne me voyait pas. « Je t'accorde trente secondes. » Il s'est mis à compter en hurlant. A trente, il a pris son bâton. Il s'est dirigé vers un gros bloc de pierre. Il a cassé le bâton avec une force que je ne lui connaissais pas. Il a regardé la pierre. J'ai entendu : « Toi aussi, tu es mort, salaud. » Puis il s'est écroulé dans les ronces. Je ne sais pas combien de temps je l'ai regardé se débattre par terre, à coups de pied, de poing, se cognant le front jusqu'au sang contre le bloc de pierre. Je savais que je n'avais pas le droit d'intervenir. Chaque coup qu'il donnait, je le donnais aussi, avec autant de sauvagerie. Il s'est calmé en un instant. Il s'est relevé. Il s'est retourné vers moi. Il m'a engueulé. « Qu'est-ce que tu fous, comme ça, à ne rien faire ? Tu ne comprends pas qu'ils peuvent peut-être revenir ? Allez, on fonce. » J'ai eu du mal à le suivre jusqu'en haut de la colline. Il n'était même pas essoufflé.

Il s'est assis contre un pin. Il m'a fait signe de le rejoindre. « Qu'est-ce qu'on fait maintenant, Samuel ? Tu y crois toujours à ce que nous faisait répéter sans arrêt le rabbi quand il nous faisait classe : « Tu ne tueras point » ? » Et il s'est mis à rire, à rire. Alors, seulement, j'ai entendu des bruits, à quelques mètres de nous. J'ai fait signe à ton père. Lui aussi avait entendu. J'ai serré le bâton que je n'avais pas lâché. Schlomo a ramassé une caillasse. On s'est aplatis contre le sol, aux aguets. C'étaient bien des murmures. On ne voyait plus grand-chose. Le crépuscule avait gagné les bois. Mais on distinguait parfaitement des voix en yiddish : « Qu'est-ce qu'on fait si c'est des Cosaques ? », et tout un fatras de conneries. Ton père et moi, en même temps, on s'est relevés et on a gueulé : « On les tue et on les pend par les couilles ! » On a éclaté de rire. En quelques secondes, les voix sont devenues des silhouettes avançant à quatre pattes, puis cinq hommes, trois femmes, deux enfants : les dix seuls témoins d'un minuscule massacre. Dix pauvres Juifs, plus ton père et moi. Menahem, le cantonnier, Élie, l'idiot du village, Lazare, le ferblantier, Josua, l'homme de tous les métiers, Boris, le marchand ambulant, rentré le mauvais jour, Léa, Frida, Hadassa, et deux gamins dans leurs langes. Tous avaient tout perdu ; Élie n'avait pas retrouvé la raison. On disait, avant, que peut-être un choc lui rendrait l'esprit. Qu'aurait-il pensé si le miracle s'était produit ? Douze rescapés d'un carnage lui auraient à nouveau fait perdre l'esprit. Hadassa et Léa berçaient les marmots qui mouraient de faim. Elles avaient failli les tuer en nous entendant venir, leur clouant la bouche et le nez pour qu'ils ne hurlent pas. Dans la nuit, on s'est installés comme on a pu. Ton père et moi, on a décidé de monter la garde. De toute façon, on n'aurait pas dormi, comme aujourd'hui. Tu vois, Joseph, quarante ans après... c'est avec le fils de Schlomo que je passe la nuit à veiller.

Monsieur Rosenblatt vient de quitter des yeux le morceau de chiffon. Debout contre la fenêtre, il regarde Joseph, la tête posée sur ses bras croisés. Dort-il ? Monsieur Rosenblatt toussote. Joseph se tourne vers lui lentement.

– Alors ?

Monsieur Rosenblatt s'éloigne de la fenêtre. Il regagne sa chaise. Il pose sa main sur le bras de Joseph qui ne bronche pas. Cette poigne le rassure dans la lumière jaunâtre de la nuit. Une étreinte qui rassure tout autant Samuel qui vacille dans le temps. C'est Joseph, ce n'est pas Schlomo. Il n'en est plus certain. Sinon, pourquoi tant d'insistance à prononcer le nom du fils ? Tu comprends, Joseph... Tu sais, Joseph...

– Imagine, Joseph, ce qu'on a pu se raconter ton père et moi, pendant que les autres tentaient de dormir ou dormaient tout bêtement. On s'est remonté le moral. On était vivants. C'était le plus important. On les vengerait. Mais on savait que le lendemain, il faudrait redescendre au village et les voir tous, morts.

Monsieur Rosenblatt se souvient d'une aube grise, d'un ciel bas, d'une pluie fine. La petite troupe est sortie de sa cachette dans un absolu silence. Même les bébés

– par quel miracle ? – ne braillaient pas. Les visages étaient gris, la marche lente, au pas d'enterrement. Chacun s'était recroquevillé pour combattre le froid et l'angoisse. Pas une plainte aux écorchures des ronces. Le village était là-bas, dans le lointain. Les pas se sont faits plus rapides. Élie, l'idiot, s'est mis à courir, à sauter. Il venait d'entendre des voix qui hurlaient en yiddish. Il y avait donc des survivants.

– Ton père et moi, on a lâché les autres. Ils nous rejoindraient suffisamment tôt pour voir ce qu'on a vu, ce qu'on a entendu. A l'entrée du village, le corps du rabbin était toujours là, dans la boue. Une poule s'était installée sur sa tête. Elle n'a pas bougé quand on est passés. Schlomo s'est mis à courir comme un fou. Il venait de voir Mounik, un gosse d'une dizaine d'années, le fils de David, qui se promenait dans la rue principale, hurlant, à la recherche de ses parents. Schlomo a foncé. Je l'ai vu attraper le gosse, le serrer contre lui, l'embrasser, lui caresser les cheveux. Schlomo pleurait quand je suis arrivé à côté de lui. J'ai pris ton père par l'épaule…

Joseph voudrait que monsieur Rosenblatt répète ces simples mots : « Schlomo pleurait. » Joseph, à cet instant, pardonnait tout à son père. Monsieur Rosenblatt avait poursuivi sans que Joseph entende. Joseph voyait son père en larmes. Il était donc comme les autres ? Lui, ce père têtu, distant, impitoyable, capable de le rosser jusqu'au sang, « et tiens, encore un coup de ceinturon pour arrêter de chialer », « un homme, ça ne pleure pas ». Joseph n'écoutait pas monsieur Rosenblatt additionner les horreurs aux horreurs d'un lendemain de pogrom. Il serrait son père dans ses bras, il le consolait. Il était fier de Schlomo. Puis d'une virevolte, il s'est mis à le haïr. Il avait consolé l'enfant d'un autre. Lui, il avait voulu le dresser, le mater. Jamais un mot gentil. Jamais une douceur. En serrant les poings, Joseph est entré de nouveau dans l'histoire de monsieur Rosenblatt.

– Alors, on a mis tous les cadavres sur des charrettes à bras. Et on s'est tous retrouvés au cimetière. Toutes les tombes avaient été cassées, toutes, comme s'ils avaient pris leur temps pour bien nous enfoncer dans le crâne que même nos morts, ils leur chiaient dessus.

Monsieur Rosenblatt s'est mis à crier et ses cris l'ont sorti de son cauchemar.

– Excuse-moi, Joseph.

Qu'y avait-il à excuser ? La puanteur ? Les femmes qui voulaient laver les souillures de sang et qui tiraient l'eau à la fontaine ? Menahem qui voulait une tombe pour chacun ? La dispute qui suivit ? A qui donner raison ? Aux partisans d'une fosse commune parce qu'on manquait de bras ? A ceux qui cherchaient désespérément un linceul ? Et comment donner tort à Josua qui voulait que le rabbin soit enterré le premier ?

– Tu n'imagines pas notre idiotie, Joseph. Plus rien n'avait d'importance et chacun se battait pour une idée fixe. Ce n'était plus un cimetière, c'était le Pletzl où l'on pouvait discuter de tout, marchander, s'engueuler pour rien. Et les morts attendaient qu'on s'occupe d'eux. C'est ton père qui a fait cesser les disputes. Jamais je ne l'ai vu dans une telle colère. Il a lâché la main du petit Mounik qui s'agrippait à lui. Le gosse est tombé. Il a regardé sans comprendre, comme nous tous. Schlomo, avec une pelle, s'est mis à creuser sans s'arrêter. Du tas des morts, il a tiré sa femme et ses deux enfants. Il les a jetés dans le trou. Il a balancé des volées de terre. Il a piétiné la tombe. Sa pelle à la main, il nous a tous regardés. « Si jamais un seul d'entre vous récite le Kaddish [1], je le tue de mes mains, vous entendez. Et si on retrouve mes parents, je l'interdis aussi. Dieu n'est qu'une ordure. Je le hais. Je le haïrai toute ma vie. Pleurez si vous voulez, priez autant que vous voudrez. Si Dieu existe, il n'a pas pu laisser faire ça. Il n'existe pas. Il n'a jamais existé. Notre rabbin n'était qu'un menteur. » Il a fiché sa pelle dans le sol. Il a embrassé le petit Mounik et il a quitté le village sans que personne ne fasse un geste, ne dise un mot. C'était ça, ton père.

Joseph ignorera toujours ce qui s'est passé ensuite, au village. Ceux qui y sont restés pour reconstruire. Ceux qui sont partis. La cause même du pogrom : l'assassinat d'un goy sur une route pas très loin. Les Juifs, évidemment. Et jusqu'au sort de monsieur Rosenblatt. Joseph marche à grands pas sur la route, sans jeter un regard en arrière. Joseph est avec Schlomo. Joseph est Schlomo qui écrase Dieu à chaque pas. Dieu qui a laissé faire Drancy, Pithiviers et plus loin Auschwitz, Treblinka, Sobibor, Mauthausen… Ce Dieu de chiottes qui lui a enlevé Ida, qui lui a enlevé Schlomo.

Joseph sursaute. Joseph ne sait plus où il est. Il voit une toile cirée. Il est dans une pièce. Il sent deux mains sur ses épaules.

– Viens, Joseph, viens dans ta chambre. Il faut que tu dormes.

Monsieur Rosenblatt le soutient par les aisselles. Joseph s'abat tout habillé sur le lit. Il a sali le couvre-lit.

1. Kaddish : « prière des morts ».

Monsieur Rosenblatt reste assis près de lui. Il le regarde avec amour. Il pose un baiser sur le front de Joseph.

– Dors, mon Kindèlè, mon petit enfant, dors.

Monsieur Rosenblatt ferme la porte qui grince. Joseph a encore tant à apprendre sur son père. Mais pourquoi Schlomo ne lui a-t-il rien dit ? Dans la chambre à coucher, madame Rosenblatt soupire, se tourne sur le côté, se rendort aussitôt. Monsieur Rosenblatt s'en veut. A-t-il trop dit ? Pas assez ? Quelle image de Schlomo a-t-il donnée ? C'est Joseph qui a insisté. Lui, monsieur Rosenblatt, n'a dit que la vérité. Il s'endort à son tour, revoyant la silhouette de Schlomo disparaître au bout du village sans un regard en arrière.

Joseph s'est repu de sommeil. Madame Rosenblatt a eu beau passer la paille de fer, déplacer les meubles, encaustiquer, poussant tous les soupirs de l'énervement, elle n'a guère réussi qu'à se faire mal à la gorge. Il lui est arrivé, exaspérée, de pousser la porte de la chambre d'amis. Joseph ne bougeait pas, ses chaussures toutes crottées sur le beau couvre-lit de dentelle. Elle a claqué la porte. Joseph n'a pas davantage bougé ! Madame Rosenblatt a des mots tendres en yiddish qu'elle hurle aux oreilles de Samuel.

– Qu'il devienne sourd, aveugle, muet, ton Joseph !

Monsieur Rosenblatt lui renvoie ses amabilités.

– Étouffe donc !

Elle étouffe de colère.

– Tu ne peux pas le laisser en paix après tout ce qu'il a vécu !

– Qu'est-ce que tu sais de ce qu'il a vécu ? Il t'a dit d'où il venait ? Il t'a fait des confidences ? Il t'a parlé ?

Il t'a raconté où il était passé pendant tout ce temps ? Hop, le revoilà, et toi, bonne pâte, tu l'installes chez nous. Et Monsieur prend ses aises.

Monsieur Rosenblatt s'empourpre.

– Il fallait que je lui parle, à ce gosse. Qu'il sache pour son père. La mémoire, si on ne la donne pas, elle pourrit. Il n'a plus rien, Esther. Et moi, je lui donnerai tout. C'est quand même moi qui travaille ici, c'est moi qui te nourris, alors tu ne vas pas me faire chier. Il parlera quand il aura envie de parler. En attendant, je t'interdis de le réveiller. Tu ne te rends pas compte de notre chance !

– C'est ça, c'est ça… Et des enfants, on en a eu, nous ? Juste bons à nous occuper de ceux des autres ?

Après être montée pointue, la voix de madame Rosenblatt redescend, triste. Les gosses qu'elle aurait voulu avoir. Et celui des autres qui occupe toute la place dans une chambre d'enfant transformée en chambre d'amis.

Monsieur Rosenblatt sent sa colère mollir.

– Esther, tu sais bien que c'est aussi difficile pour moi, depuis des années. Mais moi, je ne t'en veux pas.

Il lui sourit avec tendresse.

– Joseph a besoin de nous. Fais un effort. Pour le reste, on n'y peut plus rien.

Esther reste désarmée, le temps de réarmer. Joseph dort, sourd à la guerre familiale que la Libération a ravivée. Madame Rosenblatt ne se souvient plus des mots qu'elle avait chuchotés à son mari lorsqu'ils s'étaient réfugiés en zone libre. « Heureusement qu'on n'a pas d'enfants. Ils auraient pu les prendre. »

Les volets sont clos. La chaleur accable Joseph qui s'étire. Où est-il ? Que fait-il tout habillé dans une chambre qu'il ne connaît pas ? La panique, un bref instant. Et les souvenirs retrouvés. Combien de temps a-t-il dormi ? Il se frotte les yeux en entrebâillant la porte de la salle à manger. Monsieur et madame Rosenblatt sursautent. Samuel se précipite.

– Ça va, Joseph ?

– Ça va.

– Tu as faim ?

Il hoche la tête.

– Trois fois le tour du cadran ! Tu avais un sacré sommeil à rattraper... Viens, assieds-toi.

Le visage de madame Rosenblatt se ferme. Lèvres pincées, elle tente de faire bonne figure. Joseph n'est pas dupe. Il l'asticote.

– Ça va, madame Rosenblatt ? Vous avez été gentille de me laisser dormir. Je ne vous ai pas trop gênée pour le ménage ? Vous vouliez peut-être passer le chiffon à poussière...

Monsieur Rosenblatt détourne la conversation.

– Qu'est-ce que tu dirais d'un bon café au lait ? Esther, tu lui prépares.

Joseph donne le coup de pied de l'âne.

– Les croissants, ça existe encore ?

Esther baisse les épaules, file vers la cuisine. Une envie de meurtre. Ce n'est que la première escarmouche. Jour après jour, il va lui falloir essuyer les petites phrases blessantes de ce sale môme qui se croit tout permis parce que ses parents sont morts. Est-ce de sa faute, à elle ? Et Samuel qui lui passe tout, qui prend son parti.

Joseph s'est installé. Monsieur Rosenblatt lui a déniché des vêtements neufs, lui a bourré les poches de billets de banque et « va, mon enfant ». L'enfant ne dit pas grand-chose, se laisse porter par l'air chaud de l'été, passe des heures allongé sur son lit. Il contemple les fleurs du papier peint. Peut-être tomberont-elles en automne ? Joseph sourit. Joseph fourre sa tête dans l'oreiller. Joseph pleure. Il regarde la photo de ses parents qu'il a posée sur la table de nuit. Il leur parle.

– Je sais que vous ne reviendrez pas. Je sais que vous êtes morts mais dites-moi quelque chose, n'importe quoi pour ne pas que je devienne fou. Je vous aime. Je vous aime.

Les sanglots s'étouffent sous le traversin. Joseph s'apaise. Il se lève, descend dans la boutique de monsieur Rosenblatt. Il s'assoit sur un tabouret.

– Tout à l'heure, on ira voir les Mayer. Ils savent que tu es revenu. Tu viendras, hein ?

Joseph hoche la tête.

Depuis quinze jours, il se laisse ballotter chez les uns, les autres. Ils le regardent sans rien trouver à lui dire. Il a grandi. Il a forci. C'est un homme maintenant. On lui offre ce qu'on a de précieux. Joseph boit le thé, serre les mains, se force d'un sourire aux encouragements. Il sait que monsieur Rosenblatt est passé avant lui. Il a donné ses consignes. Ne lui posez pas de questions. Il parlera plus tard. Vous comprenez...

Le seul qui l'a compris vraiment, c'est monsieur Baumann. Il lui a tendu la main. Joseph a vu le numéro tatoué sur l'avant-bras gauche.

– Il ne reste qu'à vivre, Joseph, a dit monsieur Baumann. On est condamnés à vivre.

Joseph s'est jeté dans ses bras. Le vieil homme l'a pris à l'écart. Il lui a murmuré :

– La vie est plus forte que tout, Joseph. Moi, je sais que les autres ne comprennent rien de ce que je leur raconte. Alors, je ne raconte plus. Garde le silence si tu as envie, mais hurle aussi si tu as besoin. Et puis reviens me voir quand tu veux.

Joseph quitte l'appartement plein de livres. Jamais il n'en a tant vu.

– Il a beaucoup souffert. Il ne parle plus à grand monde. Il passe son temps à écrire. L'Amicale s'occupe de lui. C'est pour ça, comme nouveau président, que je passe chez lui, voir s'il a besoin de quelque chose.

Monsieur le Président Rosenblatt, élu à l'unanimité, s'est installé avec Joseph à la terrasse d'un café.

– C'est très important, l'Amicale, tu comprends. D'ailleurs, je t'ai mis à l'ordre du jour de la prochaine réunion générale.

Joseph pose brutalement son verre.

– Ça veut dire quoi ?

– Ça veut dire l'entraide. J'ai demandé qu'on te donne de l'argent pour que tu puisses redémarrer dans la vie, faire des études, n'importe quoi. On te doit bien ça.

Joseph hurle. Les consommateurs se retournent. Monsieur Rosenblatt fait des mimiques désespérées.

– Mais je n'ai rien demandé ! Vous pouvez vous la mettre où je pense, votre charité. Personne ne me doit rien. Je ne dois rien à personne. Et ça sera comme ça jusqu'à la fin de ma vie. Vous pouvez crever avec votre fric, vous étouffer avec.

Joseph plante là monsieur Rosenblatt qui le poursuit.

– Joseph, Joseph, ne le prends pas mal. C'est pour ton bien.

Joseph allonge le pas. Monsieur Rosenblatt court.

– Ton père, l'Amicale l'a aidé aussi !

Joseph s'arrête.

– Comment ça, mon père ?

– Oui, ton père. Avec la caisse de solidarité !

Les voilà de nouveau marchant du même pas dans les rues douces de fin d'été. Monsieur Rosenblatt raconte.

– C'est quand j'ai retrouvé ton père. Je n'y ai pas cru. Il est entré dans ma boutique. Il est venu droit vers moi. Mon couteau m'est tombé des mains. « Schlomo, qu'est-ce que tu fais là ? Ça fait... », et j'ai dû compter les années. « Oui, il m'a dit. Quinze ans, j'ai compté avant toi. » Il m'a pris dans ses bras devant tous les gens. On pleurait de bonheur. Les autres ne comprenaient rien parce que je me suis mis à gueuler : « La boutique est fermée, allez, allez, on sort ! » Je me souviens de madame Finkelstein. Elle est repartie sans son poulet. J'ai failli la faire tomber parce qu'elle ne sortait pas assez vite. On est restés à se regarder sans rien dire. Et une fois encore on est tombés dans les bras l'un de l'autre. Quinze ans. Quinze ans. Qui aurait pu imaginer qu'on se retrouverait ? Et à Paris, en plus.

Monsieur Rosenblatt est perdu dans ses souvenirs. 1922. Son visage s'éclaire. Il se tourne vers Joseph : son visage s'assombrit.

– Ton père m'a fait remarquer qu'il avait juste fait un petit détour par l'Argentine.

Monsieur Rosenblatt prend Joseph par l'épaule.

– Dis-moi la vérité, Joseph, ton père ne t'a vraiment, vraiment, rien raconté ?

Une triste plainte, d'un seul mot.

– Jamais.

Monsieur Rosenblatt soupire. Quel gâchis ! Il va réparer. Joseph est aux aguets. La moindre miette à ramasser. Ils poursuivent leur marche lente. Monsieur

Rosenblatt gave Joseph de détails piochés sans ordre, sans date. Et c'est le guet-apens.

Joseph franchit le seuil de La Civette, bar-tabac, croyant s'asseoir à nouveau devant une table de bistrot, ses soucoupes empilées et son siphon bleu. Mais monsieur Rosenblatt le pousse dans la salle enfumée, puis dans l'arrière-salle où les billards ont été reculés contre les murs. Joseph marque le pas. Les rangées de chaises l'impressionnent moins que tous ces visages qui se tournent vers lui, se détournent aussitôt. On sait se tenir à la réunion générale de l'Amicale. Monsieur le Président, élu à l'unanimité, encourage Joseph qui se pelotonne sur une chaise au tout dernier rang. A peine s'il voit la petite table où Monsieur le Président, la secrétaire et le trésorier s'apprêtent à officier. Il entend prononcer son prénom, celui de ses parents par des inconnus qui l'épient grossièrement. Joseph est en sueur. Il essuie ses mains moites sur le beau pantalon prince-de-galles que monsieur Rosenblatt lui a fait tailler sur mesure. De nouveau les mots qu'il ne veut pas entendre, qui cognent. « Pauvre gosse. Pauvre enfant. C'est un malheur. Pauvre enfant. » La litanie de la pitié : phrases toutes faites, méprisables. Qu'en savent-ils du malheur ? Les femmes se sont faites belles. Elles ont ressorti leurs bijoux, leurs bagues, leurs bracelets qui tintamarrent dans le brouhaha et la fumée des cigarettes qui bleuit la salle. C'est donc ça, l'Amicale, lieu mythique où il irait quand il serait plus grand. Il y serait membre titulaire, cotisation mensuelle obligatoire et billets de tombola. Il n'en connaissait que la fête annuelle dans les salons du Chalet du Lac où l'accordéon valsait musette et yiddish en alternance. Il devait bien se tenir, ne pas glisser sur les parquets cirés, fermer la bouche en mangeant. Il avait obéi. Il avait attendu jusqu'à l'épuisement le tirage des numéros. S'il gagnait le vélo de course ? Il n'a jamais eu de chance. Il y croyait. Il avait eu le temps de compter jusqu'à mille pendant que Schlomo arrangeait son nœud de cravate et qu'Ida se préparait. N'était-ce pas un signe ? Et tous ces gens qui parlaient fort, qui lui caressaient les cheveux comme pour s'essuyer, qui desserraient leur ceinture pendant le banquet, qui tombaient la veste, étaient-ce ceux-là mêmes qui entouraient Joseph aujourd'hui ? Schlomo, Ida ne sont plus là pour faire les présentations. Ida surtout, tenant Joseph par la main – ou était-ce lui qui s'agrippait à la sienne ? –, et qui allait d'une mère à l'autre, évoquant au passage, en riant, d'hypothétiques mariages. Combien de fiancées Joseph n'a-t-il pas eues, aussi rougissantes que lui, au cours de la fête annuelle de l'Amicale ? Il baissait les yeux, gauche. Seule Hélène le fascinait. Ses longs cheveux roux aux anglaises naturelles, ses petites taches de rousseur sous des yeux verts. Hélène. Elle aurait son âge aujourd'hui, partie elle aussi un petit matin de juillet pour le grand voyage. Il aimait croiser son regard même s'il avait peur. Et la fois où elle lui avait pris la main pour jouer à chat-à-deux dans une poursuite folle à travers la grande salle de bal, bousculant les couples au passage. S'il avait pu garder cette main dans la sienne ! Schlomo avait regardé Joseph de travers. Pris en faute, il avait abandonné. Mais chaque nuit, Hélène revenait avant l'endormissement. Quand ils seraient grands... Elle n'a pas eu le temps de vieillir. Joseph, seul, a survécu et la prophétie de Schlomo s'est réalisée. Plus tard, il irait lui aussi à l'Amicale. Il y était et la réunion générale venait de commencer aux coups de sonnette répétés de la secrétaire. Ils ne font guère taire les bavardages. Ils ne rompent pas davantage les rêveries de Joseph. Le visage et la voix de Schlomo.

– Si. Il est assez grand pour rester tout seul. Moi, à son âge...

Ida tente une timide défense.

– Mais il n'a que dix ans, Schlomo ! Et puis ce n'est pas grave. L'ordre du jour de l'Amicale n'est pas très intéressant. Je peux rester à la maison. Tu me raconteras.

Joseph collé à sa mère qui sent bon. Et le « non » sans appel de Schlomo.

– A dix ans, on n'a pas peur du noir ! Et même si il a peur, il faut qu'il apprenne à devenir un homme. Allez, au lit.

Ida serre Joseph contre elle. Toute opposition est vaine. Elle le sait. Joseph le sait. La voix du père a tonné.

– Je vais le coucher, Schlomo.

Un grognement.

Joseph s'est figé. Comme ça, sans prévenir, tout seul dans la maison, la nuit ?

– Va te mettre en pyjama, Joseph. Je viendrai t'embrasser.

Joseph ne bouge pas. Ida le pousse avec douceur. Rien à faire. Soudain, le déchaînement. Joseph n'a rien vu venir. Il sent seulement une douleur au cuir chevelu. La main de Schlomo s'est abattue sur sa tignasse. Il est soulevé de terre. Il traverse tout l'appartement, l'atelier, le couloir sans même toucher le parquet. Les hurlements l'accompagnent.

– Mais tu vas obéir ! Tu crois peut-être que ta mère, elle va te protéger toute ta vie ? C'est moi qui commande ici, moi. Si j'ai dit quelque chose, je l'ai dit. Tu n'es qu'un petit merdeux. C'est un Mensh que tu dois devenir.

Schlomo n'a pas lâché les cheveux de Joseph. D'un seul mouvement, du seuil de la porte, il l'a envoyé valdinguer sur le lit.

– Et si jamais je t'entends pleurer, je reviens avec la courroie de la machine. Maintenant tu te couches et tu dors. Et j'interdis à ta mère de venir te voir. Je vais te dresser, moi.

Sans un regard pour la pauvre chose qui se tortille sur son lit, Schlomo ferme les volets, éteint la lumière et repart. Ses pas dans le couloir. Le noir. Joseph n'a pas peur. Il a mal. Mal à vouloir tuer. D'ailleurs, il tuera Schlomo quand il sera plus grand, quand il aura quatorze ans. Et s'il ne le tue pas, il lui cassera la gueule. Les coups de poing imaginaires atteignent le visage de Schlomo. Tiens. Tiens. Tiens. Il frappe de toutes ses forces, sans pitié. Il sursaute quand la porte palière claque. Il entend le bruit des verrous qu'on tourne. Prisonnier. Il s'essuie les yeux.

La clochette de bronze de la secrétaire a eu raison du tapage. Joseph s'ennuie à la cérémonie de l'appel, aux mains qui se lèvent, aux « présent » hurlés ou murmurés. Jusqu'à :

– Borenstein ?

– Exécuté ! Exé-cu-té ! dit une voix avec application.

Un immense silence.

– Pardon, pardon... excusé, excusé.

Tous se sont tournés vers la voix tonitruante qui a osé. Mélange de réprobation et de fou rire retenu. Mèche lente qui pète soudain. Petits ricanements, puis éclats de rire et applaudissements. Tous se lèvent, l'apostrophent et le fauteur de trouble attaque pour se défendre.

– D'accord, d'accord, je me suis trompé. Mais Borenstein, il aurait très bien pu être exécuté, lui. Il a fait la Résistance pendant que vous étiez cachés à la campagne. Alors vous pouvez bien rire maintenant quand lui, il risquait sa vie. Et moi j'étais avec lui…

– Oui, mais t'étais tellement petit que personne ne t'a vu.

La clochette ne cesse de sonner.

– Bande d'anticommunistes !

– On a bien raison. Les communistes, ils ont serré la main d'Hitler. Le Pacte, qu'est-ce que t'en fais ? La rafle, elle a eu lieu à cause de ça. Staline, ça l'arrangeait bien qu'on tue les Juifs.

– Viens le dire plus près. Viens. Espèce de menteur !

– Si tu crois que j'ai peur. Vous, les communistes, vous êtes pires que les nazis. Eux, au moins, ils étaient pas hypocrites. Ils avaient décidé de nous tuer : ils ont essayé. Vous, vous nous tuez par-derrière. Qu'est-ce qu'ils font tes communistes pour les Juifs, en Israël ? Dis-le. Dis-le.

Les deux Amicaux se sont jetés l'un sur l'autre, rompant l'union sacrée des misères d'après guerre. Les chaises sont renversées. Les peureux se sont écartés. Les courageux n'envisagent pas d'intervenir. Joseph se lève. Il veut voir qui arrachera le revers d'un veston le premier. Il est le seul à rire, debout sur sa chaise, observant de loin le titanesque combat du communisme contre le sionisme, dans un tournoiement d'insultes peu appropriées. L'un est nazi. L'autre kapo. Les femmes poussent des « mon Dieu ! » athées tandis que les adversaires n'ont pas encore réussi à porter le moindre coup. En ont-ils vraiment envie ? La table de Monsieur le Président vient de tomber et Madame la Secrétaire est en équilibre instable, sa clochette à bout de bras, sonnant la fin du combat. Les deux ennemis se sont séparés en une fraction de seconde pour sauver la pauvre madame Schwartz partie à la renverse. Il était temps. Ils l'aident à retrouver sa dignité. Match nul. Mais madame Schwartz n'a pas cessé d'agiter sa clochette.

Joseph sourit. C'est donc ça, l'Amicale ! Les rouspétances de Schlomo lui reviennent en mémoire, Ida pour seul témoin et le petit Joseph tremblant dans les querelles d'avant guerre. Comme si Blum pouvait être traître alors qu'il était juif ! Et pourquoi il interviendrait en Espagne ? Communistes, socialistes, de droite, de gauche : tout était déjà en place. Joseph est pris d'un sentiment de déjà-vu. Comme s'il avait assisté à cette scène, qu'il y avait participé. Il a le tournis. Il s'appuie contre le mur du fond. Au milieu de l'assistance, seul, bras croisés, monsieur Baumann ne bouge pas. Il attend. L'agitation ne semble guère l'émouvoir. Joseph le voit même sortir lentement un journal de sa poche. Monsieur Baumann lit. Et les chaises se cognent. Les « pardon » se multiplient. Le bruit s'amplifie. Et quand Joseph reprend ses sens, c'est monsieur Rosenblatt, lui-même, debout sur la table qui pousse la harangue de la réconciliation, non sans avoir auparavant engueulé madame Schwartz.

– Mais vous allez nous rendre sourds avec votre cloche. Vous ne savez faire que ça ?

– Honte, honte à vous, il leur dit, Monsieur le Président-à-l'unanimité, tandis que monsieur Baumann poursuit sa lecture. Si ceux qui sont restés là-bas nous voyaient !

Le silence s'est fait couperet. La leçon de morale s'élève sans que Joseph s'en émeuve. Il parle bien, Monsieur le Président. Il réveille les morts pour leur faire dire ce que bon lui semble. Et les morts, les assassinés, fusillés, partis en fumée sont bien bavards. Ils affirment qu'ils ne sont pas partis pour rien et qu'il ne faut plus que ça recommence. Ils martèlent qu'ils sont juifs et qu'importe qu'ils aient été communistes, bundistes, ou rien du tout. On les a tués parce qu'ils étaient juifs, simplement, et que nos chamailleries d'aujourd'hui les font se retourner dans leurs tombes. Il a des images osées, monsieur Rosenblatt.

– Tous ceux qui ne sont pas là, ce soir, nous regardent dans les yeux et nous disent d'arrêter nos disputes. Et je ne parle pas de ceux qui sont revenus et qui doivent nous mépriser… Et de ceux qui n'ont plus rien, seuls… ici, parmi nous.

Monsieur Rosenblatt se tait brutalement. Il pointe son visage vers Joseph. Toutes les têtes se retournent. Il a bien appris son rôle de président, Monsieur le Président. Joseph est décontenancé. Il se fait minuscule. Il cherche un appui. Il trouve monsieur Baumann, lisant toujours son journal.

– Viens, viens ici, Joseph.

Comment désobéir devant une soixantaine d'Amicaux réunis, contrits ?

Joseph traverse l'arrière-salle de La Civette, bar-tabac, où s'est joué le sort du monde – guerre d'Espagne, Front populaire, accords germano-soviétiques –, avec une fermeture provisoire pour cause de maladie antisémite et d'étoile jaune cousue du côté gauche. Il contourne les rangs pour rejoindre la petite table où l'attend monsieur Rosenblatt. Joseph se sent godiche, dans son costume de riche, honteux lorsque le président l'offre à la charité judaïque, en bonimenteur de Foire du Trône qui croirait à son discours.

– Pour ceux qui ne le reconnaîtraient pas, c'est Joseph, le fils de Schlomo et d'Ida Katz... Cet enfant n'a plus rien, plus personne pour le soutenir. Et notre Amicale doit faire quelque chose...

Le regard de Joseph se voile à l'évocation de ses parents. Les mots de monsieur Rosenblatt roulent dans le vide. Il y est question d'argent. Personne ne chipote. Acclamation quand une cagnotte est allouée à Joseph. C'est ça, l'entraide. Joseph regagne sa place. Son père a-t-il dû subir la même vexation quand l'Amicale l'a aidé, lui aussi ? Il imagine Schlomo acceptant l'aumône. Inimaginable. Dire merci.

A l'ordre du jour, maintenant, le caveau de l'Amicale. Un inconnu parle.

– C'est en lettres d'or qu'il faudrait graver le nom de nos disparus.

– En or ou pas, il faut qu'il y ait leur nom. Qu'on puisse se souvenir, se recueillir.

– Peut-être, mais avant de graver les noms, il faudrait qu'il reste de la place sur la pierre tombale !

– Alors, il faut faire construire un autre caveau.

– Oui, mais ça coûte cher. Il reste combien dans la caisse ? Dites, madame Schwartz, il reste combien ?

Et madame Schwartz additionne, soustrait, s'énerve, efface, rajoute, retranche pour avouer, après quelques longues minutes, qu'elle est incapable de le dire et qu'elle refera ses comptes chez elle, à tête reposée, parce qu'avec un tel vacarme elle a du mal à se concentrer et qu'on arrête de toujours tout lui demander.

– L'argent, ça n'a aucune importance ! hurle monsieur Weissenberg.

Ces seuls mots, d'un coup, calment l'assemblée intriguée.

Et monsieur Weissenberg, épingle en or à la cravate, tire de la poche intérieure de son veston, avec ostentation, un portefeuille gros comme un pavé. Il en sort une liasse de billets qu'il brandit au-dessus de sa tête et qu'il va, d'un pas lent, martelé, traversant toute l'assemblée, jeter sur la table de monsieur Rosenblatt, ponctué d'un « na ! » qui dit tout. Il retourne s'asseoir, vaniteux gangster d'un film américain.

Un murmure dans la salle. Chacun veut voir.

Joseph regarde devant lui cet argent de nouveau riche, que madame Schwartz se met à compter, petite souris, sans s'occuper de rien.

Monsieur Rosenblatt frappe dans ses mains.

– Je propose que pour le don que monsieur Weissenberg vient de faire, il soit nommé membre bienfaiteur de l'Amicale. Son acte de générosité…

Joseph n'écoute pas la suite. Il s'est agrippé à la table. Il a envie de déchirer les billets qui ne rachèteront jamais rien. Il a envie de les prendre, de les rouler en boule, de les fourrer dans la gueule de monsieur Rosenblatt qui dévide ses remerciements de larbin.

Les applaudissements sortent Joseph de sa colère contre monsieur Weissenberg qu'il a tout de suite reconnu. « Monsieur Peau-de-lapin », ainsi qu'il l'appelait avant guerre, avec ses copains, l'incarnation du croque-mitaine. Il le terrorisait, toujours mal rasé, le mégot au coin des lèvres, flanquant trois ou quatre coups de fouet à son vieux bourricot traînant une carriole où s'entassaient toutes les pourritures du monde. Joseph était certain qu'il dormait dans une cave. Mais que faisait-il de tous ces papiers, chiffons, peaux de lapins, ordures qu'il jetait, sans les regarder, par-dessus les ridelles ? Comment Ida le laissait-elle pénétrer chez eux ? Et le mouvement de recul du petit Joseph quand « Peau-de-lapin » tendait ses mains de charbonnier pour lui frotter la chevelure. Quelle infamie avait-il commise pendant la guerre pour tenir aujourd'hui la dragée haute à l'assemblée générale ? Monsieur Rosenblatt lui expliquerait. En attendant, il était trop occupé à donner le « la » aux voix couinantes qui avaient toutes une idée sur l'inscription à graver sur le marbre.

– En plus des noms, il faudrait une plaque pour dire qu'ils sont morts à cause des nazis !

– C'est vrai, c'est vrai, Moïshe. Moi je mettrais « à cause de la saloperie des nazis ».

– Mais on ne peut pas écrire ça sur une tombe !

– Et pourquoi, on pourrait pas ? C'est peut-être pas une saloperie ? Dis-le que c'est pas une saloperie ! D'ailleurs, ça n'a même pas de nom ce qu'ils ont fait.

– Alors, on ne met rien.

– Tu te crois drôle ?

– Mais non, c'est pas ce que je voulais dire...

Voilà monsieur Rosenblatt emporté à nouveau dans la tourmente.

Les suggestions volent d'autant plus nombreuses que chacun des Amicaux peut appeler à la rescousse une femme, un mari, un père, un cousin, une cousine, des neveux, des nièces disparus pour contrecarrer toute proposition qui lui déplaît. Maurice ne démord pas de sa « saloperie des nazis », monsieur Haïm plaide pour la « barbarie nazie » et madame Aaron soutient qu'il faut être sobre et qu'« à nos morts » suffit.

C'était compter sans la fourberie des communistes cachés dans l'assemblée. Car enfin, sans l'Armée rouge, il y aurait eu plus de morts encore et sans le sacrifice de simples Français, ceux de la Résistance, ils n'en seraient pas là à palabrer pour des âneries.

La clochette de madame Schwartz est prise de folie. Joseph s'ennuie. On lui a remis son argent. Ils ont fait leur bonne action et vont se foutre sur la gueule pour des morts. Joseph regarde monter les volutes de fumée bleuâtres que brassent les pales de deux immenses ventilateurs. Dans les hurlements, piaillements, injures, aboiements de la civilisation retrouvée, Joseph vient d'apercevoir un petit homme chauve qui s'approche de la table présidentielle. Personne ne s'en émeut. Mais quand tous s'aperçoivent qu'il est debout sur la table, croisant les bras, les regardant, silencieux, c'est comme à l'école. Le bruit décroît par saccades. Qu'est-ce qu'il leur veut ? Le petit homme chauve ne dit toujours rien. Il les défie d'un léger sourire, sans mépris. Le silence se fait, total. Lui, ne hurle pas. Il dit d'une voix égale :

– A quoi ça sert de vous disputer ? Moi, je ne veux rien sur la tombe. Pour l'instant, au moins. Qu'est-ce qui me prouve que ma femme elle est morte et qu'elle ne reviendra pas ? Moi, je continue à l'attendre. Elle est peut-être vivante, quelque part. Imaginez qu'elle revienne et qu'elle lise son nom sur une grande liste, même en lettres d'or… ?

Il a tout dit. Il descend de la table. Monsieur Rosenblatt propose aussitôt de reporter à d'autres temps les inscriptions sur le caveau. Les mains se lèvent lentement. Unanimité. Dans le silence, éclatent les sanglots de madame Rosen. Elle attend toute sa famille. Monsieur Baumann plie son journal, s'approche d'elle. Ils quittent l'arrière-salle. Joseph les suit. C'est dehors qu'il pleurera.

Il est dans la rue. Il fait nuit. Il fait doux. Joseph est enfin seul devant l'entrée de La Civette, bar-tabac. Madame Rosen et monsieur Baumann cheminent à petits pas. Eux savent où aller. Il les voit tourner l'angle du boulevard.

– Reste pas planté là, tu vois pas que tu gênes !

Le garçon de café a l'air furieux.

Joseph part à l'aventure dans la lumière chiche de Paris. Personne ne remarque ses yeux rougis ni même soudain son changement d'allure. Les mains dans les poches, il se met à siffloter un succès d'Yvette Giraud, *Ma guêpière et mes longs jupons*. Il se surprend, fautif, s'arrête prêt à se justifier du bonheur d'un instant. Mais quelle justification trouver ? Il a marché, marché, oublié le caveau, les revenants, les revenus, les gesticulations, les braillements, et il s'est mis à chanter parce qu'il respirait, parce qu'il faisait bon être libre, sans surveillance, sans rien, sans personne que ces gens qu'il croisait, qu'il dépassait. Il s'est arrêté devant le Bataclan. Sans réfléchir, il se glisse dans la file d'attente. Tant pis pour le couple qui crie au resquilleur. Le regard de Joseph qui se retourne suffit à les faire taire. Un curieux regard. Joseph s'en amuse. L'émotion d'autrefois retrouvée : inventer l'histoire au gré des photos affichées et cette queue qui n'avance pas assez vite, qui n'avancera pas du tout. Joseph se prend à rire : il ignore même ce qu'il va voir. Il se tourne vers le couple rouspéteur.

– Je suis devant vous, hein ? Gardez-moi ma place.

Quelques pas sur le trottoir. L'immense toile peinte. *La Cage aux rossignols.* Noël-Noël. Micheline Francey et René Blanchard. Un film de Jean Dréville.

Joseph rejoint sa place.

– Merci beaucoup.

Le couple ronchonne.

Joseph est assis dans l'odeur enveloppante d'une salle de cinéma. Quatre années pour se retrouver dans une mezzanine, lui qui n'a jamais connu que les deux premiers rangs où il se faufilait, à l'entracte, par la sortie de secours. Un « grand » lui ouvrait.

Schlomo qui hurlait.

– Où est-ce que tu étais passé ? Avec des « bandites » encore ? On met trois heures pour livrer à cinq cents mètres de la maison ? A qui tu vas faire croire ça ? Tu prends ton père pour un « idiote » ?

Les coups tombaient, pleuvaient, dégoulinaient. Joseph s'en foutait. Tant pis s'il avait raté les Actualités, le documentaire, les attractions. Il avait vu le « grand » film. Et sous les coups, il se prenait pour Johnny Weissmuller dans *Le Trésor secret de Tarzan.* La même force, la même peur de rien. Bientôt, dans quelques années, il partirait de la maison en poussant un cri terrible. Joseph se levait, fesses zébrées qui cicatriseraient jusqu'au jeudi suivant où il livrerait encore, déposant à toute vitesse sa toilette chez un copain d'école, pour courir revoir et revoir le même film sans se faire choper à l'entrée. Dans le noir de la salle, il balancerait derrière lui des boulettes de papier froissé. L'ouvreuse viendrait éclairer de sa lampe le premier rang et partirait pour revenir deux ou trois fois encore. Et les rires, les hurlements, la peur, le nez collé à l'écran. Le mal de tête parfois, en sortant. La course pour récupérer sa toilette de percale, livrer, et ramasser la volée du jeudi. Inutile d'inventer des prétextes. Ida regardait son fils se faire corriger. Personne ne pouvait arrêter Schlomo, son ceinturon en guise de fouet. Peut-être se prenait-il pour Zorro...

Dans la lumière de la salle, Joseph vient de sourire. Il ne sent plus les coups. Ils lui manquent. Mais son père masqué d'un loup noir... Joseph reste pensif. La salle se remplit. Il regarde le velours rouge du rideau. Il est heureux. Bientôt l'ouverture et les réclames sur la toile qui se déroule en grinçant. Jeanine-coiffure pour dames. Armand, le serrurier qui ne perd pas de temps... et les adresses, le téléphone, les décorations biscornues...

A qui trouverait le premier un mot commençant par R et s'achevant par T. Joseph a dix ans. Il hurle en levant la main comme en classe. Restaurant. Restaurant. J'ai trouvé. J'ai gagné.

La main de Schlomo s'abat sur la sienne.

– Mais tu vas te taire, non ! Tu vas nous faire remarquer.

Les doigts d'Ida sont sur la nuque de Joseph. Elle le caresse.

– C'est bien, Joseph. C'est bien, mon Chepsèlè, mon Kindèlè.

Joseph oublie la douleur. C'est la première fois que Schlomo l'accompagne au cinéma, qu'il n'a pas renvoyé Ida d'un revers de main en prononçant la sentence, définitif.

– Et pourquoi j'irais dépenser mon argent pour *A richtiche Dreck*, une vraie merde, un navet ?

Non. Il s'était préparé toute la semaine pour *Les Misérables* avec Harry Baur.

– Un Juif ! Un Juif, Ida, qui joue le plus important rôle ! C'est ça, la France. Et même Samuel a pleuré. Ça ne m'étonne pas de lui.

Schlomo ne pleurerait pas. Il a poussé un grand « chut » à l'ouverture du rideau, pour ne pas se faire remarquer, évidemment. Joseph s'est collé contre sa mère. Dans la pénombre, il a guetté les larmes qui sont venues glisser le long des joues de son père au moment où Jean Valjean est vieux, seul, délaissé.

Dans la rue, sur le chemin du retour, Schlomo marche à pas lents, derrière Ida et Joseph. Peut-être s'essuie-t-il le visage ?

– A guitte filèm, un bon film, dit-il, voix cassée, dans l'appartement où il file dans sa chambre ôter son costume et sa cravate. Il met bien du temps à revenir.

Joseph et Ida se regardent. Ida prend Joseph dans ses bras. Elle murmure.

– Ce n'est pas un méchant papa, Joseph. Il est dur, c'est vrai, mais il t'aime.

Curieuse façon d'aimer…

Dans la pénombre du Bataclan, Joseph, pour tout réconfort, n'a qu'une chaise vide à ses côtés. Il sort d'une longue rêverie. C'est déjà le grand film. Commencé depuis quand ? Il n'a plus même souvenir des attractions. Joseph regarde autour de lui. Il vient de quitter Noël-Noël qui s'acharne à faire chanter toute une bande de « voyous ». Joseph s'intéresse au mouvement imperceptible, devant lui, sur sa gauche, à l'orchestre. Une jeune fille vient de poser la tête contre l'épaule d'un garçon de son âge. Joseph ne voit que ces deux silhouettes, de dos, qu'il épie. Et le baiser qu'ils échangent fait naître une jalousie brutale. Son sexe en érection lui dit en un instant la vie qui s'est éteinte, la vie retrouvée. Joseph se sent rougir, pétrifié. La vie est là, plus forte que tout, toujours. Joseph a beau la récuser, elle lui arrache au bas-ventre une douleur de plaisir irrépressible. Douleur de renouveau. Douleur exquise, honteuse à laquelle il s'arrache dans un mouvement de révolte. Il se lève, fait tomber sa chaise, s'enfuit en courant.

Il faut qu'il se cache, qu'il arrête cette montée de plaisir bouleversante. La première vespasienne souillée de morceaux de papier trempés d'urine, l'odeur de crésyl lui offre un refuge répugnant. Mais c'est là, tenant à la main son sexe douloureux, osant le regarder, que Joseph efface une trop longue année d'existence où il lui a semblé n'avoir pas existé.

Il ne connaîtra jamais la fin ni le début de *La Cage aux rossignols*. Il s'en fout. Comme il se fout du poivrot qui s'installe à ses côtés et qui ne parvient pas à déboutonner sa braguette. Joseph sait que le temps des pleurs a cessé, qu'il peut goûter lui aussi à la douceur des jours, à la paix revenue. Il existe. Il existe pour lui.

A grands pas, il s'enfonce dans la nuit de Paris. Il rêve de baisers donnés, reçus, échangés. Il rêve de rêves impossibles : tout semble permis. Il marche léger, débarrassé de tous les moribonds, morts laissés à sa traîne. Sa vie sera sienne. Adieu, monsieur Rosenblatt ! Joseph ne sent pas la fatigue. Il est heureux.

Il pousse la porte d'un hôtel, au hasard. Il sourit.

Un veilleur de nuit se réveille en sursaut, derrière le comptoir.

– Une chambre avec douche, s'il vous plaît.

– Papiers ! dit la voix pâteuse en soulevant le registre.

Joseph est livide. Il n'a pas de papiers. Il n'a rien. Il n'existe pas. Rien ne prouve qu'il est Joseph Katz. Une hésitation. Il tire de son portefeuille l'argent de la charité. Il tire deux billets qu'il pose sur le registre.

Le veilleur de nuit ne le regarde même pas. Il empoche le prix de son silence. Il se retourne, prend la clé du 28.

– 28. Deuxième étage.

Il referme le registre.

– Demain, à six heures, vous devez être parti.

Sans appuyer sur l'interrupteur, Joseph se cadenasse dans sa chambre. Il s'adosse à la porte, dans le noir. La lumière d'un réverbère, lentement, lui indique les limites de la pièce, la place du lit. Il le contourne avec précaution et pose sa tête contre le rideau. Dehors, la rue déserte. De rares passants. Joseph est aux aguets, bousculé dans le temps. La guerre n'est pas finie. Il va de cache en cache. Celle-ci n'est pas sûre. Il en a la certitude.

Des pas dans le couloir. Joseph se rue vers la porte. Il se plaque contre le mur. Si la poignée tourne, il les laisse entrer, les bouscule et s'enfuit en courant. Tant pis s'ils lui tirent dessus. Il ne se sera pas laissé prendre comme Schlomo. Le bruit des pas s'éloigne.

Joseph éclate de rire. Il éclaire la chambre. La guerre est finie. La peur est partie. Il saute sur le lit.

Oui, pourvu que le veilleur de nuit soit un indic. Vite, qu'il téléphone aux flics. Joseph les attend. Qu'ils viennent le cueillir, qu'ils lui demandent ses papiers, qu'ils le conduisent au commissariat. Il leur racontera tout. Il est Joseph Katz. Ils le croiront. Ils pourront vérifier. Joseph veut retrouver une carte d'identité, son nom inscrit. Qu'ils viennent. Qu'ils viennent. Il les attend, mains jointes sous la nuque, tout habillé, les chaussures sur le dessus-de-lit.

Des coups violents secouent la porte. Joseph sursaute.

– Ouvrez, nom de Dieu ! Ouvrez.

Joseph ne comprend rien. En somnambule, il fait trois pas, tourne la clé.

Face à lui, la gueule bouledogue du veilleur de nuit.

– Petit con ! Je t'avais dit de calter avant six heures. T'as vu l'heure qu'il est ?

Joseph sait qu'il fait jour, pas davantage et qu'il a bien dormi.

– Tous les mêmes. Croyez qu'on peut m'acheter ? T'as deux minutes pour te tirer. Après, j'appelle la famille poulaga. Tu leur raconteras les bobards que tu veux.

Joseph se frotte les yeux. Il regarde le malabar qui vocifère. Il ne bouge pas. Il dit simplement :

– Allez-y. Appelez les flics. Moi, j'attends.

Le molosse se tait. D'un geste, il attrape Joseph par le col de chemise.

– Mais t'es con ou quoi ? Tu comprends pas ?

Dans un mouvement de colère, il sort Joseph de la chambre, le bouscule dans le couloir, le balance dans l'escalier et l'expédie sur le trottoir. Joseph trébuche, tombe à genoux.

– Voilà. C'est fait. Casse-toi. Et vite.

Le veilleur de nuit rentre dans l'hôtel. Il regarde sa montre.

Joseph se relève sur un boulevard, au jour naissant. Quelques concierges s'apostrophent, jouant du balai-brosse devant leur immeuble. Les poubelles n'ont pas été rentrées. Joseph se passe la main sur ses joues râpeuses.

Personne. Personne ne comprend rien. Chaque pas qu'il fait, de plus en plus rageur, le conforte. Tous des salauds, engraissés de guerre, donneurs de leçons, minables. Un jour, il les plantera là. Il le jure. S'il pouvait le faire sur-le-champ... Impossible. Il a encore besoin d'eux pour retrouver ses papiers, et monsieur Rosenblatt crachera jusqu'au dernier souvenir qu'il garde de Schlomo et d'Ida. Joseph alors partira, le cœur léger.

Il en rêve, assis à la terrasse d'un café, près de la place de l'Opéra où il s'est égaré. Il bourre méticuleusement sa valise, sans un mot. Il se plante devant monsieur et madame Rosenblatt. Il leur serre la main. Au revoir, sans merci. Il est libre.

Libre d'échouer, lamentable, dans le tourbillon des reproches de madame Rosenblatt. Esther n'a pas fermé l'œil de la nuit. Elle était prête à appeler la police. Il aurait pu prévenir. Qu'est-ce que tu crois qu'on a pensé ? Tu te rends compte ? Samuel, non plus, n'a pas dormi. Il devait être aux Halles à six heures. Tu veux notre mort ? C'est comme ça que tu nous remercies ?

Joseph s'est affalé dans le fauteuil. Il attend qu'Esther crache tout son venin, mais elle en fabrique à mesure. Soupirs, plaintes et cris pointus.

– Aujourd'hui, moi je vais te dire ce que je pense et pas parce que Samuel est dans la boutique. On te nourrit, on te loge, on te donne de l'argent et toi, tu te crois tout permis. Est-ce qu'une seule fois tu m'as aidée à faire les courses ? Est-ce qu'une fois, tu as passé la paille de fer ? Non. Rien. Tu t'es incrusté chez nous comme un mendiant. Tu profites, tu profites et tu ne dis même pas merci. Je me demande qui t'a élevé. Tu crois qu'ils seraient contents, tes parents, de voir que leur fils est devenu un pique-assiette ? Les autres aussi, ils ont vécu la guerre. Ils ont perdu beaucoup mais maintenant ils travaillent, ils deviennent quelqu'un. Toi, tu ne sais que profiter. Même à l'Amicale, tu ne leur as pas dit merci. Tu as pris l'argent. Ah ça oui, tu sais faire. Et Monsieur s'enrichit pendant que les autres travaillent. Tu crois qu'on est Rothschild ?

Joseph se lève.

– Non, madame Rosenblatt, vous n'êtes pas Rothschild. Ils ne voudraient pas de vous dans leur famille. Vous êtes une vieille peau. Vous avez laissé crever ma mère et mon père... c'est tout ce que vous avez su faire dans votre vie de merde. Peut-être que vous leur avez piqué leur fric avant qu'ils crèvent, sans qu'on vous voie.

Joseph l'assassine sans scrupule. Il lui faut frapper : il frappe, sans nuance. Il n'a pas le temps de s'excuser.

Esther étouffe, court ouvrir la fenêtre. Joseph descend, mains dans les poches, sifflotant. Il est dans la boutique vide.

Monsieur Rosenblatt feint de l'ignorer. Mais sa maladresse le trahit. Il s'interdit d'interroger Joseph. Il en crève d'envie. Une seconde d'inattention et c'est son pouce qui saigne entaillé par la pointe d'un couteau à découper. Joseph regarde le sang pisser. Il ne bouge pas, campé sur ses jambes, dans la sciure, les mains serrées dans ses poches. Monsieur Rosenblatt retient un juron. Il ouvre la glacière, y pioche un petit morceau de glace qu'il frotte sur son doigt. Sur le coin du billot, du papier Job. Monsieur Rosenblatt applique les feuilles une à une sur la plaie. Le glaçon finit de mourir sur le carrelage. Monsieur Rosenblatt retourne à son morceau de plat de côte, épiant Joseph qui s'assoit sur la chaise, collée à la caisse.

La voix de Joseph emplit l'espace de la boutique. Une

voix toute douce qui prend monsieur Rosenblatt au dépourvu.

– Dites, monsieur Rosenblatt. J'y ai pensé toute la nuit : comment mon père s'est débrouillé en arrivant en France avec l'argent de l'Amicale ? Il a dû rembourser ?

Monsieur Rosenblatt ravale sa colère, ses questions, ses reproches. Il est face à un pauvre enfant, torturé d'interrogations auquel il faut répondre. Il prend son temps pour cacher son embarras. Joseph suit le manège du rangement des couteaux, tirant sur une cigarette américaine. Monsieur Rosenblatt, après s'être essuyé les mains sur son tablier, peut enfin se tourner vers lui.

– Mais non, Joseph. Ton père n'a rien remboursé du tout. L'Amicale est une association d'entraide. Il a pu s'acheter sa machine à coudre.

– Comment ça ?

– D'après ce qu'il m'a raconté, il avait essayé de s'installer en Argentine. A Paris, il était tombé sur des escrocs. Tu sais : des Juifs qui exploitent des Juifs plus pauvres qu'eux. Ils étaient à dix dans un atelier clandestin, un appartement rue Saint-Maur. Ton père ne gagnait rien : juste de quoi manger et une chambre d'hôtel qu'il partageait avec un autre. Il n'a jamais voulu que j'aille voir. En plus, il n'avait pas de papiers. Il faisait attention quand il sortait. J'étais comme lui, moi aussi, en arrivant à Paris. Un coup de sifflet et les policiers entouraient les gens avec une corde. Ils vérifiaient les papiers. Ceux qui étaient pris étaient expulsés. Ils revenaient un mois après, de Belgique le plus souvent. La frontière : une vraie passoire. Et ça recommençait.

Joseph, fier-à-bras, redevient gamin. Il sursaute quand son mégot consumé lui brûle l'index et le majeur. Monsieur Rosenblatt se précipite.

– Ce n'est rien, ce n'est rien. Racontez-moi, monsieur Rosenblatt.

Blotti contre la caisse, Joseph, entre deux clients vite et bien servis, rassemble des souvenirs pour ne jamais oublier.

– On a le temps, Joseph. Pourquoi tu veux tout savoir d'un coup ?

Joseph sait qu'il n'a plus le temps, que sa liberté est au bout de l'histoire de monsieur Rosenblatt, qu'après ce sera fini, qu'il ne reviendra plus vérifier.

– L'Amicale a trouvé un travail pour Schlomo, dans un atelier, un vrai. Ton père a tout appris chez monsieur Stern.

Joseph s'est levé d'un bond.

– Mon grand-père ?

Monsieur Rosenblatt a l'air effaré.

– Ta mère non plus ne t'a rien dit ?

Joseph fait signe de la tête. Monsieur Rosenblatt murmure un « *Mèshiguènè* » inaudible. Quelle famille de fous ! Ne rien, rien raconter à leur fils.

– Oui, ton grand-père. Il était veuf, tout seul avec sa fille, Ida, bien plus jeune que ton père… La suite : tu la connais, c'est toi. Ton grand-père est mort pas très longtemps avant ta naissance. Il est enterré dans le caveau de l'Amicale. Ida et Schlomo sont restés dans l'appartement…

Joseph s'y trouve. Il a six ans. Il est assis sur les genoux d'Ida. Elle feuillette un album de photos. Joseph voit des vieilles personnes qui deviennent soudain jeunes puis vieillissent aussi vite. Il pose le doigt sur un monsieur en beau costume. Il demande à sa mère.

– C'est qui, le monsieur ?

Ida ne répond pas. Joseph questionne à nouveau. Ida referme l'album. Joseph se retourne, contrarié. Ida murmure : « C'est ton grand-père. » Elle pleure en lui caressant le visage. Joseph n'a plus jamais posé de questions.

Il s'en veut. Sur sa chaise, dos courbé, la tête dans les mains, remontent toutes les interrogations tues, toutes les interrogations tuées pour éviter que glissent les larmes sur la joue d'Ida. Grand-père, il est mort de quoi ? D'où il venait ? Et sa femme, c'était qui ? Et comment c'était avant, quand tu étais petite ? Joseph roulait ces questions dans sa chambre, dans sa nuit. Demain, un jour, il oserait. Ou bien la question naissait à propos d'un rien. Il regardait sa mère. Il se taisait. Ne pas la faire souffrir. Ne faire souffrir personne. Schlomo ? Inutile de l'interroger, muré dans son silence violent, inexpliqué. Si Joseph avait insisté, Ida serait intervenue, écartant Joseph ou bien le regardant, simplement. Joseph se taisait.

Il se tait encore, triture ses mains. Il sent monsieur Rosenblatt s'approcher de lui. Il se redresse, lui jette un regard de défi. Il quitte la boutique, sèchement.

Dans l'immense désordre de sa chambre, Joseph s'affale sur le lit défait.

A quoi rime tant d'acharnement, cette quête sans fin ? A quoi bon faire renaître sans cesse la douleur ? Nulle réponse ne lui rendra Ida ni Schlomo. Pourquoi vouloir grappiller encore et toujours des bouts de la mémoire des autres ? Il gardera l'image de ses parents ;

la dernière, même moche : ce coup de poing lancé à Schlomo qui titube et le dernier baiser sur les cheveux gris d'Ida. Il avait voulu qu'ils restent en vie. Il relève la tête, regarde la photo posée sur sa table de nuit. Il s'endort, soulagé.

Au réveil, il est seize heures. L'appartement est silencieux. Joseph entrebâille la porte. Madame Rosenblatt n'est pas là. Vite. Vite. Il rassemble toutes ses affaires sales qu'il dépose dans le sac sous le lavabo. Il fait son lit, impeccablement. Il pend dans l'armoire ses chemises roulées en boule. Il court faire une toilette de chat, un rasage rapide. Il se lave les cheveux, s'habille de neuf. Quand la porte palière grince, il file s'asseoir sur le fauteuil du salon. Il attend, bras croisés.

Madame Rosenblatt fait la grimace en le découvrant. A peine a-t-elle posé son cabas par terre que Joseph se précipite.

– Je vais vous aider.

Il ne lui laisse le temps de rien. Le beurre est dans le réfrigérateur, le fromage sous la cloche, le pain enroulé dans un linge blanc dans la panière.

Madame Rosenblatt ne comprend rien. Joseph lui attrape la main.

– Venez voir.

Elle découvre la chambre de Joseph : le couvre-lit tiré, les tapis à leur place exacte. Elle ne comprend rien. Elle regarde Joseph, hoche la tête et trottine s'asseoir.

– Vous voulez que je vous prépare du thé ?

Madame Rosenblatt n'a pas le temps de répondre. Joseph est dans la cuisine. Il verse l'eau dans la bouilloire. En se reculant d'un pas, il espionne madame Rosenblatt. Elle tourne la tête dans un mouvement régulier d'incompréhension. Joseph étouffe un rire. Il s'approche d'elle.

– Excusez-moi pour ce matin...

– Je sais. Je sais. Samuel m'a expliqué.

Le silence s'installe qu'Esther ne supporte pas.

– L'eau bout. Tu entends, Joseph ?

– J'y vais.

Il sert le thé sur la table.

– Ne bougez pas, ne bougez pas, madame Rosenblatt. Je vous dois bien ça.

Elle le fixe, méfiante.

– Et qu'est-ce que tu vas faire maintenant ?

– Chercher du travail. Vous aviez raison. Je ne peux pas rester chez vous comme ça. Toutes les semaines, je vous donnerai une partie de ma paie et quand j'aurai trouvé où me loger...

Il désigne la porte.

Un sourire de plaisir s'épanouit aux lèvres sèches de la vieille peau.

Joseph sait, lui, qu'il ne partira pas de sitôt.

– Comment ça, travailler ! hurle monsieur Rosenblatt, en tapant du poing sur la table. C'est des études qu'il doit faire. Des études, pour pas devenir comme nous. Si moi j'avais pu faire des études...

Joseph jubile dans sa chambre.

– Mais c'est lui qui a proposé, pleurniche madame Rosenblatt.

– Et pourquoi il a proposé ? Parce que tu n'as aucune patience avec lui, qu'il voit bien qu'il gêne. Tu n'arrêtes pas de soupirer dès qu'il fait quelque chose, même quand il veut aider. Lui, il fait des efforts. Tu l'as remercié de ranger sa chambre ?

Joseph imagine la bouche tordue de madame Rosenblatt, tandis que Samuel argumente à coups de gueule. Est-ce vraiment des arguments ? Joseph se plaît à entendre s'abattre toutes les insultes yiddish : celles de Schlomo quand il s'énervait après une cliente grincheuse. Esther n'était qu'une « moyshé kapoyr », toujours d'avis contraire, une « nédnik » : monumentale emmerdeuse, une « nèdje », pourrisseuse d'existence, et qu'à la fin « un krènk la prenne », qu'une maladie l'emporte. C'était la voix, les intonations de Schlomo. Et lui se faisait tout petit, parce qu'il avait honte alors. Il se réfugiait contre Ida. Schlomo ne décolérait pas. La porte claquée, il attrapait la jupe qu'il venait juste de reprendre et l'envoyait valser dans l'atelier. Elle atterrissait où elle pouvait. Joseph avait même vu son père piétiner un tailleur ou arracher une manche.

– Tu m'entends bien, Esther : Joseph, il fera des études ! Son père aurait voulu qu'il fasse des études, et moi je suis comme son père.

Joseph s'accoude, pose le journal qu'il feuillette. Schlomo et les études ! Joseph n'était qu'un vaurien tout juste capable de pousser l'aiguille et encore. Joseph a en mémoire une séance de supplice, claques à l'appui, pour qu'il garde le majeur plié. Schlomo le lui a serré avec un élastique. Et tire, tire, tire l'aiguille, mon fils. Et prends ça, pour aller plus vite. Tu crois que les clients vont attendre Monsieur ?

Le jour du certificat d'études et de la réussite de Joseph, Schlomo a fait la moue. Ida était heureuse. Schlomo s'est enorgueilli d'avoir quitté l'école à dix ans et qu'un diplôme n'a jamais servi à rien.

– Et quand il l'emportera dans sa tombe, ça lui donnera quoi ?

Ida a dit :

– Schlomo ! S'il te plaît...

Il a senti qu'il avait dépassé la mesure. Il s'est levé. Il a gagné la table de coupe. Comme pour se reprendre, il a demandé :

– Et *La Marseillaise*, tu l'as bien chantée au moins ?

Joseph n'a pas répondu. Mais il la rechantait sa *Marseillaise*, son « sankinpur abreuve nos sillons », debout, mains derrière le dos, s'époumonant devant un instituteur ému de tant de dévotion. Schlomo avait tant et tant répété que *La Marseillaise*, c'était la plus belle chanson du monde, la chanson de la liberté. Joseph s'en était persuadé.

Sur son lit, il s'en veut de s'être égosillé pour la Patrie. Elle n'avait réussi qu'à rassembler ses Juifs, les estampiller d'une étoile jaune et les expédier aux crématoires. Et pourtant... Elle était belle cette *Marseillaise* de l'enfance, comme un merci à la France de l'avoir naturalisé en 1929, pour ses cinq ans. Même Schlomo la connaissait par cœur, quand bien même il l'assassinait de son accent.

Joseph reprend sa lecture, laissant les Rosenblatt à leurs hurlements.

– Mais il a vingt-deux ans et tu veux qu'il fasse des études ? Tu sais à quel âge il finira ? Tu crois encore que c'est un petit garçon. Mais qu'est-ce qui te prend ?

– Il me prend que si je me retenais pas... Si on avait eu un fils, il aurait fait des études. Pour Joseph, c'est pareil. Je ne compte ni les années ni l'argent.

– Et quelles études il va faire, monsieur l'Armée-du-Salut ?

– Celles qu'il voudra.

Joseph abandonne sa lecture inattentive, plutôt

content d'entretenir cette musiquette d'injures qui berce ses jours. Mais les Rosenblatt l'ont-ils attendu pour commencer ? Ils se font la gueule du saut du lit au coucher. Une vie de boutiquiers. S'engueuler, s'engueuler sans pouvoir se détacher. Lui, attend son heure. Monsieur Rosenblatt a décidé qu'il ferait des études ; il laisse faire jusqu'au moment où...

C'est la valse des propositions dans un automne naissant. Joseph est pris d'une indécision maladive dont lui seul connaît le secret. Quand tous les journaux appellent à retrousser les manches, à produire encore et davantage, Joseph fait mine de s'interroger sur les hypothétiques études que monsieur Rosenblatt lui propose.

– Mais c'est un bon métier, Joseph ! Ingénieur ? Qu'est-ce que tu en penses ?

Rien. C'est le défilé de toutes les professions qui font de vous « quelqu'un » quand on est fils de tailleurs, fourreurs, ou casquetiers immigrés, qu'il faut montrer qu'on est français et plus français encore que les Français. Monsieur Rosenblatt aurait pu monter une agence avec tous les renseignements glanés dans sa boutique, auprès de toutes ses connaissances. Il en connaît du monde, monsieur Rosenblatt. Pas seulement des Juifs. Même les goys fréquentent sa boutique, même des avocats, des docteurs, des dentistes : surtout leurs femmes.

Joseph s'amuse jaune aux trafics juteux de monsieur Rosenblatt, assisté de sa généreuse épouse. Un morceau d'épaule contre un peu d'huile. Un rôti contre des légumes frais venus de la campagne. Que crèvent les pauvres et que vivent les riches. Les poches de Joseph se gonflent de billets, les tiroirs de commodes de madame Rosenblatt de bijoux. Joseph ne parvient pas à sourire lorsque monsieur Rosenblatt, après une tractation muette, lui lance un clin d'œil.

Joseph sort faire un tour. Un autre tour encore et puis revient.

– Quand tu auras fini tes études, tu verras, j'aurai une boucherie toute neuve. Une de plus. Je pense à celle de Maurice. On l'a spolié pendant la guerre. Il n'est pas revenu. Il n'y a personne. C'est vraiment dommage de laisser une boutique comme ça à l'abandon... Je vais en parler à...

A qui il veut. Joseph ne veut pas entendre. Il entend tout de même. Joseph ne veut pas aider à entasser des pommes de terre dans la cave. Il les entasse tout de même.

Joseph ne veut pas faire d'études. On lui en propose sans cesse. Les Amicaux ont été mis en chasse. Et chacun sait.

Joseph savait lui aussi, autrefois, dans un autre temps quand, à quatorze ans, Schlomo avait décidé de sa vie. Tu seras tailleur, mon fils, que ça te plaise ou non. Tu en baveras comme j'en ai bavé, comme j'en bave encore parce que la vie, si tu crois que c'est pour s'amuser... Joseph avait dit « non ». Schlomo avait cédé contre toute attente. Joseph avait attribué ce miracle aux gros titres des journaux. Il n'y aurait pas la guerre. C'était certain. Daladier était revenu de Munich avec le sourire. Aux Actualités, la foule empressée l'avait acclamé. C'était même marqué dans le journal yiddish de Schlomo.

– Et qu'est-ce que tu veux faire, monsieur Poil-dans-la-main ? Lire des livres, je suppose... Des choses qui ne servent à rien. Perdre ton temps.

Joseph a regardé ses chaussures de peur d'affronter les yeux de Schlomo. Il a murmuré :

– Je veux faire comme monsieur Passenstein. La même chose que lui. Il m'a même dit qu'il pouvait me prendre comme apprenti si j'allais à l'ORT avant, parce que lui n'a pas le temps de m'apprendre tout de suite. Mais avec un CAP...

– C'est quoi ça, un Céapé ?

Joseph s'est embrouillé. Mais puisque c'était comme monsieur Passenstein, Schlomo n'a pas insisté. Il a même hoché la tête.

– Alors monsieur Poil-dans-la-main va travailler de ses mains ! Pas même fichu d'enfiler une aiguille... mais tu vas te couper le premier jour, avec un rabot. Tu sais au moins ce que c'est, un rabot ?

Si Joseph savait ! Il n'avait pas besoin de prétexte pour se glisser dans la boutique après une virée avec ses copains, à ne rien faire, à fumer en cachette du côté de la zone, au bout de la rue d'Avron. Pourquoi là ? Joseph était certain d'échapper à Schlomo, à tous les amis bienveillants qui mouchardaient. Pour plus d'assurance encore, au désespoir d'Ida, Joseph ne fréquentait que des goys, ces fameux « bandites », « voyous » que Schlomo sans discernement envoyait en Enfer et Joseph avec.

Ida égrenait les prénoms des « bons garçons » que Joseph aurait pu avoir pour amis. David. Samuel. Abraham...

– Des bons amis, avec qui tu peux bien t'entendre, qui t'apprendraient.

Joseph les avait définitivement écartés de sa compagnie. Il les fréquentait dans la cour de récré : c'était déjà bien leur faire honneur. Il leur préférait Dédé, fils du Bar des Amis, capable en deux coups de cuillère à pot d'échanger une agate volée et un calot en prime, contre *Nick Carter, Buffalo Bill* et *Sitting Bull*, le dernier des Sioux. Et c'est avec ce cancre de Dédé, maquereau en herbe, que Joseph s'était intégré à une bande de la zone. Mais Dédé n'avait rien d'autre à échanger que les illustrés et les coups. Joseph lui préférait encore la solitude ou la boutique de monsieur Passenstein.

Le vieux monsieur, cheveux tout blancs, laissait Joseph dans les copeaux regarder des heures le ciseau à bois entailler le hêtre. Joseph n'en revenait pas : d'aussi grosses mains œuvrant avec tant de finesse. Il les suivait sur l'établi serrer l'étau, prendre les râpes rondes, plates. Monsieur Passenstein était avare de mots. Il nommait simplement les outils qu'il utilisait et ses yeux ne quittaient jamais les bois qu'il travaillait. Un regard d'amour. Et le bain-marie toujours prêt pour les pinceaux à colle. Joseph s'asseyait dans un coin, à même le sol. Il respirait cette odeur de menuiserie-ébénisterie à s'en soûler. Il ne demandait rien, rêvant de remplacer Schlomo par monsieur Passenstein : un père qu'il se serait choisi, un père qui ne hurlait pas, d'humeur égale.

– Et reviens quand tu veux, Joseph.

Joseph repartait en courant rejoindre l'atelier de Schlomo, énervé, pressé, râleur.

– Bien, avait dit Schlomo. Travailler de ses mains n'a jamais tué personne. L'ORT, si tu veux. Mais que ça ne me coûte pas un centime !

Rien à craindre. Joseph était prêt à tout, pour un jour, s'installer en silence à côté de monsieur Passenstein, son diplôme en poche. Son rêve s'est d'abord appelé mensonge, mendicité, lorsqu'il s'est cogné à l'administration de l'Organisation pour la reconstruction et le travail, rue Édouard-Pailleron. Mais Joseph avait l'habitude. Mentir : une seconde nature. Mentir pour échapper aux volées de Schlomo, aux hurlements de Schlomo, à la férocité de Schlomo.

– Tes parents ne t'ont pas accompagné, mon garçon ? lui a demandé une brave femme, derrière un bureau.

Joseph est resté debout, muet, triturant sa casquette, passant d'une jambe à l'autre.

La petite dame lui a dit de s'asseoir. Joseph s'est assis. Il fallait répondre. Qu'à cela ne tienne.

– Mes parents, ils ne parlent pas français, madame. Ils n'arrivent pas. Je fais tout à leur place, tout seul. Mes parents, ils savent seulement signer leur nom. Ça n'aurait servi à rien qu'ils viennent et puis...

Joseph est en mal d'inspiration.

– Et puis ?

– Et puis ils veulent pas que j'apprenne !

– Comment ça ?

– J'ai dû me sauver de la maison pour venir ici. Mon père, il m'oblige à me lever à six heures pour me faire travailler à la maison. Je couds des boutons. Je fais les doublures. J'ai même pas le droit de m'arrêter si je suis fatigué. C'est comme ça depuis que j'ai eu le certificat d'études. La seule chose qu'il veut, mon père, c'est gagner de l'argent et que j'aille livrer chez les patrons.

Joseph est en verve. S'il avait lu *David Copperfield*, il aurait pu noircir le tableau. Mais il ignorait que, face à lui, la petite dame avait entendu d'autres histoires tout aussi vraisemblables mais plus tragiques. Joseph n'était qu'un cas parmi les centaines de fils d'émigrés contraints aux meublés, à la misère, à la soupe populaire des organisations juives. La petite dame l'écoutait avec attention parce qu'il martelait son désir d'apprendre, d'apprendre. Elle souriait d'un air entendu. Lui, croyait en ses dons d'orateur. Plus il crierait à l'injustice, plus il aurait ses chances. La petite dame n'écoutait-elle pas avec un intérêt soutenu les mauvais traitements infligés à un jeune révolté ? Il aurait fallu à Joseph un esprit bien tordu pour imaginer que la petite dame, mine de rien, jaugeait davantage un militant en puissance qu'un bon ouvrier menuisier. Il était encore naïf.

Son lot de sévices imaginaires épuisé, Joseph a regardé la petite dame. Une voix plaintive.

– Vous croyez qu'on peut me prendre ?

Elle a pris tout son temps.

– C'est possible. Mais il faut que je voie tes parents.

Joseph s'est ratatiné sur sa chaise, les larmes aux yeux.

– Non. Non. S'il vous plaît, madame, prenez-moi. Ne vous occupez pas de mes parents. Je vous ai tout raconté, rien que la vérité. Ils ne voudront pas. Je vous en supplie. Et puis, ils ne parlent pas français, je vous l'ai dit aussi. C'est vrai.

La petite dame lui sourit.

– Mais tu sais, moi je parle yiddish.

Tous les efforts de Joseph anéantis. Il roule sa casquette en boule. La salope ! Elle l'a eu, avec son air de ne pas y toucher. Il relève la tête pour la défier. Il est pris de court.

– Je crois qu'on va pouvoir faire quelque chose pour toi. Dans le fond, c'est toi qui décides de ta vie, non ?

Joseph ne comprend plus. Il est à sa colère. La petite dame vient la briser.

– Et mes parents ?

– Tu leur diras qu'ils te donnent leur livret de famille. Je t'attends demain pour les formalités. Tu sais écrire au moins ?

– Oh oui !

Il ne sait plus quoi faire. Se lever ? Rester assis ? Remercier ? Sourire ? Il regarde autour de lui. Des photos encadrées d'hommes barbus du début de siècle. Un portrait de Theodor Herzl. Il le connaît.

La petite dame le sauve du naufrage. Elle lui tend la main. Joseph se lève.

– Je me nomme Perla. Je dirige ce centre. Tu peux m'appeler Perla... Allez, sauve-toi et à demain.

Il y eut demain et demain. Des lendemains chantants, loin de l'atelier de confection. Joseph, gratifié d'une bourse, pouvait rêver parmi une quarantaine de raboteurs, varlopeurs, ponceurs, scieurs, tous les après-midi. Le matin, il tirait la langue pour la partie théorique. Son copain, Élie, lui donnait un coup de pouce pour les perspectives cavalières, les calculs, les conversions. Joseph s'appliquait, métamorphosé. Le ventre plein, après la cantine, il courait vers son établi. Jamais il n'a rechigné à balayer la sciure. Il regardait les grands, ceux qui allaient passer leur CAP. Il paraît que même des patrons d'usine viennent visiter l'école. Ils embauchent les meilleurs. Joseph serait le meilleur.

Toute la bande de tordus de l'Amicale lui cherche des études. Pour qui ? Pour quoi ? La boutique de monsieur Passenstein est morte un petit matin de juillet 42. La grille de fer est rouillée, noircie. A l'intérieur, les araignées ont tissé leur domaine. Joseph n'y pénétrera jamais. Impossible de retrouver la chaleur du vieux monsieur. Les projets de Joseph ont été assassinés devant la porte de monsieur Passenstein où reste encore l'affichette de la honte « ENTREPRISE JUIVE ». Joseph ne s'est pas senti la force d'arracher du bout de l'ongle le morceau de papier délavé. Il est parti, rêves détruits.

Monsieur Rosenblatt, jovial, vient lui en proposer un autre. Madame Rosenblatt guette les réactions de Joseph. Pourvu qu'il accepte. Il a tout refusé. A force de pincer les lèvres, madame Rosenblatt semble en avoir enlevé son dentier. Cette fois-ci, il ne peut pas. C'est impossible. Un métier d'avenir.

Monsieur Rosenblatt s'enflamme.

– La France, elle va avoir besoin de gens comme toi pour se relever, après les nazis. J'ai parlé à tout le monde. Ils sont tous d'accord. Dessinateur industriel, ils m'ont dit. Un métier qui gagne bien. Un métier pour inventer des voitures, des avions, des trains. C'est toi qui feras tout ça, Joseph. Tu traceras les plans de tout ce qui sera demain… Et pour les études, c'est arrangé. Tu feras les cours du soir au…

Monsieur Rosenblatt a oublié le nom. Il court vers le buffet de la salle à manger, soulève un coin du napperon, sous la coupe de fruits. Il tire un bout de papier écrit en capitales. Il bafouille, butant sur les mots.

– Au Conservatoire des arts et métiers. C'est ça, au conservatoire. Tu te rends compte ?

Joseph ne bronche pas. Il épie madame Rosenblatt. Combien de temps va-t-elle réussir à se taire ?

– Ils ont les meilleurs professeurs du monde, là-bas, insiste monsieur Rosenblatt. Je te jure, Joseph. Ce n'est pas la peine de chercher autre chose : c'est trouvé.

Joseph arpente la salle à manger, mains derrière le dos, absorbé. La salve part.

– Monsieur va encore faire la fine bouche ! Tu es fou, Samuel. Pourquoi tu lui dis d'arrêter de chercher ? Il aurait fallu qu'il commence. Quatre mois maintenant qu'il nous fait tourner en bourrique, qu'il nous suce le sang, qu'il prend, qu'il se sert comme un prince. Et le roi, c'est toi. Le roi des imbéciles. Tu crois tout ce qu'il raconte. Et qu'est-ce qu'il raconte ? Rien. Qu'est-ce que tu sais de ce qu'il fait toute la journée ? Dis, qu'est-ce que tu sais ?

– Silence, je parle à Joseph. Pas à toi.

Joseph les laisse à leurs injures de ghetto.

Ce n'est pas un métier qu'il a cherché mais Élie, son compagnon d'établi, l'ami de l'ORT. Élie lui dirait quoi faire. Il l'avait tant aidé. Joseph lui devait la vie, son vagabondage durant toute la guerre et même cette traversée vers la Palestine. Tout avait commencé avec Élie. Tout devait s'achever en retrouvant Élie. Mais personne n'était en mesure de lui apprendre quoi que ce soit. A l'ORT, rue Édouard-Pailleron, les fichiers ne mentionnaient pas son passage. Avait-il seulement existé ?

– Tu sais, il s'en est passé des choses depuis 40 ! avait doctoralement déclaré le remplaçant de Perla.

Joseph s'est retenu de lui foutre son poing sur la gueule.

– Et Perla ?

– Disparue. Arrêtée puis déportée. Une femme formidable !

Qu'en savait-il, ce connard ? Joseph a serré les mâchoires, les poings. Perla, partie en fumée, monsieur Passenstein avec ses copeaux, tous les autres mais pas

Élie ! Dieu, je t'en supplie, même si tu n'existes pas, même si tu as laissé faire, Élie, tu n'avais pas le droit.

L'homme regarde Joseph.

– Qu'est-ce que tu fous là, encore ? Puisque je te dis qu'il n'y a pas d'Élie sur les listes. Si tu crois que je n'ai pas assez de boulot à faire repartir l'école !

– Allez vous faire foutre, gueule Joseph. Barrez-vous du bureau. Vous n'avez rien à faire à la place de Perla.

L'homme hésite. Joseph l'a déjà attrapé par les cheveux. Il lui colle le visage contre le bureau. Il lui écraserait bien la tête. Il se maîtrise avec difficulté. Il se contente de lui aplatir, d'un seul coup sec, le nez contre le plateau. Le sang pisse. Joseph relâche son étreinte.

– Casse-toi. Casse-toi vite. C'est moi qui vais fouiller dans les archives. Si tu reviens, si tu appelles les flics, je te tue. Tu m'entends. Je te tue.

L'homme s'échappe, se tamponnant le nez d'un mouchoir blanc. Joseph s'assoit dans le fauteuil de Perla. Sur le bureau taché, il compulse les listes. Élie. Élie. Rien. Même Joseph Katz est introuvable. Il cherche, il cherche encore. Que lui-même ait disparu ne l'inquiète pas. Ils ont *tous* disparu. Aucune trace des années 38-39-40...

Joseph se lève. Il se dirige vers l'atelier. Le bruit des scies, l'odeur du bois. Il voit son établi. Il cherche Élie à sa place. Un petit bonhomme d'une quinzaine d'années le remplace. Joseph reconnaît tout. Joseph ne reconnaît personne. Il reste planté sur le seuil de l'atelier, perdu, incrédule, quand l'homme au nez tuméfié lui tape sur le bras, s'écartant aussitôt par crainte d'une riposte. Joseph tourne la tête.

– Excuse-moi, pour tout à l'heure, dit l'homme d'une petite voix. Je peux peut-être t'aider.

Joseph fait la moue.

– Tu étais là, avant guerre ?

Joseph hoche la tête.

– Les archives ont disparu. Mais elles doivent bien être quelque part. Est-ce que c'est l'UGIF[1] qui les a eues ? Je n'en sais rien. Je viens juste d'hériter du poste. Mais les organisations juives ont sans doute gardé la trace de ton Élie. Elles seules peuvent t'aider. Excuse-moi encore.

Joseph quitte l'ORT. Il fume une cigarette aux Buttes-Chaumont. Il commence sa course, se cognant à toutes les organisations juives. Sionistes de droite, de gauche, communistes, bundistes... Il a visité tous les hauts lieux du judaïsme convalescent, excepté les synagogues. Il s'est heurté à des sourires, des mines renfrognées, des braves gens, des imbéciles. Il a découvert que la souffrance n'a jamais effacé la connerie. Il en a fait l'apprentissage dans ces bureaux encombrés d'archives où on lui expliquait qu'Élie, dans le fond, ce n'était pas si important, qu'il fallait regarder vers l'avenir. Phrases convenues qui auraient dû évacuer sa souffrance. « La chance que tu as d'être encore de ce monde. » Mais ce monde sans Élie ? Ils ne comprenaient rien ; ils ne faisaient pas semblant de ne pas comprendre. Ils avaient autre chose à faire, en urgence. Accrocher, par exemple, dans des sous-verre aux encadrements mortuaires, leurs martyrs qui tapissaient les murs de toutes les pièces de leurs locaux réquisitionnés. « Hommage à nos morts qui ont lutté contre la barbarie nazie ! » Et les portraits défilaient avec un nom, la date de naissance, l'année de la mort. Comme

1. Union générale des Juifs de France.

si Joseph n'avait fait que le tour d'un grand cimetière, de la rue Béranger à la rue de Paradis. Locaux sinistres, plus lugubres encore lorsque Joseph s'enfuyait sans aucune trace d'Élie.

Personne n'avait pris le temps de l'écouter. Chacun ne voulait qu'un nom qu'il cherchait dans sa grande liste pour enfin dire « non », avec ou sans ce sourire de pitié exaspérant. Personne à qui raconter Élie, le grand frère. Et même si Joseph avait raconté, qui l'aurait compris ? Il se réfugiait dans la chambre des Rosenblatt pour pleurer puis reprendre espoir, le lendemain.

Madame Rosenblatt ignorait les longues heures passées, la chiasse au ventre, dans l'attente des retrouvailles, le désespoir de l'échec. Pour elle, Joseph passait ses jours vautré sur son lit à user le matelas qu'il faudrait bientôt changer. Avec quel argent ? Joseph aurait aimé lui dire pourquoi ses yeux rouges quand il ressortait de sa chambre. Qu'aurait-elle trouvé à dire ? « Élie, tu l'oublieras... » Elle était comme les autres, ces milliers d'autres qui avaient sauvé leur peau. Ils en voulaient aux disparus qui un jour, peut-être, leur demanderaient des comptes. Autant faire semblant de les rayer du monde ou de les pleurer de loin quand arrivaient de Nuremberg les échos d'un procès où l'horreur le disputait à l'irresponsabilité. Personne ne savait. Personne n'était au courant. Chacun n'avait fait que son devoir.

Un soir, Joseph aurait pu tuer madame Rosenblatt. Elle avait regardé son mari après les informations.

– Dis, Samuel, Rosenberg, le nazi dont ils parlent au procès, il n'était quand même pas juif ? Parce qu'avec un nom pareil...

Joseph avait claqué la porte. Une longue nuit d'errance.

Et s'il retrouvait Élie par hasard ? S'il courait en moins de vingt secondes jusqu'au coin de la rue, peut-être que... La magie n'était jamais au rendez-vous.

Élie avait aidé Joseph dès le premier jour, à l'ORT. Il lui parlait sans aboyer. Il l'interrogeait. Un jour, il lui avait apporté un livre.

– Tiens, tu liras ça, toi qui ne bouquines que des illustrés. Tu me diras ce que tu en penses. S'il y a des mots que tu ne comprends pas, je t'expliquerai.

Joseph s'était appliqué, en cachette de Schlomo et d'Ida. Il n'avait pas fermé l'œil, époustouflé par sa lecture : *Le Manifeste du Parti communiste*, lu, relu, annoté, souligné. Ça devait être important si Élie avait mis un trait au crayon noir. C'était si beau cette fin qui résumait tout : « Prolétaires de tous les pays, unissez-vous. »

Le soir, après l'ORT, Joseph et Élie étaient allés s'asseoir aux Buttes-Chaumont.

– Alors ? avait demandé Élie.

– C'est vrai ce qu'il y a de marqué. Si on se regroupe, il n'y aura plus de riches et de pauvres. Tout le monde sera égaux.

Élie avait ri. Joseph s'était senti vexé. Qu'avait-il dit de mal ?

Une rebuffade.

– C'est pas parce que tu as deux ans de plus que moi que je suis con... Moi aussi, je comprends.

Élie s'était excusé devant la mine de Joseph.

– C'est pas pour ça, Joseph. C'est ta façon de parler.

– Quoi ? Qu'est-ce qu'elle a ?

– Rien.

Élie a détourné la conversation.

Sur un banc, devant des mémères à toutou et des amoureux qu'ils suivaient des yeux, Élie et Joseph ont fini par s'entendre : leurs parents étaient aveugles. On les exploitait ; ils acceptaient l'exploitation. Le fascisme était aux portes de la France, ils ne voyaient rien d'autre que le bout de leurs aiguilles, de leurs surpiqûres, de leurs doublures. Personne n'avait rien fait pour l'Espagne. Personne n'avait rien fait contre l'Italie de Mussolini. Personne ne faisait rien contre Hitler. C'était ça l'urgent : la lutte antifasciste mais pas avec des sociaux-démocrates camouflés en faux socialistes.

Joseph apprenait des mots nouveaux. Élie lui martelait qu'on ne pouvait combattre qu'en étant instruit, qu'il fallait lire, toujours lire pour en savoir davantage. Et Joseph, le lendemain, à la cantine, recevait un nouveau livre qu'il dévorait.

Le soir, tout recommençait, dans leurs longues promenades. Élie n'élevait jamais la voix. Il prenait le temps. Il expliquait. Il se taisait, regardait Joseph à la dérobée. Il parlait de Marx, d'Engels puis s'arrêtait, reprenait :

Le pré est vénéneux mais joli en automne
Les vaches y paissant
Lentement s'empoisonnent
Le colchique couleur de cerne et de lilas
Y fleurit tes yeux sont comme cette fleur-là
Violâtres comme leur cerne et comme cet automne
Et ma vie pour tes yeux lentement s'empoisonne

Joseph ne comprenait plus rien, déboussolé. Il interrogeait du regard. Élie expliquait encore. S'instruire, encore, toujours, et qu'il existait des livres, d'autres livres que les illustrés et les bouquins politiques. Des livres d'où naissait la beauté ! Pourquoi ? Comment ? Élie ne savait pas. Il savait que c'était beau. C'était suffisant. Il passerait à Joseph *Alcools* d'Apollinaire et les livres des surréalistes.

– Des quoi ?

– Des surréalistes ! Breton. Eluard. Aragon. Tu apprendras à les connaître. Ils font découvrir des mondes que ni toi ni moi ne connaissons.

Les yeux noirs d'Élie brillaient. Il marchait en silence, ignorant Joseph, puis revenait à lui.

Certains soirs, Élie n'était pas libre. Sans explication. Joseph ne demandait rien. Il était triste. La nuit, dans sa chambre, il faisait chanter les mots des livres qu'Élie lui avait prêtés.

Mon verre est plein d'un vin trembleur comme une flamme
Écoutez la chanson lente d'un batelier
Qui raconte avoir vu sous la lune sept femmes
Tordre leurs cheveux verts et longs jusqu'à leurs pieds...

C'était beau. C'était comme s'il poursuivait leur conversation. Demain, Joseph interrogerait encore Élie. Ça veut dire quoi ? Élie répondrait énigmatiquement : est-ce que tout veut dire quelque chose ? Puis sourirait, flanquerait une tape sur l'épaule de Joseph et partirait d'un éclat de rire.

Les sourires d'Élie sont devenus de plus en plus grimaçants. Tout ce qu'il avait envisagé se confirmait.

– Il y aura la guerre, Joseph. C'est comme ça que les pays capitalistes règlent leurs comptes.

Hitler a envahi la Pologne. La guerre est déclarée et,

lettres noires sur fond blanc : MOBILISATION GÉNÉRALE.

Joseph regarde Schlomo qui ne bronche pas. Ida fond en larmes. Lui, ne comprend rien sinon qu'il est trop jeune pour porter l'uniforme. Il ne se battra pas. Et pourtant s'il pouvait tuer les fascistes... Élie lui expliquera. Mais Élie a déserté l'ORT. Introuvable. Quand les troupes allemandes se rapprochent de Paris, que les rumeurs les plus folles courent, seul Schlomo condescend à dire :

– Un pogrom de plus, un pogrom de moins. Nous, on reste.

– Mais c'est impossible, a braillé Joseph.

Ida l'a regardé. Elle a hoché la tête.

– Restez si vous voulez, je pars.

En dix minutes, Joseph a bourré son sac à dos et une valise.

Il a embrassé Ida. Schlomo n'a pas daigné lever la tête. La porte a claqué.

Joseph est seul. Il a seize ans. Il décampe de Paris, cent francs en poche chipés dans la cachette, sous le linge. Il est seul parmi des centaines de milliers de fuyards. Porte d'Orléans, c'est l'entonnoir des voitures, des charrettes à bras, des landaus, des vélos surchargés, des gosses qu'on tire par la main. Cris. Hurlements. Klaxons. Visages crispés. Vite, vite. Il faut faire vite, fuir. Loi du plus fort, du plus malin, du plus gueulard. Plus d'autre loi que celle des poings, des insultes pour atteindre la nationale, le large, la liberté. Joseph s'en tire plutôt bien, sans un mot, une plainte : il est piéton, plus léger, plus vif, n'ayant que sa peau à sauver. Il force les barrages. Il allonge le pas. Et un kilomètre à pied... au troisième, ce sont ses bras qui s'engourdissent. La valise est lourde qui passe de droite à gauche. Premier arrêt. Il pose sa valise, réajuste les bretelles du sac à dos. Le temps de reprendre la valise : elle a disparu. Visages indifférents, hébétés. Joseph se fait une raison. En avant. Longjumeau, le soir, épuisé. Une affiche bien propre sur le portail d'entrée d'une ferme :

MAISON ÉVACUÉE
Cette maison a été ÉVACUÉE
Ses habitants en ont confié la garde à L'ARMÉE...

L'armée ? Elle s'est évacuée toute seule, laissant une ferme à l'abandon, totalement vidée, où viennent s'allonger à même le sol les fuyards qui n'ont plus la force de s'engueuler. Tomber de fatigue. Joseph est tombé, ne parvenant pas à pénétrer dans le bâtiment. Tombé sur la terre sèche de la cour. Au petit matin : les pleurs d'un môme le réveillent. Le coq ne chante pas. On lui a tordu le cou. Joseph s'agrippe à son seul bien : son sac à dos. Il attrape du vide. Il cherche, cherche encore, incrédule. Il s'assoit, regarde autour de lui les corps endormis. Il n'y croit pas. Il a soif. Il a faim. Les derniers biscuits s'en sont allés avec ses chaussures, ses sous-vêtements, ses chemisettes, son sac à dos ! Il n'a plus rien que sa haine contre ces compagnons d'un soir, voleurs minables, médiocres. Il ne trouve rien.

Une femme endormie tient dans ses bras une thermos. Joseph l'arrache, boit, et s'enfuit en courant sur la route d'Étampes. Qu'ils crèvent, qu'ils crèvent tous. Salauds ! Marche forcée dans des vêtements trempés de sueur, au petit soleil. La colonne des vagabonds se réveille dans les fossés, sur les talus. Les voitures pétaradent. Les poussettes tanguent. Queue leu leu d'éclopés que la ligne Maginot devait défendre. Joseph enrage. Il tape du pied, zigzague, se glisse sur le bas-côté tandis que six hommes dégagent une voiture qui a rendu l'âme. Une femme, en gants blancs, pleure, assise dans la poussière. S'en fout. S'en fout de tout. Il marche, sans savoir où il va, sans savoir pourquoi il va. Devant lui un couple se relaie, poussant une brouette ficelée de trois valises superposées sur lesquelles trône une petite fille près de chanceler. L'enfant rit, tape dans ses mains. Joseph ralentit le pas. Pour la première fois depuis la porte d'Orléans, il observe la débâcle. Un rire d'enfant. La casquette du père. La robe bleue de la mère. Le soleil qui s'est levé. La poussière qui colle aux vêtements. Le cri exaspéré de la mère.

– Mais tu vas arrêter de rire !

Le visage d'incompréhension de l'enfant descendue sans ménagement de son carrosse. Ses petites jambes qui n'arrivent pas à suivre le rythme de la marche. Personne n'aidera-t-il donc personne dans cette détresse qu'ils partagent tous ?

Sans réfléchir, Joseph se porte à la hauteur de la brouette, de la gamine. Il tend les bras. La mère lui sourit avec timidité. L'enfant se jette contre Joseph. Elle pose sa tête sur son cou. Et tous marchent en silence, du même pas. La gamine s'amuse à passer ses mains dans les cheveux de Joseph, à tapoter sa joue. Elle se blottit à nouveau contre lui. Elle dort. Joseph est heureux de cette présence chaude, même si ses bras s'engourdissent, ses reins s'endolorissent. La gosse se réveille. Elle cherche sa mère. Elle bascule vers elle sans prévenir. Elle se détache de Joseph. Il s'arrête. Il entend « merci ». Le trio s'éloigne. Joseph s'adosse contre un arbre. Il délace ses chaussures. Ses chaussettes sont rouges de sang : il s'en doutait. Il a mal au gros orteil. Il relace ses chaussures. Il claudique. Il sait qu'il doit rejoindre Étampes. Ensuite ? Vingt-quatre heures ont suffi pour tuer toute révolte. Il est pareil aux autres. Devant une ferme, des tréteaux. Il paie pour une bouteille d'eau. Il paie cher. Il aurait payé plus cher encore à ces ordures de paysans qui vendent l'eau du puits. L'eau. Simplement de l'eau. Deux francs la bouteille. Et personne ne dit « salauds, profiteurs, crevards, ordures ». Les gorges sont trop sèches. L'inconcevable est devenu normal. Chacun fait sagement la queue, sans broncher. Et la nuit tombe déjà. La colonne se délite. Des cyclistes poursuivent leur route, des voitures aussi. D'autres se garent sur les bas-côtés. Joseph se couche dans le fossé. Il préfère ne pas regarder une famille partager un pain déjà durci. Mais du pain... Et puis merde. Joseph se relève. Il marche dans la nuit, dans le noir d'un ciel dégagé de juin. Il marche jusqu'à l'épuisement. Il vacille. Il tombe sur le flanc, sur l'herbe. Il dort.

Joseph ignore qu'il est à deux cents mètres d'Étampes. Il sait, au réveil, qu'il a faim. Une faim de seize ans. Une envie de bouffer qui tourmente l'estomac, le vrille sans jamais lâcher. Une douleur au plexus, obstinée, qu'aucune respiration lente ne fait passer. Mordre, mordre dans quelque chose. Avaler simplement la salive. Mais la bouche est sèche. Joseph boufferait l'herbe sur laquelle il est assis. Devant lui, la cohorte des traîne-savates s'est remise en route. Un bruit court soudain, de groupe en groupe, de famille en famille. L'écho lui parvient. « La gare ! » Quelle gare ? Joseph se lève et marche, jambes flageolantes. Il suit le mouvement, simplement, ne pensant qu'à tuer la faim. Rien d'autre. Il ramasse une brindille d'herbe. Il la mâchonne. Elle rafraîchit sa bouche. Elle le fait saliver. Il la garde et garde sur sa langue, longuement, avant de déglutir. Il arrache vite une autre brindille, une autre encore. Il n'est plus qu'un animal affamé parmi le troupeau qui se hâte vers la gare. Il devient loup parmi les loups quand il découvre que la rumeur s'appelle nourriture. Un immense train de marchandises destinées à ceux du front est en station. Il n'y a plus de front. Les Allemands sont entrés dans Paris. Il n'y a que des dizaines de wagons pris d'assaut par une foule qui ne connaît d'autre règle que celle des poings, des coups, des injures, des insultes. Croc-en-jambe pour que le voisin n'arrive pas à la porte coulissante. Chemise déchirée pour passer devant. Être le premier. Faucher tout ce qu'on peut. Joseph n'a ni honte ni remords. Il a grimpé dans un wagon. Il rafle tout ce que ses mains peuvent prendre. Il serre ses trésors dans les pans de sa chemise. Une main les soutient, l'autre cogne et cogne encore pour gagner l'ouverture, à contresens. Il saute sur la voie. Il se met à courir pour protéger son bien. Il est prêt à tuer pour six plaques de chocolat et quelques boîtes de sardines. Le goût du chocolat qui colle aux dents, au palais ! Joseph s'est assis à l'écart. Les hommes se battent, à quelques pas de lui. Il attaque la seconde tablette. La faim s'estompe. Il se force. Elle va fondre. A ses côtés, un autre pillard mastique avec conscience. Il se tourne vers Joseph. Un clin d'œil complice. Joseph détourne la tête, honteux, pris en faute. Une envie de pleurer naît en un instant. L'homme ne comprend rien : Joseph lui jette les tablettes qui lui restent. L'homme lui fait signe d'un doigt sur la tempe. Non, Joseph n'est pas fou. Il se relève, glisse les boîtes de sardines dans sa poche. Il a soif, soif. Reste à se servir. Nul besoin de se presser. Là-bas, près de la locomotive, des wagons-citernes débondés laissent couler à flot une vinasse tiédie par le soleil brûlant. Les pieds dans une mare de vin, à l'aide d'une boîte en carton, Joseph étanche sa soif. Écœurante odeur de vinaigre mêlée à la douceur du chocolat. Joseph se rince la bouche au picrate militaire. Il jette sa boîte en carton. Et le vin continue à couler. A vomir.

Un hurlement.

– Les Boches ! Les Boches !

Joseph n'a que le temps de lever la tête, d'entrevoir une dizaine d'avions qui piquent sur le convoi en rase-mottes. Sauve-qui-peut des repus du pillage. Rien n'existe que la peur, le désir de vivre à n'importe quel prix. Joseph ne s'enfuit pas avec les autres. Il se jette sous la locomotive au moment où le mitraillage commence. Il est roulé en boule, entre deux traverses. Drôle de bruit que celui des balles qui cognent sur le métal, qui ricochent. Ça ne dure qu'une ou deux minutes dans un grondement de fin du monde. Ça s'éloigne lentement. Et ça laisse des morts derrière soi. Joseph a collé ses mains sur ses oreilles. Il n'a plus peur. Il ouvre les yeux. Comme si les avoir fermés avait servi à conjurer le sort. Il est vivant. Il regarde sa main droite. Elle est rouge de sang. Il ne comprend rien. Il n'a rien senti. Son petit doigt saigne. Il le porte à sa bouche, le suce. Il est blessé. Une toute petite entaille sur le côté. Il déchire avec les dents un morceau de sa chemise qu'il enroule autour de la plaie. Elle cicatrisera… Et il sombre dans le sommeil, ivre de fatigue, de vin, de soleil, d'angoisse. Il dort à même le ballast.

– Eh, qu'est-ce que tu fous là, petit ?

Il se sent tiré par les pieds. On le sort de sa cachette. Six soldats l'entourent, éméchés, s'étant eux aussi repus au wagon-citerne.

– On croyait que t'étais mort. Ç'aurait été con. Mourir à la guerre sans se battre. Qu'est-ce que t'en penses ?

Il ne pense pas. Il se réveille. Il lève les mains. Il se rend.

Un fou rire répond à son geste saugrenu.

– Qu'est-ce que vous allez faire de moi ?

Personne ne répond. Les soldats se tapent sur l'épaule.

– On va te débarbouiller, petit. T'as du sang plein la bouche. Viens.

Joseph les suit jusqu'à la mare de vinasse.

– Allez, Pierrot, fais-nous voir tes talents d'infirmière, rigole un soldat en bras de chemise.

Joseph se laisse faire. Il n'est plus simplement barbouillé de sang mais aussi de vin et de terre. Joseph est pris de nausée. Ça pue. Et les rires qui ne cessent pas.

– Bravo, Pierrot, c'est sûr que tu l'as ton diplôme ! Montre-lui le maquillage que tu lui as fait. Avec des gaziers comme ça en face d'eux, les Boches ils rebroussent chemin aussi sec ! D'ailleurs, c'est ce qu'ils font…

Joseph subit le jeu d'une autre mitraille : celle des questions tandis que Pierrot, qui l'a pris par le bras, le conduit vers un camion garé près des voies de chemin de fer.

– Tu vas où ? T'es tout seul ? T'as quelque chose à manger ?

Joseph se souvient des boîtes de sardines. Son visage s'illumine. Il les sort de ses poches. Il les tend à Pierrot qui gueule.

– Eh, les gars, on est tombés sur un marchand ambulant !

La bande rapplique, toujours riant. Joseph devient quelqu'un. Il les regarde ouvrir les boîtes avec leurs couteaux. Il les regarde se partager le butin, prendre les sardines de leurs gros doigts. Il est trop mal en point pour manger. Il refuse la dernière sardine qui lui est proposée, baignant dans son huile. Il détourne les yeux.

– C'est bon, tu sais, lui dit un soldat, essuyant ses mains grasses sur son pantalon kaki. T'inquiète pas, on trouvera autre chose à se mettre sous la dent plus loin. D'ici Orléans...

– C'est là où vous allez ?

– Oui. Et toi aussi. On te garde comme mascotte.

Le soldat huileux interpelle les autres.

– On le lâche pas, celui-là. Il va nous porter chance. D'accord, les gars ?

Un grommellement pour toute réponse.

– Mais faut faire fissa, les Boches, on les a au cul. Et ta mascotte, t'as intérêt à l'équiper, j'ai tout le barda dans la cabine.

Joseph suit le mouvement. Devant le camion, il marque son incrédulité. Pas de bâches, pas de ridelles ; juste des planches fixées en hâte au châssis.

Pierrot lui tape sur l'épaule.

– Monte te changer et en route.

Joseph arrive à rire en voyant son visage dans le rétroviseur. Il aurait pouffé s'il avait vu sa dégaine, capote trop longue et casque sur la tête, en sautant sur le plateau, s'accrochant comme les autres aux deux cordes tendues à l'arrière de la cabine pour ne pas passer par-dessus bord au moindre cahot.

L'armée avait fait une recrue de choix.

Pierrot, Bébert, Marcel, Jules, Fifi, Alexandre et Joseph s'en sont allés grossir les chemins de la fuite, mettant trois jours pour atteindre les faubourgs d'Orléans, risquant leur peau tous les dix mètres, essuyant toutes les insultes dans la bonne humeur. Elle était belle, l'armée française, huée à son passage, brocardée, malmenée mais enviée. Le camion avançait toujours.

L'essence ? Il suffisait de la réquisitionner, de la voler, d'exhiber une arme. Mentir avec aplomb.

– Vite, vite, laissez le passage. On rejoint Orléans pour défendre la ville. Sans nous, vous ne passerez pas. Les ponts vont sauter.

La bande à Pierrot, sous les bombardements, dans une ville en flammes, s'est retrouvée le nez collé à la Loire : tous les ponts avaient vraiment sauté.

La rigolade tourne à la panique.

– On passe au premier pont qu'on trouve, gueule Pierrot à Alexandre qui conduit. T'écrases tout sur ton passage s'il le faut.

Le camion avance toujours. Joseph, accroché à sa corde, les mains en sang, contemple les hordes qui s'éparpillent, celles qui prennent le chemin du retour, celles qui cherchent un pont, désespérément.

A Sully-sur-Loire, le camion a sitôt franchi le fleuve que le pont saute. Aux « hourra » de la bande, Joseph oppose un visage triste. Des corps flottent dans l'eau : les malheureux qui se trouvaient derrière eux.

– On les a eus ! On les a eus ! beugle Fifi, faisant un bras d'honneur aux prisonniers de l'autre rive.

Le camion s'arrête. La bande à Pierrot s'embrasse.

– T'en fais une gueule, Joseph !

– Oui, je fais la gueule ! Je croyais pas que l'armée, c'était une bande de pourris.

– L'armée ? Quelle armée ? De quoi tu parles ?

– De vous !

Marcel éclate de rire. Il balance son casque, sa capote.

– Mais t'es maboule, Joseph. On est pas plus de l'armée que toi. Nous, on travaille chez Renault, sur la même chaîne. On n'a pas attendu que le camion soit fini, on est parti avec. Les fringues, on les a fauchées à des gus qui préféraient se déguiser en civil. Et zou, en route pour la liberté. T'es pas content d'être avec nous ? Merde, on t'a fait passer la Loire. Tu pourrais nous remercier.

Joseph dit merci, sèchement.

– Faites ce que vous voulez, moi j'arrête ici. Je me démerderai sans vous.

– Si tu le prends comme ça !

Marcel rameute les autres.

– Joseph, il nous quitte. Il veut plus de nous. On est des mauvais soldats. Mais moi je l'emmerde, l'armée française, et j'embrasse Joseph.

Tous se collent contre lui, lui serrant la main, lui donnant l'accolade.

– Bonne chance, Joseph ! Et fais gaffe à tes grolles, dans dix kilomètres t'as plus de semelles. Et puis, passe nous voir à l'usine quand tout sera fini.

Joseph jette son casque. Le camion s'éloigne.

Fuir, à nouveau fuir. Joseph ignore où le mènent ses pas, le nom des villages qu'il traverse. Peu lui importe. L'atmosphère a changé. L'eau ne s'achète plus, on la distribue. Le pain ne se vole plus : on le donne. Partout, dans le plus petit village s'organise un semblant d'aide, d'entraide. Les mairies ont réquisitionné les écoles, les gymnases, les églises transformés en immenses dortoirs. Joseph préfère les fermes, les paysans et leurs regards étonnés aux bonnes sœurs laïques tout en componction, en charité, devant ces « pauvres malheureux ».

– Tu peux rester, petit gars, si le cœur t'en dit, lui propose un fermier. Il y a de l'ouvrage. Tu dormiras dans la grange, d'accord, mais pour ce qui est de manger, tu ne manqueras pas.

Joseph accepte. La tablée du soir est nombreuse. Une famille s'est accrochée à ce hameau.

– Nous, on reste. A quoi ça servirait qu'on aille plus loin ?

– A se battre, s'indigne Joseph.

– Mais c'est déjà perdu.

– Peut-être ici, mais pas en Afrique du Nord ! Les Allemands, ils avaient pas le droit de faire ça !

Les têtes plongent dans les assiettes. Le fermier, tout sec, rompt le silence.

– C'est toi qui as raison, petit. Moi, à ton âge, j'aurais dit la même chose. On en reparlera. En attendant, mange, tu en as besoin.

Sur un banc de pierre, dans la cour de la ferme, à la belle étoile, un inconnu venge un frère aîné mort à Verdun.

– Son nom est sur le monument aux morts. Des fois, je regarde et je dis que c'est pas vrai, que les Boches ils ont pas tué un jeune gars de vingt ans. Eh ben si, ils l'ont fait et bien fait. Son corps, on l'a jamais retrouvé. Ma mère, elle est morte de chagrin. Moi, si je pouvais…

Il se tourne vers Joseph.

– Tu le feras pour moi. Quand tu seras là-bas, et si jamais la guerre continue, tu tueras tous les Boches à ma place. T'oublieras pas, hein, petit ?

Joseph sent une main se poser sur sa cuisse et le silence dure, dure. Le fermier retire sa main. Il se roule une cigarette et fume aux étoiles.

– Demain, quand tu partiras, je t'aurai préparé une musette.

A l'aube, le paysan embrasse Joseph.

– En coupant par les champs, tout droit, tu tomberas sur la ligne de chemin de fer... on sait jamais.

Joseph hoche la tête. Il part d'un bon pas.

Au tournant d'un bois, dans la fournaise de juin, Joseph aperçoit les voies ferrées, nues, désertes. Il pose sa musette, s'assied sur un tronc. Bruit des feuillages dans la brise chaude, apaisante. Vol d'oiseau qui s'enfuit. Joseph s'essuie le front avec le pan de sa chemise. Il se rince la bouche avant de n'avaler qu'une gorgée d'eau. Il se déchausse. Il s'étire. Il suit des yeux un lézard qui file. Il se laisse glisser sur les brindilles, dos au tronc. Là-bas, là-bas, les voies ferrées. Joseph s'endort. Il se réveille dans la rosée du matin. Il croque une bouchée de pain, boit deux gorgées d'eau, se rechausse. Sait-on jamais ? En quelques minutes, il a rejoint les rails. Il marche. Il marche. Il compte les traverses. Il compte ses pas. Il compte les secondes. Il compte n'importe quoi, s'attendant chaque instant à entendre le bruit si familier d'une locomotive. Parfois, il s'allonge, colle son oreille contre le rail comme dans les films de son enfance. Elle a si vite passé. Il se relève, reprend sa route. Il est saisi de vertige à force de fixer sans cesse ces morceaux d'acier unis bout à bout. Jusqu'où ? Il fait une pause sur le talus, s'allonge, regarde le soleil de face. Il ferme vite les yeux. Le rougeoiement persiste. Il sourit. Il se crispe subitement. Une hallucination ? Le bruit d'un train. Il ricane. L'hallucination ne cesse pas. Il se bouche les oreilles. Il devient fou. Fou de joie quand il voit loin, loin là-bas, le crachotement de fumée qui vient lentement vers lui. Le train roule à si petite vitesse. Il n'a pas même besoin de courir. Une porte s'ouvre. Une main se tend. Joseph est dans un compartiment. Il s'assied par terre. On le regarde. Personne ne lui dit rien.

Ils parleront plus tard. Cinq jours à parler, à se taire, à sourire, à pleurer, à dormir, soupirer, regretter, espérer. Cinq jours d'arrêts interminables en pleine campagne. Cinq jours sans connaître leur destination. Le mécanicien et le chauffeur savent seulement qu'ils vont vers le Sud. Impossible d'aller au ravitaillement lors des arrêts inexpliqués. S'éloigner du train, c'est prendre le risque de le voir filer. On se dégourdit les jambes. On va pisser derrière les buissons. Un long sifflement ; tous aux compartiments.

Joseph a vidé sa musette le premier jour, distribuant tout.

Une femme pleure à ses côtés. Elle pleurera cinq jours sa fille perdue du côté de Gien.

– J'ai lâché sa main. Je me suis retournée. Je ne l'ai plus revue.

– Mais quelqu'un s'en est occupé. Ne vous inquiétez pas. Au retour, vous la retrouverez.

La femme pleure.

Au fil des heures, les langues se délient pour raconter les petites horreurs de la guerre : les blessés, les morts, les vieillards égarés, les bébés perdus. Mais rien n'est pire que les « on dit », « il paraît que... ».

– Les Allemands, à Paris, vous ne savez pas ce qu'ils ont fait ?...

La peur qui s'installe, le silence, tandis que chacun

imagine à sa guise. Vols, viols, fusillades, prises d'otages, destructions systématiques.

Joseph n'imagine rien. Il veut se battre. Il l'a dit. On l'a regardé comme un chien fou. Ça lui passera.

Les mots blessent, réconfortent, mais aucun d'eux ne peut soulager la faim. Elle renaît lentement. Elle creuse l'estomac. La faim. Chacun s'enferme dans le silence, les regards s'évitent. La faim, la faim, la faim, martelée au rythme des roues sur les rails. Autant dormir, ne pas bouger, s'interdire de penser : impossible. S'en vouloir. En vouloir aux autres. Désespérer de s'être embarqué dans cette galère. Désirer sauter en marche... Pourtant, chacun se recroqueville dans son compartiment, se colle à ses compagnons dans une haine muette.

Banlieue d'une grande ville. Laquelle ?

– Marseille ! Marseille !

La rumeur enfle de wagon en wagon. Les têtes se penchent aux fenêtres baissées. L'espoir balaie la peur, la haine. La tristesse qui naît de ne s'être pas tout dit. Se reverra-t-on ?

Le train rentre en gare. Crissement des freins. Derniers gestes pour rectifier une tenue sans tenue. Regards qui se croisent à nouveau. C'est l'arrêt : une secousse qui vous jette en avant, qui vous renvoie en arrière.

Joseph est sur le quai. Il dépasse la cohorte des pouilleux. Il se heurte à l'employé en casquette qui lui demande son billet.

Joseph lui offre un grand sourire. Il goûte la plaisanterie.

L'homme à la casquette n'est pas là pour rire.

– Suis-moi !

Il saisit Joseph par l'épaule. Il ne cherche pas à se dégager. Plus rien n'a de sens. Alors...

Joseph découvre le centre d'accueil de la gare où s'entassent les réfugiés. On lui offre à boire. Il boit. Quelqu'un lui indique une table, dans un coin. Il s'y rend.

Un garçon de son âge lui tend la main. Joseph la serre.

– Bienvenue !

Pourquoi pas ? Le sourire du garçon est engageant. Joseph sourit.

– On est de la JOC ! a dit le garçon, avec une fierté sautillante.

L'autre lui aurait dit n'importe quoi, Joseph aurait souri.

Joseph a murmuré.

– J'ai faim.

Il s'est retrouvé avec un petit pain rond dans la main.

– C'est la JOC qui l'offre, a dit le boy-scout.

Joseph l'a regardé en mastiquant, aussi peu intéressé par la JOC que par la Croix-Rouge qui avait installé ses tréteaux à quelques mètres. Du moment que Joseph mangeait.

– Nous, la JOC, on prend en charge les jeunes tout seuls, sans famille. On est la JOC de Sainte-Marguerite.

Trois bouchées de pain ont suffi à réveiller l'agressivité de Joseph.

– Tu me fais chier avec ta JOC, pauvre chnoque. C'est quoi, ton truc ?

– Mais la JOC ! La Jeunesse ouvrière chrétienne !

Joseph a levé les yeux au ciel. Il fallait que ça tombe sur lui.

– Tu sais, moi, les prières...

– T'inquiète pas, on est œcuméniques.

– Bon, a dit Joseph, impressionné par le mot et par la jeune fille qui s'approchait.

Elle lui a tendu la main.

– Janine.

– Moi, c'est Joseph. T'es de la JOC, toi aussi ?

Elle lui a souri. Il lui a souri. Il a rougi. Il s'est retourné pour achever son pain rond.

Une heure plus tard, il était dans la chambrée du foyer assis sur un lit de camp. Le sommeil l'a fauché.

Le soleil l'a réveillé. Au pied de son lit, des vêtements de rechange, propres, repassés, recousus. Au petit déjeuner, il ignore ce qu'il a dévoré, sans doute tout ce qui se présentait, à profusion. La paix dans la guerre. Finis les rêves d'en découdre avec les Boches, brisés au calme de la Méditerranée. Mis à l'écart, Joseph s'est laissé dorloter, prendre par la main par Janine. Ils se sont même embrassés. Ils ne se quittent plus. Parfois, le soir, ils partent sur Marseille où s'organise la fuite vers l'Afrique du Nord. Joseph ne partira pas. Il presse la main de Janine. Ils regardent tous deux les feux des bateaux s'éloigner vers le large. Joseph se retire vers les calanques, les rochers, la mer. Les nouvelles de Paris l'intéressent peu, celles de Vichy le laissent indifférent. A Rethondes, l'armistice est signé. Juin brille de soleil et Joseph est fatigué. Il écoute Janine parler de ce qu'elle voit à la gare Saint-Charles, des malheureux qui... des malheureux que... Et lui, n'est-il pas malheureux ? Elle, ne les assiste qu'au bout du voyage. Elle ne les a pas vus se traîner sur les routes, se piétiner pour échapper aux bombardements, aux rafales de mitrailleuses.

Elle les accueille avec son sourire. Elle prie pour eux, chaque soir.

Qu'elle le laisse ! Qu'elle lui laisse retrouver sa colère. Il la préfère à la charité. Joseph retrouve le courage de dire « non ». Janine s'inquiète, d'une voix toujours égale. Joseph ne répond pas. Il se lève, erre dans Marseille, emprunte les journaux, s'y plonge.

Si Élie avait été là ...

Joseph est seul avec ses questions. Pétain ? L'Armistice, est-ce qu'il ne vaut pas mieux pour sauver le pays ? Pourquoi les Anglais ont-ils tiré sur les bateaux français à Mers el-Kébir ? C'est quoi, ce monde de cinglés ? Élie lui aurait tout rendu simple avec des mots simples.

Joseph s'ennuie. Pas un seul copain. Au foyer, ils acceptent tous avec bonheur leurs vacances forcées.

– Pourquoi tu te fais chier à tout vouloir comprendre ? lui a dit son voisin. Profite de la vie. Après tu regretteras. Et puis Janine, elle est pas mignonne ?

Joseph s'est retenu. Janine veut bien qu'il l'embrasse, qu'il lui caresse la main, qu'il la serre contre lui mais tout autre geste est sacrilège. Elle repousse la main de Joseph. Elle a l'âme généreuse et le corps amidonné. Joseph n'en peut plus de souiller ses draps, la nuit, de tout cacher au petit matin.

Élie ! Retourner à Paris.

Janine est heureuse : Joseph vient de se porter volontaire pour l'accueil à la gare Saint-Charles. Elle ignore qu'il ne pense qu'à sauter dans le premier train en partance pour Paris. Un cheminot, qui l'a à la bonne, lui assure que c'est pour bientôt. Et bientôt arrive. Joseph n'a pas la politesse de remercier ses sauveteurs de la JOC de Sainte-Marguerite. Il leur a soutiré l'argent du billet. Il n'a pas dit adieu à Janine. Il roule jusqu'à Orléans. Tout le monde descend. La traversée du pont se fait à pied. Sur l'autre rive, c'est le vrai départ pour Paris.

Collé contre une vieille dame muette, parfumée à l'eau de Cologne, Joseph se demande à qui il pourra bien raconter ses deux mois d'absence. Ida le prendra dans ses bras. Schlomo daignera peut-être lui dire bonjour. Mais qui croira les horreurs, les morts, les estropiés, la guerre qui n'en est pas une, les moments de rire ? Élie, évidemment. Le seul qui a accueilli Joseph comme s'il l'avait quitté la veille. Il était à son établi, nez collé sur une queue d'aronde quand Joseph est retourné à l'ORT, rue Édouard-Pailleron.

Joseph, au bord des larmes, s'est approché lentement, incrédule.

Élie a levé la tête. Il a tendu la main.

– Je t'attendais, a dit Élie.

Joseph, la gorge sèche, s'est tu.

Joseph, dans la salle à manger des Rosenblatt, au milieu des vociférations, se félicite de son silence de quatre mois. Ils ne sauront rien d'Élie. Jamais rien. Il est à lui, en dépit des larmes qui ont coulé, aujourd'hui encore. Joseph tourne autour de la table. Il n'a toujours pas pris sa décision. Samuel et Esther sont suspendus à ses gestes. Joseph s'appuie longtemps à la vitre. Il regarde les passants. S'il retrouvait Élie, par hasard ?

Monsieur Rosenblatt n'en peut plus. Il prend sur lui, faussement détendu. Il répète sa question.

– Alors Joseph, qu'est-ce que tu penses de dessinateur industriel ? Et l'École des arts et métiers ?

Monsieur Rosenblatt est enjoué.

– En plus, monsieur Weissenberg est d'accord pour

que tu travailles chez lui, la journée, et monsieur Baumann veut bien t'aider à rattraper, pour les études. Tu vois comme ça se présente bien ! C'est ça, l'entraide. Tout le monde se donne la main.

Madame Rosenblatt fixe Joseph, s'attendant au pire. Joseph prend son temps. Il doit ravaler sa haine pour monsieur Peau-de-lapin, nouveau riche d'après guerre. Le moment longuement attendu de prendre monsieur et madame Rosenblatt à la gorge est arrivé.

– C'est d'accord, monsieur Rosenblatt, mais…

– Mais quoi, Joseph ?

– Il faut des papiers d'identité pour s'inscrire.

– Oui, bien sûr. Qui n'a pas ses papiers d'identité ?

– Moi.

Le sourire de madame Rosenblatt se casse. Joseph s'incrustera-t-il chez elle jusqu'à sa mort ? Monsieur Rosenblatt demeure pensif.

– Comment ça, tu n'as pas de papiers !

– Non. Je n'en ai pas. Et si vous me demandez pourquoi, vous pouvez toujours attendre.

Monsieur Rosenblatt soupire. Madame Rosenblatt s'empourpre.

– Tu vois, je te l'avais dit. Il nous cachait bien quelque chose. Je m'en doutais.

– Esther !

Joseph vient à leur secours.

– Des papiers, je peux en avoir. Je me suis renseigné, mais seulement si vous venez avec moi.

Madame Rosenblatt est déjà prête à enfiler ses bagues et son astrakan. Monsieur Rosenblatt, lui, s'assoit lourdement.

– Qu'est-ce que tu racontes, Joseph ? C'est rien, des

papiers. Tu aurais dû demander. Je connais tout un tas de monde... j'ai des relations, tu sais.

– Je sais : l'inspecteur des contributions à qui vous vendez de la viande sans ticket.

Monsieur Rosenblatt se redresse, rouge bifteck, prêt à assommer Joseph qui en sait trop. Il fait le dos rond face à l'attaque brutale.

– Si vous croyez que je ne les vois pas vos magouilles merdeuses. Vous me dégoûtez. Moi, je veux des papiers en règle, normalement, sans payer en sous-main. Pas la peine de me jouer la comédie de l'entraide. Mes parents, vous les avez fait sortir de Drancy ? Vous leur avez fait faire des faux certificats de fourreurs ? Non. Vous les avez laissés crever. Vous m'avez menti. Vous connaissiez depuis longtemps l'histoire des métiers libératoires.

Joseph regarde monsieur Rosenblatt droit dans les yeux.

– Vous auriez pu sauver Ida et Schlomo.

Monsieur Rosenblatt baisse les yeux. Il croit reprendre l'avantage.

– Et comment tu fais pour tes papiers ?

Joseph attrape sa veste. Il ouvre la porte.

– Demain, je vous attends tous les deux au commissariat du quartier, à dix heures, avec vos papiers d'identité.

– Joseph !

La voix de monsieur Rosenblatt se perd dans la cage d'escalier.

Joseph n'est qu'une boule de vengeance et de mémoire. Qui racontera, un jour, l'histoire d'Élie ? Qu'en restera-t-il dans cinquante, cent ans ? Joseph est certain de retrouver ses papiers d'identité, demain. Mais que restera-t-il d'Élie à qui il doit de vivre ?

Joseph se souvient. Élie et ses cahiers. Élie et les notes qu'il lui montrait, le soir : des citations de romans, de textes théoriques, de poèmes, des pensées. Élie avait donné l'exemple.

Joseph s'engouffre dans la première papeterie. Il achète un gros, un énorme cahier, lui qui a toujours détesté les dictées, l'orthographe. L'histoire d'Élie, il l'écrira d'une traite, toute la nuit s'il le faut. Comme elle lui vient. Un jour, il la montrera à ses enfants. Il restera quelque chose d'Élie.

A la table d'un café, dans l'arrière-salle, Joseph s'est mis à griffonner, à gribouiller, vite, vite pour tout sauver de l'oubli. C'est ce qu'Élie disait :

– Les paroles, elles foutent le camp. Mais les mots, les mots écrits, ça peut passer les siècles.

Joseph se fout des siècles. Ce qui compte, c'est ne rien perdre de leurs retrouvailles. Élie renaît à chaque phrase. Il a cru Joseph. Il l'a écouté en silence, sur un banc des Buttes-Chaumont, comme autrefois. Les mémères à chien étaient aussi de retour mais des soldats allemands leur faisaient des politesses. Joseph parlait tout bas. Élie n'a pas dit grand-chose, sinon que l'ORT se dépeuplait, que Perla se démenait pour nourrir les apprentis.

Élie s'est tourné vers Joseph.

– Et tes parents ?

– Ma mère a pleuré. J'ai évité de lui raconter les horreurs. Mon père, c'était prévu, il a haussé les épaules. En plus, il s'est foutu de moi. Il m'a dit que j'étais un lâche, que les Allemands n'avaient égorgé personne, ni tué les enfants, que tous les Français n'étaient que des froussards, que toute cette fuite c'était ridicule. Et il s'est remis à coudre. Mais tu sais, Élie, depuis que je suis rentré, ce n'est plus pareil. Je ne veux plus rester avec mon père, j'en ai marre, marre...

La voix de Joseph est montée, coléreuse.

Élie a simplement tapoté la cuisse de Joseph.

Trois jours plus tard, Élie lui proposait une minuscule chambre meublée, rue Piat, sur les hauteurs de Belleville.

– J'en ai discuté avec Perla. Elle est d'accord. C'est l'Organisation qui paiera. Le dimanche, tu aideras, en échange, au service social. Mais personne ne doit savoir que tu habites là, personne, à part moi.

– Même mes parents ?

– Surtout pas tes parents ! Tu inventes. Je te fais confiance...

Élie a souri. Joseph a inventé. Schlomo a pensé « bon débarras » et Ida a préparé la valise de Joseph. Elle lui a fait promettre de revenir souvent. Elle laverait le linge sale...

Joseph a embrassé Ida.

A l'angle de la rue, Élie attendait. Une bourrade dans le dos de Joseph. Ils ont rejoint la chambre de la rue Piat.

Un chez-soi. Joseph a posé ses affaires sur le lit, regardé le papier peint, le petit lavabo, la fenêtre qui ouvrait sur un mur. Élie s'est assis par terre.

– Demain, je te passerai des bouquins. Ça fait un peu vide, comme ça.

Il s'est relevé aussitôt. Joseph a alors posé, d'une traite, toutes les questions qu'il avait ressassées.

– Dis-moi, Élie, pourquoi tu as disparu de l'atelier du jour au lendemain ? Qu'est-ce que tu as fait pendant tout ce temps ? Et pourquoi t'es revenu ? En plus, je ne sais même pas où tu habites. Si jamais j'ai besoin, où est-ce que je te trouve ?

Élie a tout balayé.

– Allez, Joseph, arrête tes conneries. Si je ne te dis rien, il doit bien y avoir des raisons.

Il est parti.

Joseph a cherché les raisons une partie de la nuit. Elles étaient l'évidence même. Élie, sous ses airs amicaux, l'avait roulé dans la farine. On ne s'occupe pas de quelqu'un comme ça, par pure gentillesse. Ça n'existe pas. Pourquoi le prenait-on en charge ? Pourquoi lui offrir une chambre meublée ? Pourquoi le nourrissait-on, midi et soir ? Ça devait bien se rembourser. Rien n'est jamais gratuit. Demain, Élie verrait que Joseph n'était pas le petit con qu'il avait appâté ! Il faudrait qu'il réponde à tous les « pourquoi ». Joseph en avait vu d'autres et il se pourrait qu'Élie, tout savant qu'il était, se ramasse une dégelée.

Les poings serrés, sûr de son bon droit, Joseph s'est fait cueillir à froid avant même de franchir le seuil de l'ORT. Élie l'attendait.

– Suis-moi.

Nulle échappatoire.

Ils ont marché dans Paris occupé, la journée entière.

Élie s'est d'abord excusé pour sa sécheresse de la veille, assommant Joseph d'entrée.

– Je sais que tu m'en veux, Joseph, que tu es prêt à me casser la gueule mais tu ne le feras pas. Je suis obligé de garder le silence sur tout, absolument tout, sinon...

Et de rue en rue, de squares en grands boulevards, Élie a expliqué la lutte contre les fascistes, les nazis :

la priorité des priorités, qu'on avait déjà arrêté des camarades pour sabotage de lignes téléphoniques allemandes ou distribution de tracts…

A la fin du jour, Joseph était entré en lutte aux côtés d'Élie dans l'ignorance totale de ses activités et dans la certitude absolue de la justesse de la cause.

Au pied du meublé de la rue Piat, Élie a posé ses mains sur les épaules de Joseph.

– Tu peux encore dire « non », personne ne t'en voudra.

Mais Joseph était déjà entré en Résistance, viscéralement contre ces salauds de Boches. Il les avait vus à l'œuvre du côté d'Orléans. Tout ce qu'avait raconté Élie l'encourageait. Et puis perdre son seul ami, perdre sa confiance…

L'hiver s'est abattu, terrible. Le froid, la faim. Joseph passait ses dimanches, ses soirées à aider les bénévoles du service social. Il s'y était engagé. Il servait la soupe aux meurt-la-faim, desservait, balayait après les repas. Que faisait Élie pendant ce temps ? Joseph se posait toujours la question. Elle resterait sans réponse. Joseph imaginait. Joseph avait peur. Et si demain Élie n'était pas à l'ORT, si les Allemands l'arrêtaient… ? Mais Élie était toujours au rendez-vous du lendemain, un nouveau livre à la main. Livres autorisés, livres interdits, poètes et théoriciens de la Révolution.

Sur son cahier d'écolier à gros carreaux, Joseph écrit serré, serré, de plus en plus vite, absorbé par les petits riens d'Élie, ces riens d'autrefois : tout, aujourd'hui.

Élie qui sortait de sa poche dix boulets de charbon, de quoi remplir le Godin 00 de la chambre, de quoi se réchauffer un peu. Élie et son regard, le jour tant espéré.

– Joseph, ce soir tu viens avec moi.

Toute une journée d'attente, à tracer des perspectives de guingois, mains collantes d'angoisse et d'excitation aux côtés d'Élie, si calme. Quelle mission allait-on lui confier ? Est-ce qu'il serait à la hauteur ? Ne pas décevoir Élie. Le sourire de Perla, le soir, son clin d'œil d'au revoir.

Rien de ce qu'avait prévu Joseph n'est arrivé. Dans un appartement cossu, Joseph a assisté, sans le savoir, à une réunion de cellule communiste. Un jeune homme paralysé dans un fauteuil roulant parlait devant un auditoire silencieux. Il saluait la Révolution russe, l'avenir du socialisme. Il s'est mis à lire un passage de Lénine. Joseph, attentif, regardait Élie hocher la tête. Lui, Joseph ne comprenait rien. Son regard s'est arrêté sur les meubles cirés, le tapis, le lustre de cristal. Il n'a rien retenu sinon qu'il fallait apprendre et apprendre encore, pour pouvoir transmettre. Mais qu'aurait-il pu transmettre sinon sa totale incompréhension ?

Le lendemain, les jours suivants, Perla le convoquait dans son bureau. Elle fermait sa porte. Joseph s'asseyait comme au premier jour lorsqu'il était venu mendier son entrée en apprentissage. Mais ce n'était plus le Joseph menteur.

Perla parlait à voix basse. Elle lui donnait une adresse, une serviette d'écolier bourrée. Joseph filait, prenant soin de se retourner tous les vingt mètres. S'il était suivi ? Il n'a jamais posé de questions. Il ignorait tout de ce qu'il transportait. Il n'ignorait rien de ce qu'il risquait. La prison ! Les journaux commençaient à parler d'arrestations, de condamnations…

Avec Élie, Joseph n'avait peur de rien. Le soir, ils glissaient des feuilles ronéotypées dans les boîtes aux lettres. Ils collaient des petits papillons sur les murs, les portes. Un jeu d'enfant. Élie et Joseph se séparaient. Joseph entend le rire éclatant d'Élie. Ils feraient mieux la fois prochaine.

Eh non ! Élie fait le guet le long du mur de l'hôpital Saint-Louis. Joseph n'a rien entendu. Il s'apprête à coller un appel à la révolte quand une main lourde s'abat sur son épaule. Un flic. Un simple flic. Joseph s'aperçoit qu'il est en fait à l'entrée du commissariat de police.

– Espèce de petit con, mais tu te rends pas compte de ce que tu fais ? Fous-moi le camp, sinon...

Joseph n'a pas dit merci à ce brave flic. Il se souvient d'avoir couru en zigzag pour éviter les balles imaginaires.

Joseph pose sa plume. Il se prend la tête dans les mains. Mieux aurait valu qu'on l'arrête, qu'on le fusille. Il n'en serait pas là. Il n'existerait plus. Il serait sans chagrin, sans cette douleur quotidienne d'avoir perdu les siens ; Ida, Schlomo, Élie. Il laisse couler les larmes sur la page noircie. Il s'essuie d'un revers de manche. Il respire profondément. Il reprend.

La cellule a fondu. Arrestations, fuites dans le Midi, à l'étranger. C'est Élie qui préside maintenant. Et la chambre de Joseph devient, contre toute règle de sécurité, le lieu des réunions. Marx à nouveau, Lénine encore mais surtout la préparation du 1er Mai 41. Élie s'enflamme.

– Demain, les Parisiens seront fiers de nous. Les Allemands ne se doutent de rien. Ils verront qu'on peut les narguer, les combattre, les humilier.

Les cinq rescapés préparent le matériel. Étoiles rouges, ficelles, écrous, pour lancer, sur les fils des tramways, les symboles de la lutte contre l'oppresseur.

Dans l'euphorie, le petit groupe se dirige vers la place de la République, ni plus ni moins. Élie lance la première étoile rouge puis gueule à la dispersion. Deux hirondelles à vélo les ont repérés. Course folle Faubourg-du-Temple, rue de Belleville puis les passages obscurs où personne n'ose s'aventurer la nuit.

1er Mai, foutu. Foutu mois de mai. Mois de mai de merde.

Année calamiteuse, triste à crever. A quoi bon la raconter ? A quoi bon écrire ? Élie ne reviendra pas. N'a-t-il pas donné pour consigne de tout détruire, montrant l'exemple, déchirant, brûlant tous ses cahiers ?

Joseph mordille son stylo, contemple les pattes de mouche qu'il a griffonnées. A qui serviront-elles ? Personne ne les lira. Il lève la tête, regarde les clients de l'arrière-salle, amoureux enlacés, pochards du soir. Joseph ferme son cahier, coudes sur la table.

Il revoit Élie silencieux, Élie auquel il demande tout et qui ne répond pas. Que faire face aux mesures qui s'abattent sur les Juifs, toutes ces interdictions ? Pourtant Joseph est content. Il vient de raconter à Élie sa visite chez Schlomo et Ida. Élie est assis dans sa chambre, accablé, gris. Ses yeux ne pétillent plus. Joseph attend qu'il acquiesce, qu'il le félicite, l'encourage.

Ida a ouvert la porte. Joseph est heureux de la voir. Mais aussitôt la voix de Schlomo a mis fin aux retrouvailles.

– Alors, Monsieur ne lit pas les journaux, n'écoute pas la radio ? Monsieur a mieux à faire ?

Joseph n'a pas compris.

Schlomo a quitté sa machine à coudre. Il s'est dirigé droit vers la table de coupe. Il a passé sa main sous un coupon de tissu. Il en a tiré trois étoiles jaunes qu'il a tendues à Joseph.

– Maintenant, tout est en ordre. C'est moi qui vais pour Monsieur au commissariat de police. C'est moi qui donne les tickets de textile. Mais c'est toi qui vas coudre. Tout de suite et devant moi. Tu entends, petit merdeux. Devant moi. Et ta carte d'identité, il faudra que tu passes au commissariat pour la faire tamponner. Ta mère et moi, au moins, on est en règle.

Joseph a regardé son père, sa mère. Il a jeté les étoiles jaunes par terre. Il les a écrasées.

– Jamais je ne porterai ça ! Jamais !

Il a regardé Ida. Il est parti.

Élie ne dit rien. Il est assis par terre. Joseph attend un mot d'encouragement. Élie se passe la main dans les cheveux. Il fixe Joseph, allongé sur son lit. C'est le coup de guillotine.

– Écoute, Joseph. Je dois disparaître dans la nature. L'ORT, c'est fini, pour moi, pour toi aussi. On risque trop gros. Toi, tu gardes cette chambre, elle peut servir.

Élie se lève. Il sort de sa poche plusieurs liasses de billets qu'il tend à Joseph.

– C'est pour payer. Personne ne doit savoir que tu es là. D'ailleurs, tu n'y seras pas mais tu n'oublies pas de régler chaque mois.

Élie lui tend une fausse carte d'identité.

– Ça, c'est pour toi. Tu détruis l'autre. Tu changes de nom, de prénom. Tu disparais. Tu n'es pas juif. Tu as été baptisé. Tu inventes.

Joseph comprend de moins en moins.

– Et qu'est-ce que je fais, sans toi ? Sans personne ?

Il écoute Élie. Ahuri, il enregistre les ordres. Quand Élie a terminé, Joseph a envie de se jeter dans ses bras.

Élie le tient à distance, raide, figé. Puis il s'approche de Joseph.

– S'il y a du neuf, je te fais passer un message. En attendant...

Élie ne peut plus parler. Il lève le poing. Il ouvre la porte. Il laisse Joseph tout seul. Il croit qu'Élie est devenu fou. Lui ordonner de se jeter dans la gueule du loup ? Et s'il avait raison, si c'était encore la meilleure planque ? Joseph ne sait plus, ne sait rien, sinon qu'il pleure.

Il n'a pas dit « au revoir » à Perla, aux copains. Il sait qu'il faut obéir.

Le lendemain matin, Joseph s'engage dans un camp de la jeunesse, boulevard Kellermann, à l'emplacement d'un bâtiment des Auberges de la jeunesse. Il pense à Élie en signant. Il pense à Élie en voyant la tronche de ses compagnons, fils de prolos, placés là par leurs parents. Autant de bouches en moins à nourrir. Joseph caméléon, endoctriné gratuitement, chaque matin au lever du drapeau. Deux semaines lui suffisent pour qu'on le nomme chef d'une équipe de six, fiers de leurs superbes costumes, imités des tankistes allemands. Deux barrettes sur l'épaule désignent le grade de Joseph.

Au lever du jour, pendant une heure, Joseph écoute dans la rage les péroraisons du chef de centre. Mort aux Anglais, mort aux Juifs, sangsues aux doigts crochus, mort aux communistes, mort aux francs-maçons. Pourquoi, pourquoi Élie l'a-t-il envoyé là ? Pourquoi l'obliger à se salir aux crachats antisémites ? Et ces marches dans Paris, au pas cadencé, petits en tête de section et grands en arrière. Faire peur aux passants, ceux qui les traitaient de voyous, de fainéants, de collabos. « Section, halte ! » Les quatre derniers s'arrêtaient, chopaient les « provocateurs », exigeaient des excuses. Quand elles ne venaient pas assez vite, les coups pleuvaient. Joseph s'interposait : il était chef. Mais il laissait derrière lui du sang sur le trottoir.

Élie avait dû se tromper. Joseph ne dormait plus.

– Permission de voir mes parents, chef !

– Accordée. Bon élément.

Coup de tampon. Salut militaire.

Samedi. Joseph courait vers la rue Piat. Rien dans la boîte aux lettres. Payer le loyer à la concierge. Se changer et attendre.

Et puis, un jour de juillet alors que la section marche sur les grands boulevards, un jeune homme portant moustache et lunettes attrape Joseph par la manche, fait quelques pas à ses côtés. Joseph n'a que le temps d'entendre.

– Ce soir, chez toi, à six heures.

Le jeune homme disparaît dans la foule. Mais cette voix… Le bonheur envahit Joseph.

– Section, halte !

Joseph a un impérieux besoin de pisser.

– Avancez sans moi, je vous rejoins.

Joseph s'engouffre dans le premier café. Lorsqu'il ressort, il s'est démobilisé sans autorisation. Le métro. Les hauteurs de Belleville. La rue Piat. Il attend. Élie ne l'a pas oublié. Élie a tenu parole. S'effacent pour Joseph les humiliations de ces quelques mois passés parmi les salopards. Et maintenant ?

Les pas d'Élie dans l'escalier. Les coups tambourinés à la porte. Élie et sa petite moustache, ses lunettes ridicules. Joseph a envie de rire. Élie lui bat froid. Il jette sa veste sur le lit, s'assoit.

– Écoute bien ce que je vais te dire, Joseph. C'est une question de vie ou de mort. Je pense que tu ne sais rien de ce qui s'est passé ou de ce qui se passe. Tant mieux, d'ailleurs. Ces salauds de Boches ont fusillé des camarades. Ils nous courent après mais ça, c'est normal. C'est la guerre et ils la perdront. L'Armée rouge les écrasera. Mais c'est la police française qui en veut aux Juifs maintenant. Demain, ils organisent une rafle de tous les Juifs qu'ils trouveront. Tu te planques. Tu planques tes parents. Après, je ne sais pas. Moi, je quitte Paris, ce soir, pour le Sud. Je ne peux pas t'en dire plus.

– Quoi, tu me lâches ?

– Non, mais c'est comme ça. Faut que je file.

Élie reprend sa veste, se dirige vers la porte. Joseph tremble. Élie pose la main sur la poignée. Il se retourne. Il regarde Joseph. Il abandonne la poignée. Il fonce sur Joseph qu'il étreint. C'est tout. Il est parti. Joseph entend la dégringolade des pas.

Une main se pose sur son bras.

– Allez, le rêvasseur. C'est pas que tu me gênes, mais moi je ferme. T'as vu l'heure qu'il est ? J'veux pas d'emmerdes avec les flics.

Joseph se frotte les yeux.

Le bistrotier, devant lui, bâille. L'arrière-salle est déserte. Les lumières sont éteintes. Le rideau de fer est à moitié baissé. Joseph prend machinalement son gros cahier, règle ses consommations, baisse la tête pour sortir.

Le trottoir. Les rues vides. L'absence d'Élie. Sa présence. Si Joseph marche, c'est à Élie qu'il le doit. Si Joseph vit encore, c'est grâce à Élie. Mais pourquoi, pourquoi Schlomo n'a-t-il rien voulu savoir ? Pourquoi cette empoignade de voyous ? Lui et Ida seraient encore là. Il en est certain. Joseph les aurait cachés dans sa chambre. Joseph pleure en marchant. Plus personne ne reviendra. Les poubelles sont sorties. Joseph prend son gros cahier. Il le jette.

A la porte du commissariat, froissé d'une nuit sans sommeil, Joseph voit arriver monsieur et madame Rosenblatt, bras dessus, bras dessous, collés l'un à l'autre par la peur. Ils ont obéi. Joseph respire, soupire. Ils ont mis leurs habits du dimanche. Joseph ne peut s'empêcher d'imaginer Ida et Schlomo, eux aussi en costume et tailleur venir ici même, d'un pas tranquille, se faire recenser. Il chasse cette vision de cauchemar. Et s'il était venu avec eux, s'il avait scrupuleusement voulu être en règle ? Un dernier merci pour Élie. Une dernière colère pour les avoir abandonnés.

Monsieur Rosenblatt, penaud, tend la main à Joseph.

– Excuse-moi pour hier, mais tu sais ce que c'est... un mot plus haut que l'autre, on s'emporte, et puis les mots, c'est pas ce qu'on pense vraiment.

– Ce n'est rien. Ce n'est rien, dit Joseph. Je me suis emporté aussi.

Monsieur Rosenblatt semble soulagé. Une poignée de main de réconciliation.

– Venez, le commissaire vous attend.

Madame Rosenblatt, suppliante, attrape le bras de Joseph.

– Tu n'as rien dit de mal au moins, avec tout ce que tu sais ? La vie, elle a été dure pour nous aussi. On est obligés de faire des choses pas légales mais tout le monde en fait. Dis, Joseph, il ne va rien nous arriver ?

Joseph a déjà gravi les trois marches d'entrée. Madame Rosenblatt s'accroche à son mari.

Dans un minuscule bureau surchargé, Samuel et Esther osent à peine poser leurs fesses sur leur chaise. Monsieur Rosenblatt vérifie l'épaisseur de son portefeuille. Sa femme voyant s'agiter le jeune commissaire à la recherche de papiers, dresse la liste de toutes les denrées rares qu'elle pourrait lui offrir. Joseph s'est assis sur le côté, témoin d'un face à face qu'il a attendu, orchestré et qu'il savoure.

Monsieur Rosenblatt cherche dans sa poche. Il en tire un paquet de cigarettes. Des Américaines.

– Vous fumez, monsieur le commissaire ?

L'homme, en manches de chemise, mégot au coin de la bouche, lève la tête.

– Non, non, merci. Les brunes, il n'y a que ça de vrai ! Merci beaucoup, monsieur Rosenblatt. Je suis à vous dans deux minutes, excusez-moi.

Il se lève, quitte son cagibi enfumé, laissant les Rosenblatt à leur coup d'essai manqué. Samuel range son paquet de cigarettes. Il regarde Joseph qui fait mine de ne rien comprendre, mais qui veut bien une cigarette, lui.

Madame Rosenblatt fait sa gueule de cobra.

– Ça ne se fait pas, Joseph. Tu sais où on est. Et…

Elle a déjà reçu la première bouffée dans le visage et l'odeur mielleuse étouffe son reproche et l'odeur de naphtaline.

Le jeune commissaire réapparaît, une feuille à la main, s'assoit, croise les bras et regarde les Rosenblatt, en souriant.

Samuel s'éponge le front. Esther enfonce ses ongles de sorcière dans son astrakan. Joseph attend. Il tient sa vengeance.

– Ainsi, c'est vous, commence le commissaire.

Il se tait, regardant tour à tour Samuel et Esther.

– Oui, c'est eux, assène Joseph. Ils n'ont pas pu venir plus tôt.

– Bien, bien. Vous savez, Joseph m'a tellement parlé de vous, tout ce que vous avez fait pour lui, pour ses parents.

Monsieur Rosenblatt se penche, la tête dans les mains. Madame Rosenblatt étouffe.

– Votre présence, aujourd'hui, va permettre à Joseph de retrouver son identité, pas celle sous laquelle il a vécu durant toute la guerre. Pas moyen de mettre la main sur son acte de naissance avec tout le fouillis de la Libération. La nation lui doit bien ça. Et vous, vous l'avez vu naître. Il me parle de vous comme de ses parents adoptifs. Alors, si vous voulez bien me donner vos papiers d'identité.

La main de monsieur Rosenblatt tremble. Il ne comprend rien. Si c'était un piège ? Pas moyen d'y échapper.

Le commissaire prend les papiers, les pose à ses côtés, tire la machine à écrire et, de deux doigts pianote, absorbé.

Monsieur Rosenblatt fait un signe de tête désespéré vers Joseph, impassible.

La petite musique qui claque d'une Smith Premier emplit l'espace. Chaque ligne est un supplice, chaque petit coup de clochette fait sursauter les Rosenblatt. C'est fini. Le commissaire tire la feuille de la machine, relit.

– C'est bon. Je vous passe la lecture. Vous certifiez pour vérité et notoriété connaître parfaitement monsieur Joseph Katz, etc., etc. Il ne vous reste qu'à signer, là.

Il tend son stylo à monsieur Rosenblatt qui manque de tomber en se levant et qui se crispe pour parfaire un gribouillis de signature. Madame Rosenblatt s'empresse d'écrire « Madame Rosenblatt ». Un coup de buvard. Le commissaire se lève, rend les papiers.

– Tu reviens dans quinze jours, Joseph. Ta carte d'identité sera prête. Pour les photos... Rien, rien, tu me les as déjà données. Je vous raccompagne. Et merci encore pour tout ce que vous avez fait pour la France.

Il prend la main de monsieur Rosenblatt. Il la serre dans les siennes.

– Si tous les Français avaient été comme vous pendant la guerre...

La phrase reste en suspens.

A la porte, le commissaire tape l'épaule de Joseph.

– Tu vois, c'est fait. Je ne t'avais pas menti.

– Moi non plus, glisse Joseph devant les Rosenblatt retournés, incrédules, inquiets de ces propos codés.

Une dernière poignée de main chaleureuse. Les prisonniers sont libres.

Joseph laisse Samuel et Esther quelques pas devant lui. Il devine leurs visages cramoisis, les interrogations muettes. Qu'elles le restent !

Madame Rosenblatt a pris le bras de son mari. Lui, n'a plus les épaules rentrées. Une centaine de mètres et il se retourne, lance un sourire amical à Joseph, fermé. Monsieur Rosenblatt règle la marche, laissant Joseph parvenir à sa hauteur.

– Une cigarette, Joseph ?

– Merci. J'ai les miennes.

Mine déconfite de Samuel. Il faudra qu'il s'y prenne autrement. Il n'a pas traversé la guerre pour se faire moucher par un gamin.

– Alors, comme ça, tu connais le commissaire du quartier ? Ne dis pas non, il t'appelle par ton prénom.

– Vous aussi.

– Allez, Joseph. On efface tout.

Monsieur Rosenblatt s'est arrêté.

– Tope là.

Joseph garde ses mains derrière le dos.

Monsieur Rosenblatt, stupide, bras tendu, rougit.

– Ça ne t'a pas suffi de nous faire peur ?

Joseph ne répond pas. Il reprend sa marche à grandes enjambées. Derrière lui, Esther et Samuel soupirent, jacassent, s'affolent. Lui, est déjà bien loin de leurs affaires de boutiquiers enrichis. Il se met à courir.

Joseph s'est enfermé dans sa chambre. Les Rosenblatt poursuivent leur dialogue avec leur discrétion coutumière. Ce qu'ils croient chuchotements assourdit Joseph qui s'en fiche.

– Mais avec un commissaire, il peut tout contre nous. Fais quelque chose, Samuel ! Alors si tu ne peux rien, moi je ferai. On va lui acheter quelque chose de beau à ce commissaire et on enverra Joseph le porter, de notre part.

– Laisse, Esther, il faut que je m'explique avec Joseph. Moi, il m'écoute, même si parfois je ne sais pas comment le prendre. Je voudrais bien savoir ce qu'il a dit de nous.

– Du mal, c'est sûr. C'est un bandit, je te l'avais dit.

– Non, Esther. Le commissaire nous aurait pas remerciés. Il faut que je sache.

Tu ne sauras rien, pauvre pomme. Joseph te prépare une surprise.

Il entrouvre la porte. Silence gêné des deux malfaiteurs pris en délit de complot. Il fait un signe du doigt à madame Rosenblatt.

– Moi ?

– Oui, vous. Venez voir.

Elle pousse un cri en entrant dans la chambre. Le lit est défait. Les draps, les couvertures, le couvre-lit sont pliés. La fenêtre est grande ouverte.

– Vous pouvez vérifier, je n'ai rien abîmé. Tout est comme je l'ai trouvé en arrivant. J'ai aéré, en plus.

Monsieur Rosenblatt s'est précipité.

– Mais qu'est-ce que tu fais ?

– Vous voyez bien.

Samuel et Esther suivent ses gestes méthodiques. Il a posé sa vieille valise sur le matelas. Il ouvre l'armoire. Ses costumes, ses chemises, sont accrochés. Il les compte à haute voix.

– Il y a encore deux chemises au sale... et pour le costume que je porte, ne vous inquiétez pas.

Meshiguè ! Il est fou. Les yeux de madame Rosenblatt le disent. Pourquoi Joseph se déshabille-t-il devant elle ? Pourquoi ôte-t-il son pantalon ? Pourquoi le plie-t-il tout froissé sur sa chaise ? Et sa veste, pourquoi il l'accroche au cintre ? Elle détourne les yeux pour ne pas voir Joseph en slip et maillot de corps, s'attaquer à toutes les poches de costumes qu'il vide en jetant sur le lit, comme ils viennent, mouchoirs, tickets de métro, pièces de monnaie.

Monsieur Rosenblatt s'écarte à temps pour laisser passer Joseph vers le cabinet de toilette. Il fait signe à Esther. Ils n'ont toujours pas enlevé leurs beaux habits de fête, plantés dans la salle à manger. Joseph va, vient, sans s'occuper d'eux. Il referme la porte de sa chambre.

Esther et Samuel n'ont pas dit un mot. Ils attendent.

Ils savent. Et Joseph apparaît aussi pouilleux qu'au jour de son arrivée. Il pose sa valise sur la table. Il l'ouvre.

– Vous pouvez vérifier. Je n'ai rien pris.

Monsieur Rosenblatt voit furtivement la photo de Schlomo et d'Ida.

– Ah oui, j'allais oublier.

Joseph met la main à sa poche. Il en tire une énorme liasse de billets qu'il jette sur la table, plus quelques pièces.

– Je ne vous dois plus rien. Merci.

Il attrape la poignée. Monsieur Rosenblatt se précipite vers la porte.

– Joseph ! Joseph ! Je te jure. Pour tes parents, on ne pouvait rien.

– Alors, vous avez la conscience tranquille. Qu'est-ce que vous voulez de plus ?

Joseph force le passage sans peine. Monsieur Rosenblatt s'efface. Monsieur Rosenblatt pleure. Joseph est parti.

Enroulé dans une pauvre couverture kaki de l'armée américaine, couché sur un matelas, à même le ciment d'un immense hangar – désormais son chez-lui – Joseph savoure encore sa fuite. Il regarde la bougie se consumer à ses côtés, posée sur une soucoupe à café, le seau hygiénique au cas où, et la toile de jute pendue à une tringle : séparation crasseuse entre la laideur du hangar et l'horreur de son réduit. Joseph s'en fiche : il a connu pire. Il l'a voulu.

Monsieur Weissenberg l'a accueilli avec le sourire. Monsieur Peau-de-lapin tenait sa revanche sur Monsieur le Président-à-l'unanimité. Monsieur le Président avait intercédé pour son protégé. Magnanime, monsieur Peau-de-lapin a accepté de prendre sous sa protection un « pauvre enfant » blessé de guerre. Toute l'Amicale lui en sera reconnaissante et, aux prochaines élections du bureau, qui sait si une place de trésorier... Et puis, ça les emmerdera encore plus, ces petits Juifs qui lui crachaient dessus, avant guerre. Aujourd'hui, ils viennent lui lécher les pieds. Ils l'implorent. Ils lui empruntent. Ils lui parlent avec une politesse trop polie, eux qui le traitaient de bon à rien, de voleur et de ramasseur de merde. Qu'ils viennent donc tâter l'épaisseur de son portefeuille ! Tout en liquide.

Le sourire d'accueil de monsieur Peau-de-lapin dit tout cela avec une telle naïveté que Joseph le prend quelques secondes en pitié. Et rentre donc Joseph, ne reste pas comme ça. Viens, viens que je te montre mes trésors. Visite guidée, commentée, d'un immense pavillon place de Villiers, à Montreuil. Monsieur Peau-de-lapin fume le cigare, sa bonne prend la valise de Joseph avec des pincettes. Commence un long parcours dans les douze pièces du roi de la ferraille. Joseph se tait devant tant de merveilles. Tapis, lourds fauteuils de cuir, fausses bibliothèques, mais vrai téléphone. Monsieur Peau-de-lapin commente en dollars convertis aussitôt en francs. Il regarde Joseph et tire sur son cigare.

– Tu vois ce tableau ? La peau des fesses ! Mais c'est un faux. Le vrai, il est dans un coffre, à la banque.

Joseph est assommé. Il hoche la tête, lamentable. Il suit le guide. Faut-il donner la pièce à la fin ? Monsieur Peau-de-lapin savoure son triomphe dans la salle de bains : une merveille réservée pour le final. De la faïence blanche, une immense glace, une baignoire gigantesque et un bidet.

– Tu vois, on n'a rien sans rien.

La morale de l'histoire s'achève sous les lustres du salon, un whisky à la main.

– Dis la vérité, Joseph. Hein, je te faisais peur quand t'étais gamin ! Je le sais bien. Je vous voyais tous, les gosses, vous foutre de moi quand j'arrivais avec ma carriole et ma clochette. Mais c'est vos parents les responsables. Ils m'ont humilié. Ils m'ont traité comme une sous-merde à cause de mes habits déchirés... Mais tu crois qu'on ramasse la crotte des autres avec des gants blancs ?

Il hausse le ton.

– Ils se croyaient au-dessus de tout le monde parce que je récupérais leurs ordures. Mais tu sais ce qu'on peut faire avec des ordures ? Tu sais ? On peut faire de l'or. C'est maintenant qu'ils s'en aperçoivent et moi je les emmerde. Je leur fais payer. Et je leur ferai payer jusqu'à ce que je crève. Qu'est-ce qu'ils avaient de plus que moi ? On est tous venus de cette Pologne d'antisémites. Au lieu de s'aider, on s'est foutu sur la gueule dès qu'on a pu.

Monsieur Weissenberg s'est levé de son fauteuil.

– Ils m'ont craché dessus, Joseph. Tous, sans exception. Tu étais tout petit. Et toi aussi tu m'as craché dessus. Les cailloux que tu me lançais avec tes copains, tu t'en rappelles ?

Joseph, dans son fauteuil, regarde ses pauvres rangers boueux sur le tapis. Monsieur Weissenberg s'est fait tribun.

– C'est vos parents les coupables. Et vous, les petits merdeux, vous étiez sans pitié. Mais vous paierez tous.

Joseph sait que monsieur Peau-de-lapin a raison. Il le revoit, avant guerre, au bal de l'Amicale, seul dans son coin. Les tables sont dressées, nappes blanches. Monsieur Peau-de-lapin s'assoit et le vide se fait. Ida et Schlomo se lèvent, entraînant Joseph.

– Excusez-nous, monsieur Weissenberg, mais les Grinblatt nous ont réservé des places à leur table. Vous comprenez…

Il comprenait.

– Ça les dégoûtait, Joseph, mes mains toutes noires, mes ongles sales, la crasse que je n'arrivais pas à enlever même en frottant avec de la pierre ponce. Mais je me lavais autant qu'eux. Et mes mains c'étaient celles d'un travailleur. Tiens, regarde. Le noir, il n'est jamais parti. Mais je suis propre, propre. Lève les yeux, reste pas comme ça. Tu les vois mes mains ? C'est les mêmes qu'avant. Mais elles ne dégoûtent plus personne maintenant. Elles peuvent sortir tous les billets de mon portefeuille, là.

Il se frappe le cœur. Il tire son portefeuille. Il le jette sur la table basse.

– Aujourd'hui, ils sont prêts à jurer que j'ai les plus belles mains du monde, les salauds.

Joseph fixe le portefeuille. Il n'écoute plus les bouffées de haine. Elles sont l'écho de la sienne. Vengeance. Vengeance, martèle monsieur Weissenberg. Il parle le même langage que Joseph. Et Joseph le déteste. Il se reconnaît dans ces vociférations, ce désir de meurtre, cette vengeance jamais assouvie. Monsieur Peau-de-lapin est son ennemi : ils se ressemblent trop.

Monsieur Weissenberg, sans le vouloir, renverse le whisky qu'il tient à la main. Il libère Joseph qui se lève pour tenter… Il ne le sait pas lui-même. Il sort un mouchoir de sa poche, s'agenouille, tamponne. Il est à quatre pattes, comme un chien. Monsieur Peau-de-lapin rit.

– Moi aussi, j'ai commencé comme ça, plus bas que terre. Et tu as vu où je suis arrivé ? Tu as vu ma voiture ? Une traction décapotable 11 CV... Tu verras, tu feras tes quarante-cinq heures chez moi mais je ferai de toi un Mensh, quelqu'un. Ton père, il pourrait être fier de toi et de moi aussi. Tu travailleras au hangar, tu dormiras là-bas aussi. N'attends aucune pitié. Tu seras payé. Tu m'aideras aussi pour la comptabilité. La seule chose que j'accepte, parce que j'ai donné ma parole, c'est que tu ailles chez monsieur Baumann pour apprendre. Moi, si j'avais pu apprendre...

Monsieur Peau-de-lapin se tait un long moment. Joseph poursuit à sa place.

– ... je n'aurais pas eu à ramper devant tous les autres. Et toi, Joseph, je t'élèverai comme si tu étais mon fils.

Joseph s'éponge le front de son mouchoir trempé de whisky. C'est l'hiver. Le salon est surchauffé. Monsieur Peau-de-lapin écrase son cigare.

– Allez, finis les discours. Demain, tu commences à six heures et demie.

Dans sa couverture kaki, Joseph grelotte. A ses pieds, son bleu de travail. Joseph réchauffe ses doigts à la toute petite flamme de la bougie. Et un père de plus ! Combien, depuis la fin de la guerre, se sont proposés ? Combien se proposeront encore ? Ça ne les fatigue pas ? Joseph n'a qu'un père : Schlomo. Il porte sa photo près de son visage. Schlomo ! Ils n'ont jamais réussi à se parler. C'est ainsi.

Un coup de pied dans les tibias fait sursauter Joseph.

– C'est l'heure !

Il se réveille en sursaut, ne comprend rien. Monsieur Peau-de-lapin a échangé son costume trois-pièces, cravate et barrette en or pour un bleu semblable à celui que Joseph enfile. Les ordres tombent.

– Tu passes prendre ton café à la cuisine. Dans dix minutes, tu es sur le tas. Les ouvriers t'expliqueront.

– Et pour me laver ?

– Est-ce que l'eau de la pompe suffit à Monsieur ?

Joseph redresse la tête.

– Oui, ça suffit. Je commence par là.

Joseph tire la toile de son recoin, traverse le hangar sombre. Il est dans la lumière triste de l'hiver. L'eau glacée le fait frissonner. Monsieur Peau-de-lapin l'a suivi. Il en aura pour son pognon. Joseph, torse nu, le défie.

– Et pour le savon, vous le retenez sur mon salaire ?

Pas de réponse. Bras croisés, monsieur Peau-de-lapin toise la forte tête qu'il a décidé de mater. Comme Schlomo qui s'y est cassé les dents. Il ne connaît pas Joseph, sa résistance, son entêtement. Il apprendra.

Joseph se débarbouille mains nues. Retenant sa respiration, il se passe les cheveux sous l'eau glacée. Un cri.

– Mais tu vas attraper la crève ! Attends.

Joseph aperçoit monsieur Peau-de-lapin courir vers le pavillon. Il est de retour, une serviette à la main. Il la tend à Joseph.

– Tu peux la garder. Le savon, je t'en donnerai demain. Je ne veux pas qu'on dise que je te traite comme un chien.

Joseph se contente de sourire, de se frotter la tignasse avec vigueur.

Non, monsieur Peau-de-lapin, vous ne me traitez pas comme un chien. Vous voulez mon bien, m'apprendre la vie, comme mon père avec les coups de courroie. Mais ça n'apprend rien, que l'humiliation. Vous le savez aussi bien que moi. Vous l'avez dit. Pourquoi vous obstiner ? Vous êtes perdant d'avance. Vous ne tirerez pas grand-chose de moi. J'ai juste besoin de vous, le temps de reprendre souffle.

Façon de parler. Pour Joseph : les travaux forcés. Encore jouit-il d'un traitement de faveur. Parce qu'ils étaient goys, les six autres ouvriers devaient payer, eux, pour tout ce qu'avaient fait les Allemands. Mais Joseph souriait. Il gagnait sa vie. Monsieur Weissenberg pensait qu'il se foutait de sa gueule. S'il avait pu tordre le sourire de Joseph ! S'il avait pu empêcher son application, son obéissance mécanique... Joseph ne donnait prise à rien. Il s'acharnait au labeur dans le froid du hangar qu'un brasero ne réchauffait pas, dans la puanteur des peaux de lapin dont Joseph avait la charge. Les autres triaient les métaux. Ferreux d'un côté, non ferreux de l'autre. Joseph entendait les hurlements de monsieur Weissenberg surveillant l'entrée des camions, leur déchargement, le tri.

– Dans ferreux, il y a fer... Et vous, vous savez rien faire !

Spirituel, monsieur Peau-de-lapin, devant six manœuvres affamés, payés à la journée, non déclarés. Certain de sa bonne plaisanterie, il se tournait vers Joseph qui ne bronchait pas, appliqué, les yeux fixés sur ses peaux en lanières dont il fallait découper les poils aux ciseaux, puis les jeter de l'autre main dans un grand sac de jute. Travail imbécile mais lucratif pour monsieur Weissenberg qui fournissait un marchand de chapeaux. Et Joseph s'acharnait malgré les gerçures. Il se fixait des objectifs insensés. Il battait ses propres records, tailladant à la base des poils qu'il n'aurait jamais imaginés si denses, si drus. Il ne se levait que pour porter un sac ficelé. Il en reprenait un autre. Il avait les reins moulus. Travailler. Travailler pour ne pas penser, dans le vacarme du métal qu'on balançait, dans la poussière qui prenait à la gorge.

– Ça va, Joseph ? demandait monsieur Peau-de-lapin, dans l'attente d'une plainte qui ne venait jamais.

– Ça va.

Un nouveau coup de ciseaux qu'il fallait aiguiser toutes les heures. Monsieur Weissenberg s'éloignait, revenait jeter une couverture sur les épaules de Joseph qui ne remerciait pas. Et de s'acharner à nouveau, bouffant des poils jusqu'à tousser.

A la tombée de la nuit, Joseph toujours assis sur son tabouret, se ruinait les yeux. Ses six compagnons touchaient leur journée et filaient, non sans avoir ôté leur béret devant monsieur Weissenberg.

– Salut, Joseph, à demain !

Joseph faisait signe, continuait tout aussi acharné. Monsieur Weissenberg abdiquait. Joseph entendait ses pas, un raclement de gorge.

– Allez, suffit pour aujourd'hui. Passe à la cuisine.

La réponse crispante de Joseph.

– Je finis d'abord.

Les pas gagnaient le pavillon.

Dans la cuisine surchauffée, monsieur Weissenberg tient à assister au repas du fauve. Court tête-à-tête muet que rythme le bruit des couverts. Il y a toujours de la soupe chaude, du pain blanc, de la viande, du fromage. Un repas de prince pris par un pauvre. Monsieur Weissenberg s'assoit, se lève, se rassoit sans que jamais Joseph ne le regarde. Depuis quinze jours qu'ils s'affrontent, Joseph marque tous les points. Monsieur Weissenberg s'est fait mendiant d'un « merci », d'un sourire, d'un geste. Joseph ne lui renvoie qu'un silence buté, méprisant, ironique. Son repas achevé, il range son rond de serviette et s'éclipse poliment. Il regagne sa niche.

Que va-t-il y trouver de nouveau ce soir, comme tous les soirs ? Joseph sourit en y pensant. Monsieur Weissenberg, jour après jour, lui monte son ménage. Une cartouche de cigarettes américaines pour commencer, cadeau de bienvenue. Puis du savon, un gant, une serviette, des sous-vêtements chauds, des vêtements décents. Un lit de camp est venu se poser par miracle sous le matelas. Le lendemain, un sac de couchage s'est ajouté aux couvertures. Une vieille armoire de métal s'est trouvée là par hasard. Monsieur Weissenberg fait l'ignorant ; Joseph l'ignore. La bougie a disparu. Une lampe à pétrole et sa ration renouvelée attend Joseph. Il peut lire, chaque soir, les journaux que ses compagnons lui laissent... Encore quelques mois et le réduit deviendra la succursale du marché aux Puces de Montreuil où, pour son premier dimanche de liberté, Joseph s'est acheté une galène, deux écouteurs pour se fabriquer un poste, niché dans une boîte d'allumettes. Mais ce soir, lorsqu'il allume la mèche de sa lampe, Joseph sent monter une envie de pleurer. Il s'attendait à tout. Mais ça ? Sur le lit, une canadienne fourrée. Joseph se jette à genoux, pose son visage sur la laine chaude et laisse venir les larmes. Une envie folle le prend de traverser le hangar, la cour, d'aller frapper à la porte du pavillon et de se fourrer dans les bras de monsieur Weissenberg. Joseph renifle, s'essuie les yeux, enfile la canadienne qu'il boutonne. Il met les mains dans ses poches. Ses doigts heurtent un tube de métal. De la vaseline. Il s'assoit sur son lit, dévisse le bouchon et s'enduit les mains, les frotte, les frotte encore sur ses gerçures. Il se relève. La guerre est finie. D'un pas tranquille, il traverse le hangar, la cour. Soudain, il s'arrête. A la fenêtre, il aperçoit le visage de monsieur Weissenberg, sa main qui tire vite le rideau, et l'ombre qui s'éloigne. Joseph a failli se faire piéger. La guerre continue. Il regagne son lit.

Bien joué, monsieur Peau-de-lapin. Il s'en est fallu d'un rien. Joseph s'endort, préparant un coup bas. Joseph ne s'est pas suffisamment tenu sur ses gardes. Personne ne l'aura. Personne. Jamais. Peau-de-lapin paiera.

Des hurlements réveillent Joseph. Monsieur Weissenberg n'a pas fait son office, venant secouer son protégé. Joseph n'y comprend rien. Dans la cour, ça gueule. Monsieur Peau-de-lapin gueule. Joseph endosse sa canadienne neuve, s'avance dans le hangar. Une curieuse lumière. Il a neigé toute la nuit. Par la porte entrouverte, il aperçoit Raymond, Marcel, André, sous les flocons qui tombent toujours. Les hurlements de monsieur Weissenberg tombent plus drus encore.

– Il est neuf heures et vous arrivez seulement ! C'est pour ça que je vous paie, à faire la grasse matinée ? Des fainéants de votre espèce, je peux en trouver en claquant des doigts. Vous n'êtes que des tire-au-cul. Moi, je suis debout depuis cinq heures. C'est pas un poil que vous avez dans la main, c'est un balai-brosse.

En plus, je devrais vous plaindre parce que vos vélos glissent. Qu'est-ce que ça peut bien me foutre ! Moi, à votre âge, je coupais du bois dehors par moins dix. Mais ça, vous ne pouvez même pas l'imaginer. Allez, grouillez-vous. Et les trois autres, quand ils arriveront, ils vont m'entendre.

Ils l'entendaient peut-être, en bas de la rue Alexis-Pesnon, si raide que les camions restaient bloqués à patiner. Monsieur Peau-de-lapin le sait bien. On lui a téléphoné. Il a aussi gueulé.

– Démerdez-vous !

Ça le contrarie, monsieur Weissenberg, que le ciel ne lui obéisse pas, que les chargements ne se fassent pas. Joseph, lui, ne supporte pas qu'on traite ses camarades comme de la merde.

– C'est comme ça que vous me remerciez pour tout ce que je fais pour vous ? Si vos femmes et vos gosses, ils bouffent, c'est grâce à moi. Ne l'oubliez jamais. Et qui est-ce qui vous autorise à prendre des planches pour vous chauffer ? Encore moi. Alors...

Monsieur Weissenberg s'arrête. Raymond, Marcel, André ne le regardent plus. Ils voient Joseph s'avancer à pas très lents, vêtu de son bleu de travail, une serviette de toilette sur l'épaule. Arrivé à hauteur du groupe, il interroge monsieur Weissenberg, avec une politesse horripilante.

– Pourquoi vous ne m'avez pas réveillé, ce matin, monsieur Weissenberg ? C'est que j'ai du boulot, moi. Votre réveil, il était en panne ? Excusez-moi, il faut que je fasse ma toilette...

Monsieur Weissenberg ne trouve rien à dire. Il s'écarte avec les autres, laissant Joseph installer son matériel de rasage près de la pompe. Le temps que

Joseph se soit jeté de l'eau sur le visage, monsieur Weissenberg s'est repris. Il se tourne vers ses ouvriers.

– Personne ne pourra m'accuser d'être un mauvais patron. Aujourd'hui, je vous donne votre journée, à tous.

Sans les regarder, il regagne son pavillon. Raymond lève le pouce en direction de Joseph. Bien joué ! Joseph lui rend un sourire.

André lui souffle en reprenant son vélo.

– Fais pas le con, Joseph. Avec le froid qu'il fait, tu vas te retrouver entre quatre planches.

– Et alors ? Peau-de-lapin sera d'abord obligé de m'apporter des bouillons et d'appeler un médecin. Tu vois l'argent qu'il va paumer...

André sourit.

La grande porte de la cour grince et claque. Joseph sait que monsieur Weissenberg l'épie. Il prend son temps. Il passe le blaireau sur le bâton de savon, applique la mousse soigneusement. Un morceau de miroir ébréché qui lui sert de glace est posé sur le haut de la pompe. Joseph, son coupe-chou à la main, gonfle les joues, essuyant la lame sur sa serviette. Monsieur Weissenberg ne tiendra pas longtemps, derrière son rideau. Deviné juste. La porte s'ouvre brusquement. Un ordre aboyé. Joseph se coupe. Un nouvel ordre, moins mordant.

– Rentre, Joseph, tu vois bien que tu saignes.

Joseph s'essuie le visage. L'honneur est sauf : il peut rentrer dans le pavillon et monsieur Weissenberg, lui, n'a pas cédé.

Monsieur Weissenberg pousse Joseph vers la salle de bains.

– C'est pas trop profond au moins ? Laisse-moi voir.

Joseph ôte la serviette qu'il a roulée en boule sur sa joue. Le sang pisse à nouveau. Monsieur Weissenberg ouvre la porte d'une armoire à pharmacie, en tire un bout d'alun qu'il passe sous le robinet.

– Ça va piquer, mais c'est tout.

Joseph le sait bien. Schlomo s'en servait. Joseph n'a pas attendu monsieur Nouveau-Riche. Monsieur Weissenberg, en quelques gestes précis, applique le crayon sur la balafre. Un picotement. Le sang s'étale sur le bas du visage.

– Faut laisser sécher maintenant.

Monsieur Weissenberg se recule pour admirer son ouvrage.

– Ça va aller, Joseph.

– Monsieur Rosenblatt, quand il se coupait, lui, il prenait du papier Job.

Monsieur Weissenberg ne relève pas. Joseph regarde l'immense baignoire.

– Ça te dit, un bain chaud ?

Joseph hésite. L'envie est trop forte. Monsieur Weissenberg tente de dissimuler un sourire que Joseph surprend dans la glace.

Un bain. C'est donc ça ! Se laisser aller en fermant les yeux, s'étendre, se replier, se détendre. Sentir le froid arriver, vite tourner le robinet et manquer de s'ébouillanter. Agiter la main pour que la tiédeur revienne et se laisser bercer. Rêver… Il aura fallu attendre vingt-deux ans.

Schlomo, le dimanche matin, attrapait les serviettes repassées par Ida, le savon, les gants. Joseph devait être prêt. Il l'était, chargé du linge propre, plié dans un petit sac. Pas moyen d'échapper aux bains-douches municipaux. Joseph n'a connu que les douches, lorgnant sur les bains, deux portes mystérieuses, réservées aux riches. Elles étaient le cabinet de Barbe-Bleue. Joseph n'a jamais su ce qui se cachait derrière malgré tous ses efforts. L'employé donnait le billet et le numéro à rendre à la sortie. Faire la queue. Schlomo faisait la gueule. Qu'est-ce qu'ils avaient tous à venir à la même heure que lui ? Joseph, dans le hall carrelé, passait d'une jambe à l'autre. Un regard de Schlomo, il se figeait. Tout comme son sourire moqueur quand un binocleux poussait la porte pour se retrouver aveugle derrière la buée de ses lunettes. Schlomo désignait les bancs du menton. Joseph, tête basse, sac sur les genoux, allait s'y ratatiner, contre un lecteur de journal. La peur le prenait. Et si Schlomo n'entendait pas le numéro ? S'il le comprenait mal ? S'il se mettait à hurler, comme chaque fois ?

– Joseph, va demander où on en est ! J'ai autre chose à faire que d'attendre !

Et Joseph se levait, piteux, croyant tous les regards tournés vers lui. Il s'approchait du petit comptoir où on louait des serviettes, on achetait le savon. Il lisait sur le tableau noir le numéro inscrit à la craie, aussitôt effacé par l'homme en maillot de corps. Il retournait vers Schlomo.

– Encore dix numéros.

– Pas trop tôt. Reste à côté de moi.

Joseph aurait bien tenu la main de son père avant de s'engouffrer dans le long couloir aux portes de bois, à l'appel de leur numéro. Suivre l'homme au maillot blanc. L'inévitable recommandation :

– Vingt minutes pour le déshabillage et l'habillage !

L'aiguille de la montre mise en place, sur la porte refermée.

Et si les vingt minutes étaient dépassées ? La terreur de Joseph. L'homme ouvrirait. On le découvrirait tout nu.

Schlomo et Joseph enfermés dans leur cabine dans cette odeur de sale, de propre, de savon et de sueur. Joseph traînait. Schlomo se déshabillait, posait toutes ses affaires en boule sur le petit banc de bois.

– Qu'est-ce que tu attends ?

Schlomo n'attendait pas de réponse. Il était sous le jet. La buée permettait à Joseph un déshabillage sournois. Puis il venait se coller contre Schlomo, son sexe, ses poils au pubis. Lui, cachait une minuscule quéquette, ridicule. Souffrance de tous les dimanches, cette exhibition sans retenue d'un père, cette honte de Joseph de n'être qu'un petit garçon auquel Schlomo hurlait ses ordres.

– Et lave bien ton petit oiseau !

Il fallait bien obéir. Schlomo lui frottait les cheveux au savon de Marseille et se mettait aussi à chanter, en yiddish.

Joseph fermait les yeux. Pourvu que personne n'entende son père. Les minutes passaient et la peur reprenait. S'essuyer vite, éviter de faire tomber les affaires propres dans la flaque qui s'étalait jusqu'à la porte. Réussir à se peigner devant la glace. Schlomo la frottait avec sa serviette. Quelques secondes plus tard, la buée l'avait à nouveau recouverte. Le bonhomme en blanc passait en gueulant : « Allez, allez, appuyez sur la savonnette. » Joseph était certain qu'il s'adressait à lui. Aurait-il le temps de faire sa raie avant que les vingt minutes soient passées ? Il y parvenait toujours, ramassait les affaires sales dans son sac et ouvrait vite la porte. Sauvé !

Sa fierté de rendre le numéro, de laisser l'homme en blanc passer le balai et la serpillière, et de parader dans le hall, devant tous les autres. L'estocade portée par Schlomo.

– Mets ton béret, Joseph. Tu vas attraper froid.

Personne ne verrait le cran que Joseph avait soigné.

Dans la salle de bains de monsieur Weissenberg, Joseph n'a plus rien à craindre. Plus rien à attendre non plus. L'eau devient froide. Il se redresse, enjambe la baignoire, mouille le carrelage, attrape à la patère un peignoir, l'enfile, prend une serviette sur le radiateur de fonte, se frotte les cheveux. Devant la glace, il se regarde et retrouve le sourire. Le peignoir, trop grand pour lui, balaie le sol. Les deux initiales cousues à la place du cœur amusent Joseph. Lui, aurait bien inscrit « Monsieur Peau-de-lapin ». Il s'amuse le temps de constater que son slip, son bleu, ses chaussettes et ses rangers sont par terre, dans un coin. Joseph les regarde, s'approche, file un grand coup de pied de dégoût. Attends, monsieur Peau-de-lapin, on va voir ce qu'on va voir.

Joseph dégringole l'escalier, tenant la rampe pour éviter la chute. C'est en triomphateur qu'il entre dans la cuisine, en peignoir. Monsieur Weissenberg lui tourne le dos, regardant tomber la neige. Il ne bouge pas, laissant Joseph stupide devant la table où l'attend un bol de café noir, du pain blanc, du beurre. Sur la chaise, un énorme paquet enveloppé de papier kraft. Monsieur Weissenberg ne bouge toujours pas. Joseph s'approche, jette le paquet par terre, s'installe pour le petit déjeuner. Il mord le pain. Il mordrait le bol s'il le pouvait. Monsieur Weissenberg n'a toujours pas daigné se retourner. Il allume une cigarette. Joseph racle sa chaise sur les carreaux, tousse, crachote. Rien n'y fait. Il avale à grand bruit son café. Il repose le bol avec violence. Monsieur Weissenberg murmure sans se retourner :

– Le paquet que tu as jeté par terre, c'est à toi. Pas la peine de dire « merci » ! Quand tu auras nettoyé la salle de bains, rejoins-moi, j'ai des comptes à faire.

Salaud ! Joseph prend sur lui de ne pas balancer sa chaise dans le dos de monsieur Weissenberg. Il attrape le paquet, remonte dans la salle de bains. Il jette le peignoir. Il le piétine ; il piétine ses affaires sales, il shoote dans le paquet. Il est tout nu dans sa danse guerrière ridicule qui s'achève quand il se voit dans la glace. Il s'accroupit, déchire le papier kraft et reste longtemps à genoux. Deux slips. Deux maillots de corps. Deux grosses chemises. Deux pantalons en velours. Un tricot. Joseph les tâte, les prend contre sa joue, les repose. Il les essaie devant lui sans les passer. Et puis merde ! Il ne doit rien à personne. Il n'a rien demandé. Si monsieur Weissenberg veut l'acheter comme monsieur Rosenblatt, il faudra qu'il repasse. Joseph est libre, libre... d'enfiler ses habits neufs. Il se tourne et se retourne devant la glace. Pas mal. Juste un pantalon dont il refera l'ourlet. Il raccroche le peignoir, ramasse les morceaux de kraft qu'il jette dans la corbeille. Il éponge le sol avec la serviette mouillée qu'il pose sur le rebord de la baignoire. Il prend ses habits neufs sous le bras, retourne se regarder une dernière fois devant le miroir. Il se sourit.

Monsieur Weissenberg l'attend dans son bureau. Joseph y entre vêtu d'un des gros velours côtelés et de sa canadienne. Le bureau de monsieur Weissenberg n'a de bureau que le nom. C'est la cabane aux courants d'air, recoin à peine abrité, à l'entrée du hangar. Monsieur Weissenberg peut venir s'y asseoir entre deux chargements-déchargements ou courir au téléphone parce qu'il y joue sa vie, et donc sa fortune, à chaque appel. Les ouvriers, Joseph, tout le quartier peuvent entendre les hurlements de monsieur Weissenberg quand il marchande, donne des ordres d'achat ou de vente. Il amasse sa fortune dans la crasse et le désordre d'un réduit avec une table, deux chaises, trois classeurs cassés pour tout mobilier. C'est là qu'il reçoit, toujours en bleu de travail, des messieurs au chapeau melon, qu'il traite avec autant de ménagements que ses ouvriers. Marché conclu, il les conduit alors vers le pavillon. Quand il en ressort, il reste silencieux, savourant une victoire, puis reprend ses aboiements de monsieur Peau-de-lapin.

Il regarde Joseph entrer. Il est assis dans le froid, penché sur des liasses de factures qui occupent toute la table.

– Assieds-toi, Joseph. Faut mettre de l'ordre là-dedans. Tu sais compter ?

– Oui.

– Alors compte.

Il lui tend une feuille de papier, un crayon noir. La valse des chiffres commence. Joseph ajoute des millions à des millions en longues colonnes. Il ignore à quoi ils correspondent. Quand il effectue la somme, en bas de page, Joseph est incapable de la lire. Il bafouille. Monsieur Weissenberg se lève, contourne la table et lit sans hésitation le chiffre définitif. S'agit-il de francs, de dollars, de tonnes, de kilos ? Joseph l'ignore. Il s'applique, s'aide de ses doigts et déclare forfait. Il pose son crayon après la quinzième addition, ne pouvant plus suivre le rythme. Monsieur Weissenberg le regarde simplement.

– Laisse, Joseph, tu dois être fatigué. Tu n'as pas l'habitude. Et puis le froid ...

Joseph fait un effort pour reprendre le crayon. Monsieur Weissenberg l'en empêche.

– Ce n'est rien, on finira un autre jour. Dans le fond, tu peux prendre ta journée aussi. Et puis je n'ai pas tenu mes engagements. Tu avais droit à une journée chez monsieur Baumann pour tes études. Lui, il t'apprendra beaucoup. Va, va, Joseph.

Joseph ne bouge pas. Il se fout de monsieur Baumann comme de sa première chemise, il se fout des études qu'il ne fera jamais. Il ne peut pas perdre la face devant monsieur Weissenberg. Mais il sait qu'il a perdu. Il a envie de renverser la table, de déchirer la feuille des comptes, de tout balancer, de tout détruire. Il fixe ses poings qui se crispent. Monsieur Weissenberg le laisse ainsi.

La neige a cessé de tomber. Les écoliers de la place de Villiers n'ont pas encore commencé leurs parties de boules de neige. Joseph marche dans un silence apaisant. Il lui semble avoir quitté le bagne. Un passant se retourne quand il le voit se baisser, ramasser la neige, la rouler dans ses mains et viser un arbre en riant. Joseph lit la réprobation dans le regard du vieux monsieur. Il l'emmerde. Sa journée, il la savourera à son rythme, à son pas. Il descend l'avenue Pasteur et ses pavillons de meulière. Il passe la rue Hoche, la rue Victor-Hugo. Il s'arrête. Il fixe les plaques émaillées. Elles viennent de prendre sens. Des noms serinés à l'école, oubliés, qui reviennent chargés de leurs odeurs de craie, de cire. Pasteur, Hoche, Victor Hugo. Joseph en sarrau noir, bras croisés qui écoute le maître, le seul dont il a retenu le nom, monsieur Lepape, et qui faisait vivre les images du livre d'histoire que Joseph feuilletait parfois, lassé des illustrés. Monsieur Lepape, immense sur l'estrade, dans sa blouse grise, donnait de la couleur aux interminables heures d'ennui, d'additions, de soustractions, d'intervalles. Sa voix grave n'avait pas à remettre Joseph à sa place, le ramener aux poteaux télégraphiques plantés tous les trente mètres. L'histoire, Joseph la vivait à son pupitre, enveloppé par les modulations de monsieur Lepape. Il est le jeune général Hoche qui pacifie la Vendée, implacable avec les royalistes qui méprisent la République. Il fait exécuter Charette, le traître. Mais pourquoi mourir à vingt-neuf ans ? Il est Pasteur qui évite aux malades de la rage les supplices de l'étouffement. Toute la classe est pétrifiée. Oui, dit monsieur Lepape. On prenait les malades, on les attachait et, dans des hurlements de bêtes, on les écrasait entre des matelas jusqu'à ce qu'ils meurent, asphyxiés. Et Pasteur a su soigner le petit Joseph Meister avec des piqûres dans le ventre. Pasteur est allé lui-même acheter un lit pour Joseph afin qu'il dorme dans le laboratoire. Et le miracle est arrivé. Un miracle scientifique. Sans Pasteur, l'enfant serait mort. Plus tard, Joseph écrit des lettres de remerciements au grand savant enterré au Panthéon. Joseph est Victor Hugo qui vient de perdre sa fille et qui s'en va « à l'heure où blanchit la campagne »... Il est celui qui s'exile, celui qui dit « non » à Napoléon III, le tyran. Il est celui qui raconte si bien l'histoire de Gavroche qui chante sur les barricades. Il est Cosette que les méchants Thénardier traitent en esclave. Monsieur Lepape a lu le passage, un samedi, en dernière heure.

Joseph est tout à la fois. Il est pris de froid, d'effroi. Il n'arrive plus à détacher son regard de la plaque « Avenue Pasteur ». Il ne sait plus qui il est. Un passant, par mégarde, glisse à ses côtés sur le verglas. Il se raccroche au bras de Joseph au dernier instant.

Il s'excuse. L'inconnu vient, sans le savoir, d'arracher Joseph à sa stupeur, lui redonner la force d'avancer.

Comme une évidence, Joseph fixe un but à sa journée : chercher sa carte d'identité au commissariat. Il passe devant l'horreur monumentale baptisée « Mairie de Montreuil », monstre mussolinien, face au petit square tout blanc, grilles fermées. Boulevard Rouget-de-l'Isle, il se met à siffler *La Marseillaise* sous le regard curieux ou indifférent des concierges qui déblaient devant les immeubles, pelle ou seau d'eau bouillante à la main. Belles patinoires en perspective ! Sel et sable manquent. Tout manque. Devant la poste de la Croix-de-Chavaux, Joseph surprend une vieille femme toute cassée qui fait les poubelles, son cabas à la main. Que cherche-t-elle ? A manger, de quoi se chauffer. L'hiver en fera crever plus d'un. La marche de Joseph se précipite, rageuse. Tant de souffrances endurées pour tant de souffrances retrouvées. Une petite queue s'est déjà formée devant la boulangerie, au métro Robespierre. Des tickets, des tickets pour tout. Seuls des salauds comme les Rosenblatt s'en sortent et s'engraissent. Joseph marche rue de Paris, au pas cadencé. La neige ne le gêne pas. Il est en sueur à hauteur du bureau de poste du bas-Montreuil. Il est pris par le vent glacial dans l'immense traversée du marché aux Puces, désert en semaine. Une pensée sans pitié pour ses copains d'autrefois quand ils allaient fumer en cachette dans la zone, là-bas, vers Bagnolet. Que sont-ils devenus, ces petits cons toujours prêts à la bagarre ? Joseph leur invente un passé de miliciens, de délateurs. Il ne peut voir son pote Dédé, le fils du Bar des Amis, qu'en uniforme de racaille. Et tant mieux si ce crevard s'est engagé dans la Légion des volontaires français. Il a dû laisser sa peau sur le front russe. Bon débarras. La rue d'Avron protège Joseph du vent mordant. Lui, piétine la neige comme s'il écrasait à mesure les cloportes d'une enfance, d'une jeunesse sabotées. S'il pouvait tout effacer, jusqu'aux parties de rigolade. Les boutiques manquent de tout. Les arrivages s'inscrivent à la peinture sur les vitres. Et toutes ces boutiques qui attendent encore leurs propriétaires : autant de morts que Joseph se met à compter. A quatre par famille, en moyenne, ça fait… Ça fait mal. Et ça ne fait revenir personne. Mais Joseph ne peut s'empêcher de compter compulsivement. Chaque magasin au rideau baissé ne peut être qu'une ENTREPRISE JUIVE désignée par l'affiche placardée. L'entreprise de monsieur Passenstein, l'ébéniste : quel salaud la rachètera ? Qu'en fera-t-il ? Que deviendront les rabots, les varlopes, le ciseau à bois… ? Joseph enrage. Joseph est en nage.

Les frissons incompréhensibles à l'entrée du commissariat. Il y fait chaud. Joseph grelotte. Ses mains, dans ses poches fourrées, sont de glace. Il avance avec l'unique obsession de ne pas tomber avant d'atteindre le petit bureau où l'attendent ses papiers. Il y parvient, incapable d'entrer. Le jeune commissaire discute avec un couple. De quoi parlent-ils ? Joseph s'est adossé à l'angle de la porte. Il s'essuie le front. Il se mord les lèvres. Il cherche à accrocher le regard du commissaire qui s'emporte, qui frappe du poing sur son bureau. Joseph étouffe. Il déboutonne sa canadienne. Il l'ôte. Il crève de chaud. Il crève de froid. Tout se voile devant lui.

– Ça ne va pas ? Viens, viens, entre.

Joseph n'a pas vu le couple sortir. Le commissaire est devant lui : Joseph ne peut pas faire un pas.

– Tu es malade ?

Joseph ne peut pas répondre. Il est assis dans le petit bureau, prostré.

– Mais qu'est-ce qui se passe, Joseph ? Tu m'entends, au moins ?

Joseph hoche la tête. Soudain, il n'a plus peur, plus froid, plus chaud. Il ne retient plus sa haine, sa rage. Il se met à sangloter, recroquevillé sur ses genoux. Et il pleure, tout petit garçon. La main a quitté son épaule. Les larmes sont bonnes, douces, caressantes. Joseph ferme les yeux. Il sent qu'on lui prend l'index. Il se laisse faire. Il sait que le commissaire appuie sur l'encreur puis sur le carton de la carte. Il sent un bout de chiffon qui frotte son index. Joseph peut s'essuyer les yeux. Le commissaire lui tend sa carte d'identité. Joseph l'ouvre, regarde sa photo, sourit.

– C'est pour ça que tu pleurais ?

– Oui, dit Joseph.

– Mais ce n'est rien. Juste une carte d'identité. Ton nom, ton prénom, ta date de naissance… Il ne te reste qu'à signer.

Joseph se redresse avec fierté, approche sa chaise du bureau. Il prend le stylo que lui tend le commissaire. Il signe. La même signature que celle de Schlomo, plus assurée. Il regarde le commissaire. Il n'a pas besoin de remercier.

– Tu vois, c'était aussi simple que ça !

Joseph reste assis, fixant la signature.

– Allez, il ne manque plus qu'une formalité.

Le commissaire prend le tampon. Un bruit mat.

– Voilà, tu es en règle.

Les mêmes mots que ceux de Schlomo.

Joseph ne bouge pas. La carte est sur le bureau, ouverte. Le modèle où était tamponné JUIF, il y a si peu de temps, pour être en règle.

– Joseph !

Le commissaire le tire de sa rêverie.

– J'ai besoin de prendre l'air. Et toi, tu as bien besoin d'un remontant.

Dans un café surpeuplé, face à face, Joseph et le commissaire réchauffent leurs mains aux verres de grog que le patron a posés sur la table. Joseph s'amuse à regarder son index tout taché. Le silence s'installe, éprouvant. Joseph a envie d'avouer les bobards inventés pour obtenir sa carte d'identité : tous ces mensonges éhontés sur la Résistance, les maquis, la Libération, ses faits d'armes imaginaires, ses papiers volés. Il est trop tard. Il perdrait la confiance de la seule personne à laquelle il a lâché des bouts déformés de son histoire. Le commissaire pianote sur la table.

– Tu diras tout de même aux Rosenblatt que ce n'était pas la peine...

– La peine de quoi ? demande Joseph.

– Tu n'es pas au courant ?

Joseph fait la moue.

– J'avais pas l'air con, le lendemain, en déballant sur mon bureau, le paquet ficelé qu'ils m'avaient fait porter, avec un petit mot de remerciements. Du papier cadeau. Je le déchire et je me retrouve devant un poulet déplumé, prêt à mettre au four. Tu imagines ? Et là-dessus, les collègues qui se ramènent. Alors, on fait des affaires ? Ça marche pour toi, le marché noir ? Je ne savais pas quoi leur dire. Plus je niais, plus ils se foutaient de ma gueule. Tu vois ça, toi, un morceau de barbaque au milieu des papiers officiels ?

Joseph voit bien. Il se retient de parler d'un consul, là-bas, en Palestine... Il se retient aussi de parler des Rosenblatt, ces si braves gens. Il pourrait là, maintenant, tout balancer. Ce serait encore trahir. Il boit une gorgée.

– Faut leur pardonner. Ils croyaient bien faire.

Le commissaire sourit.

– On a tout partagé, au commissariat. Mais faudrait pas qu'ils recommencent.

– Ne vous inquiétez pas. Je leur dirai.

Précipitamment, Joseph regarde sa montre.

– Faut que j'y aille. Je suis à la bourre.

Joseph se lève, serre la main du commissaire.

– Reviens quand tu veux, qu'on parle de tes études, tout ça...

– Oui, oui.

Joseph a déjà traversé le café. Il court dans la rue, glisse, tombe, s'érafle le genou, se relève et court encore, sans but, honteux de ses mensonges, coupable d'avoir trahi. Au bout du boulevard Voltaire, la place de la République, Joseph est à bout de souffle. Il s'adosse à un lampadaire. Longtemps, longtemps, il reprend sa respiration. Puis une marche lente sur le trottoir déblayé des Magasins Réunis. Un coup d'œil sur l'Hôtel Moderne qui a accueilli autrefois le bal de l'Amicale, dans les salons, au premier étage.

Quelques mètres encore et c'est la bouche de métro. Joseph l'atteint au plus vite. Il dégringole l'escalier, mais à mi-hauteur, il s'arrête, pris de vertige. Il s'agrippe des deux mains à la rampe, paralysé. Il prend sur lui pour respirer profondément. Il n'a pas envie de tomber. Il fait un gigantesque effort pour s'asseoir, les mains toujours crispées à la barre de métal glacé. Personne ne s'occupe de lui. Là, au même endroit, au tout petit matin d'un mois de juillet 42, il a compris qu'Élie ne mentait pas. Élie lui avait bien dit de se planquer. Lui, avait voulu fanfaronner, courir Paris. Il avait pris le métro. A son habitude, il avait sauté sur le quai avant que la rame ne s'arrête. Il avait gagné la sortie, grimpé les marches deux à deux, couru dans les couloirs, poussé le battant vert qui ouvre sur la place. Et de nouveau ses sauts de cabri. Trois marches, trois marches encore et son élan cassé. Alignés tout au long du trottoir, les autobus de la TCRP et des flics en pèlerine qui attendent. La Rafle. Celle annoncée la veille à Ida, à Schlomo mais dont il ignorait tout. La parole d'Élie avait suffi. Mais qui aurait songé aux autobus ? Une rafle, mot commun, banal à tous les émigrés sans papiers. Mais Ida et Schlomo étaient français, naturalisés, en règle.

Joseph, assis sur les marches, lâche la barre de fer. Il se relève. Il tourne la tête. Aujourd'hui, il neige place de la République. Le 16 juillet 42, il était resté en suspens, terrorisé. Dans un demi-tour éperdu, il avait rejoint sa chambre sur les hauteurs de Belleville. Laisser passer l'orage. S'allonger sur son lit, se relever, aller à la fenêtre, revenir vers le lit. Ouvrir un livre, le refermer. Ne pas penser à Schlomo, à ce coup de poing de haine, au regard d'Ida. Ne faire qu'y penser. Et s'il était encore temps ? Dévaler l'escalier, faire quelques pas sur le trottoir, remonter. Se planquer : les ordres d'Élie. Se blottir contre le lit, regarder sa montre, se relever, allumer une cigarette, l'éteindre aussitôt. Ida, Schlomo : que faisaient-ils à cet instant ? Peut-être Ida avait-elle réussi à convaincre Schlomo ? Ils se cachaient. Impossible. Où seraient-ils allés ? Sait-on jamais... Et ces autobus ? Pour quelle destination ? Peut-être Élie avait-il exagéré. Ses renseignements étaient peut-être faux. Oui. Quand Schlomo était allé au commissariat chercher les étoiles jaunes, il en était ressorti. On ne l'avait pas arrêté. Il s'agissait encore d'une nouvelle vérification. Non. C'était plus grave que ça. Crever dans cette chambre à ne savoir que faire. Tant pis pour les consignes. Rien à foutre. Pourquoi obéir ? Qu'est-ce qu'il risquait ? Pas davantage que les autres. Dégringoler les marches à nouveau. Descendre vers Belleville, l'air de rien, les mains dans les poches. Rue Julien-Lacroix, à cinquante mètres, un cordon de policiers. Un attroupement. On ne passe pas. Joseph regarde une vitrine, fait demi-tour. Il se passe bien quelque chose. Mais à qui demander ? Remonter la rue de Belleville. Remonter dans sa chambre. Attendre. Frapper des poings sur les oreillers. Se calmer. Redescendre à midi. Regarder la trotteuse qui n'avance pas assez vite. Midi. Dans la rue, les premiers renseignements. On parle dans les boutiques. Ils ont arrêté les Juifs. Ils les ont pris chez eux. Jamais vu autant de flics ! Pas de fumée sans feu. Joseph achète de quoi grignoter. La boulangère a entendu des hurlements, très tôt, le matin. Elle n'en dira pas plus devant Joseph. Elle le sert. Il sort. Il entend le mot « malheureux ». Est-ce à lui qu'il s'adresse ? Il n'y a plus de doute. Ida, Schlomo. Dans sa chambre, Joseph pleure.

Place de la République, il sent le creux de la faim.

Une demi-journée d'errance avant de rejoindre la tanière de Peau-de-lapin. Une demi-journée de merde sous un ciel de merde, dans une ville de merde. Il tâte la poche intérieure de sa canadienne. Sa carte d'identité, seul éclat dans cette grisaille. Sortir de la clandestinité : il l'a tant voulu, par tous les moyens. Mais de mensonges en mensonges, il est encore clandestin. Il n'en peut plus de cacher la vérité. Elle n'a rien de honteux. Il n'a rien fait de mal. Il a juste tenté de survivre. Mais comment l'expliquer à des Rosenblatt, à des Weissenberg pour qui la guerre n'a jamais été qu'une parenthèse avant que les affaires ne reprennent. Joseph, lui, doit tout inventer. Ne pas leur ressembler. Il rumine sans s'être aperçu qu'il est déjà passé deux fois devant La Toile d'Avion, qu'il tourne en rond, place de la République. Et la faim qui ne passe pas. Joseph fouille ses poches. Il n'a pas un sou. Mais il n'offrira pas à monsieur Peau-de-lapin le plaisir de son retour précipité pour une assiette de soupe chaude. Il traîne encore, lentement. Il se protège dans les couloirs du métro mais se heurte au poinçonneur qui barre l'accès aux quais. S'asseoir sur un banc comme un clodo et ne rentrer que le soir ? Mendier les quelques sous d'un ticket de métro ? Ses vingt-deux ans sont fiers. Il bouffera, quoi qu'il advienne. Il contourne la caserne, prend la rue Yves-Toudic et se réfugie chez un bougnat. Rien n'a changé depuis les années 40. Quelques clients se réchauffent autour d'un poêle alimenté à la sciure et le patron aux grosses moustaches blanches baragouine toujours. Il ne reconnaît pas Joseph qui s'assoit et commande le plat du jour : une grande assiette de sauce dans laquelle baignent quelques restes de rien, accompagnés d'un croûton de mauvais pain rassis. Un ballon de rouge à la tireuse doit tout faire passer.

– Pas chaud, hein ? grommelle l'Auvergnat. Goûte-moi ça et tu y reviendras !

Lui s'en va se cacher derrière son zinc en bois, engueulant la serveuse qui n'essuie pas les verres assez vite. Elle prend Joseph à témoin, levant les yeux au ciel. Il avale à grandes cuillerées une mixture chaude. C'est suffisant. Il boit d'un trait la piquette. Elle lui brûle l'estomac. Ça fait du bien. Joseph peut déboutonner sa canadienne, étendre ses jambes, se frotter les mains et pester contre les clients qui entrent, prenant leur temps pour refermer la porte.

Il se lève, se dirige vers le patron.

– Vous me remettez ça, s'il vous plaît. Je vais aux toilettes. C'est où ?

– Fond de la cour, à droite. Tu peux pas te tromper.

– Merci.

Joseph sort. Il les connaît ces chiottes mal tenues, cette cour. Il les connaît si bien qu'il tourne aussitôt sur sa gauche, passe sous le porche qui donne sur la rue et pique un sprint tout en reboutonnant sa canadienne. Il longe le canal Saint-Martin et repique vers République. Un jour, peut-être, il remboursera. Il expliquera. Non, il n'expliquera rien, ne remboursera rien. Élie avait dit de se méfier des bistrots. Tous des indics. Même si c'est vrai, Joseph s'en moque. L'effet du vin, d'un ventre plein, le fou rire, tout seul, du tour de cochon qu'il vient de jouer. Il en a fait d'autres. Mais il est seul pour savourer son triomphe, pour imaginer aussi la tête de monsieur Weissenberg qui fait les cent pas dans son somptueux salon, certain du retour imminent de ce Joseph insaisissable, tête de lard. Tu l'as cherché, monsieur Peau-de-lapin. Tu as même suggéré à Joseph la possibilité de retarder la montée vers la place de Villiers.

– Tu avais droit à une journée chez monsieur Baumann pour tes études. Lui, il t'apprendra beaucoup. Va, va, Joseph.

Joseph file. Les études ? La belle affaire. Baumann va le voir débarquer. La tête qu'il fera. Joseph l'emberlificotera : un zeste de vérité, une cargaison de mensonges. Mais en montant l'escalier du vieil immeuble, Joseph pressent que le tête-à-tête avec monsieur Baumann ne supportera pas les faux-fuyants. Joseph s'arrête, prêt à faire demi-tour. Monsieur Baumann, c'est l'homme au numéro sur le bras, celui qui l'a serré contre sa poitrine, qui lui a dit de gueuler s'il avait besoin de gueuler. Et jusqu'à ce jour, Joseph n'a fait que se taire. Les mots de monsieur Baumann reviennent, le poussent à gravir les dernières marches, à sonner. Les yeux de monsieur Baumann, en l'accueillant, lui disent que c'est le lieu, l'heure, repoussés le plus tard possible.

– Alors, Joseph ? Moi qui t'attendais depuis des semaines ! Tu avais peut-être mieux à faire ?

Monsieur Baumann n'attend pas de réponse. Il pousse Joseph vers le salon puis vers un immense bureau encombré d'étagères, de livres alignés, empilés, entreposés par terre.

– Ne t'occupe pas du désordre, c'est mon ordre. Du moment que je m'y retrouve… Enfin, te voilà.

Monsieur Baumann contourne le bureau, va s'asseoir dans son fauteuil et laisse Joseph debout, mains dans les poches de sa canadienne.

– Tu avais peur de venir, c'est ça ?

Joseph, désemparé, hoche la tête. Monsieur Baumann lui vole ses propres mots.

– Tu as tourné autour du pot. Tu t'es dit qu'un vieux bonhomme avec un numéro tatoué sur le bras n'a que des malheurs à raconter et que tu ne veux pas les entendre. Mais le vieux bonhomme ne te racontera rien. Sois rassuré, mets-toi à l'aise, je vais préparer du thé.

Monsieur Baumann disparaît, abandonnant Joseph à l'incertitude. Comment a-t-il deviné ? Que sait-il ? Personne n'a rien pu lui dire. Personne. Joseph a tout gardé secret.

Il enlève sa canadienne, s'assoit sur le canapé, se mouche. Il regarde les livres. Une immense rangée de Victor Hugo côtoie des titres incompréhensibles en écriture hébraïque, celle des journaux entassés. Joseph reconnaît la *Naïe Press*, *La Presse nouvelle*, en yiddish, que Schlomo haïssait. Un journal de communistes, tous des antisémites. Lui, lisait *Unzere Wort*, *Notre parole*. Eux, au moins, ils disaient la vérité et ils n'avaient pas collaboré avec les Allemands pendant le Pacte. Joseph se redresse. Sur le bureau de monsieur Baumann, des feuilles éparpillées, gribouillées elles aussi en yiddish. L'impression curieuse d'un monde connu. Des livres polonais, russes. Joseph le sait, sans hésitation. Le bureau de monsieur Baumann est, à l'identique, celui de tous les intérieurs où Perla, pendant les années de l'ORT, a envoyé Joseph. Quand il en parlait à Élie, Joseph marquait son émerveillement.

– Tu crois qu'ils ont lu tous les livres qu'ils ont chez eux ?

Élie se fichait de lui.

– Non, c'est pour faire chic. En plus, ils font exprès

de choisir les langues les plus difficiles : le russe et le polonais.

– Tu sais les reconnaître ?

– Oui.

– Comment tu fais ?

– Quand tu les ouvres, tu ne comprends rien.

Élie riait. Joseph s'interrogeait, interrogeait Perla. Un jour, elle s'était retournée, avait tendu le bras derrière son bureau et ramené deux livres.

– Tu vois les signes typographiques ? Eh bien ça, c'est du russe et ça du polonais... Là du cyrillique, ici du romain.

Joseph n'avait rien demandé de plus. Il avait photographié les caractères. Plus tard, quand la guerre serait finie, il apprendrait. Perla l'aiderait.

La guerre est finie. Dans le bureau de monsieur Baumann, des centaines de livres indéchiffrables narguent Joseph. Une illumination. Là-bas, près de la fenêtre : les bouquins recommandés par Élie, sur lesquels il avait sué des nuits blanches pour paraître à la hauteur, le lendemain, au rendez-vous. *Le Manifeste du Parti communiste, Que faire ?* Un tome fatigué du *Capital.* Une embellie dans cette journée grise. Joseph se lève. Appuyé contre la fenêtre, il feuillette en confiance les pages annotées, soulignées de ces livres d'autrefois. Le tintement des verres dans la cuisine le fait sursauter. Il repose tout, court se rasseoir, attendant monsieur Baumann qui semble le laisser mariner. Joseph, malgré lui, y prend plaisir. Il détaille la machine à écrire, les photos. Il reconnaît monsieur Baumann, en complet. La jeune femme, les deux petites filles à nattes... Il n'a pas besoin d'explications. Une photographie jaunie dans un cadre, c'est ce que voudrait Joseph pour Ida et

Schlomo. Rien de plus. Les poser à ses côtés, pouvoir les regarder quand bon lui semblerait. Ne plus devoir les trimballer au fond d'une vieille valise, veillant à ne pas les corner, les plier. Qu'ils reposent en paix derrière un sous-verre. Joseph regarde les deux petites filles. Elles devaient avoir les yeux clairs. Il n'a pas entendu monsieur Baumann entrer, portant un plateau qu'il pose sur son bureau, prenant soin de pousser ses gribouillages yiddish.

Monsieur Baumann ne laisse pas à Joseph le temps de reprendre contenance.

– Les deux petites filles s'appelaient Simone et Irène. Huit et dix ans. Ils les ont prises avec ma femme. Et moi plus tard. Je m'étais caché. J'ai été dénoncé, comme politique. Ce n'est pas pareil. Elles reviennent dans mes cauchemars. Je préférerais qu'elles reviennent pour de vrai.

Joseph tripote ses doigts, baisse la tête, cherche une cigarette qu'il n'a pas.

– Je suppose que Monsieur notre Président bien-aimé t'a mis en garde. « Il souffre beaucoup, monsieur Baumann. Heureusement que l'Amicale est là. On passe le voir de temps en temps. Au début, il racontait des atrocités, ce qu'il avait vécu, au camp. On l'écoutait. Et qu'est-ce que tu voulais qu'on réponde ? Et puis, il a cessé de nous parler. Il s'est mis à écrire, à ne plus voir personne, à venir de temps en temps aux réunions. Les camps, ça lui a donné un coup sur la tête, mais entre Juifs, il faut s'entraider... » Il ne t'a pas dit ça, cet imbécile de Rosenblatt ?

Joseph approuve.

– Tiens, prends ton thé. Attention, il est brûlant. « C'est un savant, monsieur Baumann, il t'aidera pour tes études, mais quand tu le verras, pas un mot des camps. C'est trop de douleur pour lui. » Voilà ce qu'il dit Monsieur le Président. Et moi je vais te dire, Joseph : Rosenblatt, c'est un con. Il n'y avait pas à répondre à ce que je racontais des camps, du travail, des morts, des fours crématoires. Non, rien à répondre. Je ne demandais qu'une seule chose : qu'ils m'écoutent. Mais ça, ils ne savent pas. Ils savent seulement pousser des soupirs et trouver le premier prétexte pour filer. Je ne demandais pas la lune : seulement leur faire comprendre que les camps, c'était des hommes comme nous qui les avaient imaginés, construits, remplis et qu'il fallait tout faire pour que ça ne recommence pas. Pour Rosenblatt et sa bande d'abrutis, l'important c'était que je sois revenu. La belle affaire ! Et surtout que je reprenne du poids, des forces pour recommencer comme avant. Moi, ce que je voulais leur dire, c'est que « comme avant » ne pouvait plus exister. Tu sais, Joseph, quand on a raconté une fois, deux fois, dix fois la sélection, les cheveux rasés, les baraques, l'appel à poil par moins dix, moins quinze – et encore on n'avait pas de thermomètre –, la dysenterie et tes copains qui meurent à côté de toi et qu'en face, on te dit « mange, je t'ai apporté un bon morceau de plat de côte », c'est l'envie de dégueuler qui te prend. Tout ce que tu as vécu, pensé pour continuer à vivre : ils s'en foutent. Ils te prennent pour un radoteur. Quand tu leur dis que c'est des hommes comme eux, pareils, avec des femmes, des enfants qui ont conduit les trains jusqu'aux camps, et que le fascisme c'est des gens ordinaires qui l'ont mis en œuvre, eux te glissent gentiment que ça te ferait du bien de partir en cure, à la montagne ou à la campagne pour te retaper. C'est là que tu comprends qu'il vaut mieux fermer ta gueule, que tes mots ne servent à rien. Hitler et ses camps : c'est l'œuvre du capitalisme. C'est ce système qu'il faut combattre. Ça peut recommencer. Pas demain, pas tout de suite, mais c'est toujours prêt à renaître. Va expliquer ça à ton monsieur Rosenblatt. Il croit que tout est fini, que tout est rentré dans l'ordre alors que tout est à faire. Ses biftecks, il peut se les mettre où je pense. Sa compassion, il peut se la garder. Je n'ai pas besoin qu'on me prenne en pitié. Je vais te confier un secret. Un soir, j'ai convoqué Rosenblatt. Il était vert de trouille. Il croyait que j'allais encore lui raconter mes histoires. Je l'ai fait lanterner. Au moment où il s'y attendait le moins, je lui ai annoncé que je m'enfermais pour écrire mes mémoires. Si tu avais vu sa face de lune soulagée. Il m'a encouragé. Ça servirait. Ça serait un témoignage pour les générations futures, pour qu'ils sachent. C'est bien, Baumann, vas-y, tes camps, comme ça, tu nous foutras la paix avec, un bon bout de temps. Depuis, ce connard qui fait des affaires véreuses croit que je noircis du papier. C'est ce que je fais mais je n'écris pas ce qu'il pense. J'ai pris du service à l'UJRE. Tu sais, l'Union des Juifs pour la Résistance et l'Entraide. Je milite à plein temps, comme avant. J'ai été arrêté comme communiste. Je le suis encore. Je le serai toujours. C'est la seule façon de faire changer le monde, de le rendre plus juste. Il faut lutter contre l'impérialisme américain…

Monsieur Baumann est à son bureau, debout, les mains bien à plat sur la table. Joseph l'entend poursuivre son discours véhément. Les mêmes mots, les mêmes certitudes que Perla, qu'Élie. Les lendemains qui chantent. L'avant-veille, la veille du grand soir et l'Union soviétique qui éclaire le monde. Les capitalistes qui tentent de reprendre le pouvoir. Mais le peuple ouvrier…

Monsieur Baumann coupe net son envolée. Il jette un regard sur Joseph qui laisse couler les larmes d'un passé si proche. Les lendemains qui chantent chanteront sans Perla, sans Élie… Monsieur Baumann se rassied.

– J'ai réveillé des vieilles blessures, Joseph ?

Joseph ne répond pas. Pour la première fois, ce n'est pas par rebuffade, par refus entêté. Il voudrait répondre, dire ; les mots ne viennent pas. Il implore monsieur Baumann du regard. Ce n'est plus la voix d'un tribun qui l'enveloppe mais celle d'un ami qui ouvre à la confidence. Une de ces voix rares qui mènent à parler. Une de ces voix qui soulagent sans qu'on sache pourquoi.

– Pleure, Joseph. Pleure si tu en as envie. Si les vieilles choses reviennent, laisse-les t'envahir. Ne les étouffe pas. Tu ne peux rien contre les souvenirs. Personne ! J'ai essayé, j'ai échoué. C'est tout ce que je peux t'apprendre.

Joseph renifle. A son bureau, monsieur Baumann fait tinter sa petite cuillère contre sa tasse à thé. Un long silence.

Joseph le rompt d'une voix trop forte, mal placée, comme s'il n'avait pas parlé depuis des années. Une gueulante qui s'adoucit à mesure pour se faire confession.

– Vous m'avez rappelé mes meilleurs amis, monsieur Baumann, les seuls sur qui j'ai pu compter. Mais aussi, et je ne sais pas pourquoi, un tout petit garçon. Il s'appelle Daniel.

Joseph regarde monsieur Baumann qui a posé sa main sous son menton.

– Si je vous racontais, vous ne me croiriez pas.

– Essaie toujours. Moi non plus, quand j'ai raconté, on ne m'a pas cru.

Joseph se mouche. Que risque-t-il à faire resurgir Daniel, le jour de leur rencontre, les jours qui ont suivi : ce long engrenage de hasards, de refus, d'exaltations qui l'ont conduit jusqu'ici ? Quelqu'un l'écoute enfin. Fini de croire qu'il est indécent d'exister. Finis le muselage, les coups en douce, les coups de force pour faire savoir qu'il vivait. La révolte de Joseph peut se dire avec des mots tout simples. Monsieur Baumann le protège, l'encourage.

– Alors, Joseph, qu'y a-t-il que tu ne puisses pas raconter ? Tout peut se dire. Crois-moi.

La voix de Joseph s'est posée. Il revoit le petit garçon assis sur le bord du trottoir, regardant l'eau couler. C'est le matin. Joseph, après une nuit sans sommeil, s'est précipité vers l'appartement de Schlomo. La concierge le guette.

– Ce n'est pas la peine de monter, Joseph. Il n'y a plus personne. Ils les ont emmenés. Où ? Je ne sais pas mais c'était pas beau à voir. Madame Glasmann hurlait pour garder sa fille avec elle. Les flics n'ont pas voulu. Elle était pas sur la liste. Ils ne voulaient que les parents. J'ai gardé Sarah à la loge. Ce matin, mon mari a pris le train pour la campagne, chez sa sœur, du côté de Malesherbes. Tu comprends, je peux pas la garder avec nous. Et toi, qu'est-ce que tu vas faire ?

Dans le hall d'entrée, Joseph ne réalise rien. Il regarde madame Gille appuyée à son balai.

– Je me débrouillerai.

La concierge l'invite à boire.

– Non, non merci. J'ai à faire.

Il serre machinalement la main de madame Gille. Un geste qu'il n'a jamais fait.

Il s'enfonce dans Paris, l'indifférente. Lui, n'en veut pas seulement à Schlomo. Il accable sa mère. Pourquoi tant de soumission ? Comment accepter de vivre avec un pareil tyran ? Elle savait que Joseph disait vrai. Elle aurait pu… Non, impossible… mais quand même. Il avait une planque pour eux. A l'heure qu'il est, ils seraient avec lui. Il rumine sa colère contre Ida. Pas un geste. Juste un regard pour dire : « Va, mon fils, c'est le destin. » Pourquoi Ida n'a-t-elle rien fait, rien tenté, rien dit ? Le destin, Joseph n'y croit pas. Où sont-ils ? Où les autobus les ont-ils conduits ? Joseph voudrait courir les rejoindre. Il traîne les pieds. Il suit le trottoir d'une rue sans nom. Et ce petit con, assis par terre qui lui barre le chemin. Tire-toi de là ! Quand l'enfant lève son regard vers lui, sa colère tombe. Joseph y lit sa propre hébétude. Un petit bonhomme aux yeux noirs, assis les pieds dans le caniveau, s'est perdu lui aussi dans Paris. Joseph s'accroupit. D'un geste, il arrache l'étoile jaune de la veste de l'enfant. Il trempe son mouchoir dans l'eau. Il essuie des joues barbouillées. L'enfant se laisse faire.

– Viens, ne reste pas là.

Joseph se relève, prend la main de l'enfant. Il l'entraîne dans une longue marche silencieuse. La main de l'enfant est froide, molle. Joseph ne demande rien. Il marche. Le gosse trottine. Soudain, la main de l'enfant s'accroche à la sienne, ses ongles s'enfoncent dans sa chair. Joseph, lui aussi, vient d'apercevoir, venant à leur rencontre, deux agents de police. D'un geste ferme, il empêche l'enfant de s'enfuir.

– Tu n'as rien à craindre avec moi.

Il le tire. La peur de l'enfant est contagieuse. Joseph est en sueur. Il se force à avancer avec insouciance alors que la rue tangue. C'est lui qui s'agrippe à l'enfant. Les deux flics les croisent sans leur prêter attention. Joseph lâche la main de l'enfant précipitamment. Il s'appuie à la grille froide d'un pavillon. L'enfant lui sourit. Joseph ne renvoie qu'un rictus. Une petite voix l'interroge.

– Qu'est-ce qu'on va faire maintenant, monsieur ?

Joseph sourit vraiment. C'est la première fois qu'on l'appelle « monsieur ». Il caresse la tête de l'enfant.

– Je ne m'appelle pas « monsieur ». Je m'appelle...

La phrase reste en suspens. Non Joseph, tu ne te prénommes plus Joseph. Tu as des faux papiers. Élie te les a procurés. Tu as brûlé ta carte d'identité au fond d'une cuvette. Tu as ramassé les cendres. Tu les as jetées à la poubelle. Tu es...

– Je m'appelle Maxime. Et toi ?

– Moi, c'est Daniel.

– Alors Daniel, on va aller écluser un godet, on verra après.

Joseph marche les mains dans les poches, contenant sa curiosité. Que s'est-il passé ? Qu'est-ce qu'il fichait là, assis au bord d'un trottoir ? Ses parents ?

Joseph ne parvient pas à se retenir. Il veut tout savoir, tout de suite.

– Où tu habites, Daniel ?

– J'habitais 33, rue des Francs-Bourgeois, dans le IVe.

– Pourquoi « habitais » ?

– Parce que je n'y habite plus. Les policiers sont venus ce matin. Ils ont frappé à la porte. Ils ont dit à mes parents de prendre leurs affaires. Tout était prêt. En partant, les policiers ont donné la clé de la maison au concierge. Il a signé un papier. Je l'ai vu. Quand on a été dans la rue, maman m'a poussé très fort. Elle m'a hurlé : « Cours, cours, sauve-toi, ne reviens plus jamais ! » Moi, j'ai piqué un sprint. Les flics, ils m'ont même pas couru après. Et puis, quand j'ai été fatigué, je me suis assis pour me reposer.

– Et tu sais pourquoi la police est venue ?

– Oui, parce qu'on est juifs.

Joseph n'en revient pas d'un tel aplomb. Il se tait. Daniel interroge.

– Et toi, t'es juif ?

– Non.

Un « non » qui claque.

– Alors pourquoi tu t'occupes de moi ? Les pas-Juifs, ils nous aiment pas. Ils nous veulent du mal. C'est mon père qui me l'a dit.

Joseph perd contenance. Le voilà, lui, prenant la défense de ces goys de merde qui ont tout vu de leurs fenêtres, qui se sont tus, qui n'ont pas levé le petit doigt.

– Tu sais, Daniel, il y a des gens qui ne sont pas juifs et qui peuvent aider les Juifs.

– Toi, par exemple ?

– Oui, moi.

– Alors, tu sais comment je peux les retrouver, mes parents ? Tu sais où ils sont ?

– On verra ça plus tard.

Joseph ne supporte plus de parler, d'écouter ces questions qui sont aussi les siennes. Il lui prend l'envie de planter là Daniel et de se mettre à courir. L'enfant mouline ses questions, toujours plus pressantes, précises.

– Ils doivent bien être quelque part, mes parents. Tu pourrais te renseigner.

Joseph ne parvient pas à maîtriser sa colère. Sa voix cassante.

– Petit con ! Tu imagines peut-être que je vais aller faire du porte à porte, rentrer chez les commerçants, voir les flics et leur demander s'ils n'ont pas vu les parents d'un petit Juif qui s'est échappé. T'es fou ou quoi ?

Daniel ne répond pas. Il baisse la tête. Quelques mètres plus loin, il met sa main dans la main de Joseph.

– Excuse-moi, monsieur.

La petite main est douce, tendre. Elle suffit à apaiser la fureur de Joseph.

– Tout ce que je peux faire, si tu veux, c'est retourner avec toi dans ton quartier. Il y a des gens que tu connais, qui te reconnaîtront, qui pourront t'aider.

Daniel s'arrête net. A chacun sa colère.

– Mais tu n'as pas entendu ce que je t'ai dit tout à l'heure ! Jamais je ne retournerai là-bas. Ma mère l'a interdit. Peut-être que les flics ils y sont encore et qu'ils m'attendent. Moi, je bougerai pas d'ici.

– Mais tu n'as plus rien à craindre. Tu ne portes plus l'étoile.

La petite frimousse se fige. L'argument a porté. Les yeux pétillent à nouveau.

– C'est vrai, j'ai plus l'étoile mais on voit encore les fils. Et puis tu racontes n'importe quoi. Avec ou sans l'étoile, je suis toujours juif. Et ça, on peut pas l'enlever. Et maintenant, tu peux me dire tout ce que tu veux, je n'irai pas là-bas.

Joseph a trouvé aussi têtu que lui ; un gamin endimanché, haut comme trois pommes, dans les yeux duquel il peut deviner les pensées qui s'enchaînent, vite, vite.

Daniel lève la tête. Joseph trouve que le moment n'est pas à la discussion. Il tend le bras pour attraper Daniel. Le gosse esquive.

– Si tu me crois pas, t'as qu'à pas me croire. J'irai pas.

Un coup de talon pour donner plus de force à sa décision. Joseph ne l'entend pas ainsi. Il fond sur Daniel, lui arrache presque le revers.

– Tu vas arrêter, non ! Tu vois pas dans quelle merde on est !

Sans que Joseph comprenne comment, Daniel lui échappe. Et pour bien marquer sa détermination, il s'assoit par terre.

– M'en fous. Bougerai pas. Tu peux faire ce que tu veux.

Joseph est prêt à se jeter sur Daniel, à le rouer de coups de savate. Est-ce qu'il va se laisser emmerder par un môme qu'il ne connaît même pas, qu'il croise sur son chemin, qu'il veut aider et qui se met à piquer un caprice au beau milieu de la rue ? Qu'il aille se faire foutre ! S'il a envie de se rouler par terre, de gueuler, qu'il le fasse, qu'il ne se gêne surtout pas. Vas-y donc ! Mais vas-y donc !

Joseph lance un regard à Daniel, gueule butée. Quelques passants marquent un court arrêt, un bref étonnement. Un petit frère qui refuse d'obéir : banal. Un homme en chapeau mou jette un regard plein de malice vers Joseph. Pas facile à mater, les gosses. On a tous été comme ça. Encore heureux que personne ne s'accroupisse auprès de Daniel pour lui demander ce qu'il a. Ce foutu petit connard serait capable d'une trouvaille à ameuter la rue. Qu'il crève ! Qu'il crève sur son trottoir. Joseph, sans se retourner, laisse Daniel le cul par terre et s'éloigne à grandes enjambées. Qu'est-ce qui lui a pris de s'embarrasser d'un tel chieur ? Comme s'il n'avait pas assez de ses propres emmerdes. Ida, Schlomo, où êtes-vous ? Où vous ont-ils conduits ?

Passé quelques mètres, Joseph ralentit. Il sort un mégot de son étui à cigarettes. Impossible de laisser un gosse tout seul dans cette ville de chiens. Tirer une bouffée et retourner le chercher. Le temps d'y penser, la petite silhouette de Daniel se rapproche à toute allure. Ses mains s'agrippent au pantalon de Joseph.

– Monsieur, monsieur, me laissez pas tout seul, j'ai peur. Ils vont me trouver. Ils vont m'emmener.

Joseph soulève l'enfant. Il le prend dans ses bras. Daniel colle sa tête contre l'épaule de Joseph. Il pleure. Une étreinte sans retenue. Lequel a le plus besoin de l'autre ? Joseph marche sans un mot. Daniel renifle. Joseph le pose à terre et lui prend la main. Il se penche vers Daniel.

– On dirait qu'on est frères. Mais tu m'appelles Maxime. Et tu m'obéis, d'accord ?

Daniel esquisse un sourire.

Dans la petite pièce surchauffée de la rue Piat, Joseph a déposé Daniel sur son lit. L'enfant s'est endormi dans ses bras, incapable de monter les escaliers, à bout de force. Joseph déshabille Daniel. Il dort si profondément, dans un tel relâchement, que l'entreprise en devient drôle. Joseph assoit Daniel, tire une manche de chemise mais le gosse retombe sur le dos. Il faut recommencer.

– Allez, Daniel, aide-moi. Juste un effort.

Mais Daniel n'entend rien. Un grognement puis il se tourne sur le côté. Une odeur infecte empuantit la chambre. Joseph laisse la porte entrouverte et court remplir le seau au robinet de l'étage. Dans la cuvette, il lave les chaussettes, la chemise aussi. Va-et-vient, pieds nus, pour ne pas réveiller Daniel. Les chaussettes sont si petites qu'elles tombent lorsque Joseph les pose sur le rebord métallique du lit. Il faudra s'y faire. Joseph, d'un gant mouillé, tamponne le visage paisible de l'enfant qui dort. Il est assis à ses côtés et longtemps, lentement, tendrement, sans penser à rien qu'à ce petit garçon qui sommeille, il passe et repasse ce linge humide sur le front d'un enfant aux cheveux noirs, aux yeux noirs, à la tache de rousseur sur la pommette gauche.

Schlouf, kindèlè,
Schlouf.
Dors, petit garçon,
Dors.

La berceuse qu'Ida chantait, Joseph la fredonne. Quand il s'en rend compte, il cesse brusquement de caresser le visage de l'enfant. Les noirs souvenirs des deux derniers jours reviennent l'assaillir. Il se frotte les yeux. Le gosse n'a rien dû manger depuis ce matin. Le laisser là, descendre ? S'il se réveillait tout seul dans cette minuscule chambre qu'il ne connaît pas, il serait capable de... Joseph se lève, cache les chaussures de Daniel. Il hausse les épaules. Il serait capable de descendre pieds nus. Alors attendre. Joseph pose le gant, s'allonge près de Daniel, les yeux au plafond. Foutue journée ! Joseph n'en sait pas davantage qu'au petit matin. Et ce môme, maintenant, qui l'encombre. Il ferme les yeux, s'endort à son tour. Pour oublier ? Il se réveille en sursaut. Daniel respire lentement. Joseph se lève, tourne autour du lit. Les chaussettes sont encore tombées. Quelle importance !

L'angoisse rattrape Joseph. Qu'est-ce qu'il va bien pouvoir faire de ce môme ? Que va-t-il lui dire au réveil ? Il doit bien exister quelqu'un qui connaît Daniel, à qui il pourrait le confier. Mais cet imbécile ne veut pas retourner vers la rue des Rosiers. Joseph se met à rire. Il aurait fait comme Daniel. Le gosse a raison. Il se réveille enfin.

– J'ai dormi longtemps, monsieur ?

– Pas mal. Mais le monsieur s'appelle Maxime.

– Excuse-moi, Maxime. Je suis pas habitué.

– Moi non plus.

– Qu'est-ce que tu dis ?

– Rien. Des conneries.

– Tu as faim ?

– Oui et soif.

Joseph lui sert un verre d'eau.

– Regarde, Daniel. Pour manger, il faut de l'argent, d'accord ?

– Oh oui ! Beaucoup. Et tout coûte cher. Papa devait travailler très tard. Et moi aussi j'aidais à la maison. C'est moi qui cousais les boutons pour que ça aille plus vite, pour aider.

– Mais tu as quel âge ?

– Huit ans. Neuf, dans deux mois.

– Et tu sais coudre des boutons ? Avec un dé ?

– Ben, oui. Tu veux que je te montre ? C'est papa qui m'a appris. Il apprend drôlement bien, sans se fâcher. Il explique.

Une lueur dans le regard de Daniel. Un silence inquiet. Une question affolée.

– Mais pour l'école, à la rentrée, comment je vais faire ? Il me faut un mot d'excuse. Qu'est-ce qu'il va dire, le maître ?

Joseph se tourne vers la fenêtre, ferme les yeux, soupire, reprend un aplomb de circonstance.

– Écoute, Daniel. Il n'y a plus d'école.

– Comment ça ? Ils vont la détruire ?

– Non. A partir d'aujourd'hui, tu ne vas plus à l'école, à *ton* école. C'est trop dangereux.

Daniel semble comprendre.

– D'accord, mais le maître, il va quand même vouloir un mot et si je lui donne pas, il va me ficher cent lignes.

Joseph marque sa lassitude. Sa voix traînante.

– Il n'y a plus de lignes non plus, Daniel. Plus rien. Plus de copains de classe, plus de composition, plus de blouse...

– Normal, je l'ai laissée à la maison.

– Il n'y a plus de maison non plus. Ta maison, c'est ici, avec moi. Et puis après, quand ça ira mieux...

– Oui, mais il faut au moins prévenir le directeur. Il le dira au maître pour la rentrée, en octobre.

Joseph est épuisé.

– Voilà ce qu'on va faire. Je vais écrire à ton école et tout sera en règle.

Daniel est soulagé, juste un instant.

– C'est pas possible.

– Pourquoi ?

– Parce que le directeur, il va reconnaître que c'est pas mon écriture des mots et que la signature de papa, tu la connais pas. Alors ?

– Alors, merde. Tu me fais chier, t'entends. C'est moi

qui commande ici. Ton père et ta mère, on ne sait pas où ils sont. Et il y a plein d'enfants comme toi qui n'iront pas à l'école parce qu'ils doivent se cacher. Alors tu fermes ta gueule. Je ne veux plus t'entendre.

La voix de Joseph est montée à mesure. Daniel baisse les yeux, la tête. Une envie de répondre, de pleurer. Mais il tient bon.

Joseph sait qu'il s'y est mal pris. S'excuser ? Non, ça suffit. Daniel boude. Joseph s'occupe de tirer le couvre-lit sans regarder Daniel. Il y met du temps, passe sa main à plat.

Une petite voix suppliante l'arrête.

– Tu m'en veux, Maxime ?

Daniel a insisté fortement sur « Maxime ».

– Bien sûr que non. On est fatigués tous les deux, alors on s'énerve.

Le gosse approuve.

– Mais pour manger ?

Joseph lui passe un doigt sur la joue.

– Attends. Et en plus tu pourras me prouver tes talents de couturier.

Daniel ne comprend rien. Joseph tire d'un coup le couvre-lit qu'il jette par terre. Dans le même élan, suivent la couverture et les draps. Le vieux matelas au coutil taché et fatigué est retourné en un tournemain. Daniel suit la manœuvre sans un mot. Enfin Joseph le tient. Il se recule d'un pas.

– Tu regardes bien et tu me dis ce qui ne va pas.

Les yeux de Daniel pétillent. Du doigt, il désigne la toile.

– Là, c'est là. Ça a été recousu. Mais drôlement bien, parce que ça se voit presque pas.

Joseph s'approche de lui, pose une main sur son épaule.

– Gagné !

La déception de Daniel est grande. Il repousse la main de Joseph.

– C'est tout ? Tu mets la chambre en désordre pour une couture ?

Joseph a raté son effet. Il doit se reprendre, vite.

– Passe-moi les ciseaux, dans le meuble, en dessous du réchaud.

Daniel montre peu d'empressement. Il les tend, l'air ennuyé puis intrigué. Pourquoi Maxime se met-il à défiler le surjet avec tant de soin ? Joseph surveille le gosse du coin de l'œil. Il a repris l'initiative. Le coutil bée sur une dizaine de centimètres. Une laine grise fait surface. Joseph se tourne vers Daniel.

– Vas-y, maintenant. Tu passes la main en fermant les yeux.

Daniel hésite, curieux, peureux. Il se lance. Il ferme les yeux, fort, fort. Il touche il ne sait quoi qui a l'air d'être du papier.

– Retire ta main et ouvre les yeux.

Daniel n'ose pas. Il croit à une mauvaise plaisanterie.

– Alors, Daniel, de quoi tu as peur ?

Daniel ouvre vite les yeux.

– Moi, j'ai pas peur.

Non. C'est la terreur que Joseph lit sur le visage blanc de Daniel à l'instant où il découvre la liasse de billets qu'il tient, qu'il froisse et qu'il jette sur le matelas.

– Qu'est-ce qu'il y a, Daniel ? Tu as déjà vu autant d'argent ? On est riches, riches !

Daniel ne peut pas parler, cloué contre le mur, pris de tremblements.

Joseph s'inquiète, ne comprenant rien.

Daniel ne peut répondre à ses questions. Les tremblements ne cessent pas. Joseph a beau montrer la liasse à Daniel, la lui faire toucher, l'enfant est figé de stupeur. Quand Joseph avance le bras d'un geste apaisant, Daniel ne trouve qu'une arme : un coup de pied, imprévisible. Le gosse s'est fait mal. Toute cette détresse inexplicable s'achève dans les larmes. Daniel se roule en boule par terre, porc-épic, laissant Joseph interdit. Il s'assoit par terre à son tour, évitant de toucher Daniel, cherchant une explication qui ne vient pas. Minutes insoutenables jusqu'à l'appel terrible.

– Maman ! Maman !

Petite voix de petit enfant qui implore de l'aide.

– C'est moi, Maxime, je suis à côté de toi. Qu'est-ce que j'ai fait ?

– Voleur ! Voleur ! C'est ça que tu es. Tout cet argent, tu l'as volé. Tu es un gangster. Tu veux m'enfermer.

Joseph part d'un rire incontrôlé, si fort, si vrai que l'enfant tourne la tête, contraint à mesure de renoncer à son histoire de brigands. Il n'arrive pas à quitter des yeux, pris de remords, ce monsieur secoué d'un fou rire et qui ne cesse de répéter : « Je suis un voleur d'enfant, un voleur d'enfant. » Joseph a mal au plexus. Il passe une main dans la chevelure de Daniel, tente de reprendre souffle, mais repart de plus belle dans une cascade de hoquets douloureux. Il s'étrangle. Daniel baisse la tête, piteux, laissant Joseph à son grain de folie. Il s'achève sous l'eau du robinet du palier. C'est trempé que Joseph regagne la pièce. Daniel est assis sur le matelas. Il compte les billets.

– Mon papa, il a jamais eu autant d'argent ! Il a dit que si il était millionnaire, il achèterait une maison. Et toi, tu as une petite maison, toute petite et plein de sous.

– Mais tu penses encore que je suis un gangster ?

– Oh non ! Mais j'ai eu peur. Faut jamais parler dans la rue aux gens qu'on connaît pas.

Joseph sourit. Il passe sa main dans la déchirure.

– Regarde, Daniel. Tu n'es pas bien curieux.

Joseph en retire des cartes d'alimentation, des tickets, une autre liasse de billets.

– C'est mon trésor. Et c'est notre secret. Tu es le seul à savoir ce que je cache. Est-ce que tu peux me jurer de ne jamais en parler, à personne, personne. Et de ne pas me poser de questions ?

Daniel, le plus sérieusement du monde :

– Je le jure sur la Torah.

Joseph feint l'incompréhension.

– C'est ce qu'il y a de plus sacré chez nous.

– Bon. Tope là.

Topé. Et la petite voix réattaque.

– Comment tu les as eus, tous tes sous ?

Joseph fait les gros yeux.

– Oh, pardon.

– Allez, rhabille-toi, on sort. C'est pas grave si tes chaussettes sont mouillées, demain on verra.

– Tu dis toujours ça, « on verra ».

– C'est vrai. Et ce soir, en rentrant, tu me montreras comment tu couds. Peut-être que tu m'as menti.

– Ah ça non. Je te jure, Maxime.

Daniel s'habille. Joseph enfile ses chaussures, soucieux. Il a trahi les ordres d'Élie. « Tu n'habiteras pas là. L'argent, les cartes d'alimentation, tu les caches dans le matelas, ça servira à d'autres. Toi, tu n'oublies pas de payer le loyer. » A-t-il vraiment trahi ? Élie est parti sans donner d'explications. Joseph doit sauver sa peau et celle d'un gosse. Élie n'avait pas pensé à tout. Il n'avait pas à l'abandonner. Pourquoi n'avoir rien dit d'autre ? Il n'avait pas confiance ? Joseph se prend à douter. Qu'ils aillent tous se faire foutre. Tout l'argent, leurs cartes, leur planque, c'est à lui. Il doit vivre, non ? Est-ce qu'ils savent, tous les autres, ce qui s'est passé ? Est-ce qu'ils savent ? Ida, Schlomo, où êtes-vous ? Où êtes-vous, parents de Daniel ? Salauds de Boches. Fumiers de flics. Saloperie de vie.

Rue des Envierges, un bougnat crapoteux consent à poser devant Joseph et Daniel les restes du plat du jour réchauffés. Joseph se frotte les mains, sourit à Daniel, face à lui, étale sa serviette, étend ses jambes. Daniel croise les bras, il boude.

– Ah non ! Qu'est-ce qui ne va pas maintenant ? Qu'est-ce que tu as trouvé pour me faire chier ? C'est une spécialité, chez toi ? Dès qu'on est bien deux minutes, faut que tu inventes quelque chose.

Joseph rapproche sa chaise de la table, attrape sa fourchette et pique dans il ne sait quoi qu'il mâchonne du bout des lèvres. Une mixture du menu catégorie D affiché à l'entrée. Joseph n'a pas lu. A quoi bon ? Tout est infect. Daniel n'a pas bougé.

– Allez, mange, tu n'as rien pris depuis ce matin. A quoi tu joues ?

Daniel ne joue pas. Il repousse l'assiette. Le patron, qui passe par là, lui jette un œil noir, une plaisanterie pitoyable.

– Il est pas bon mon civet de chat, mon bonhomme ?

Daniel ne répond pas. Joseph, devant ses vingt centilitres de piquette, ronge son frein, exaspéré. Pour ne pas hurler, il serre les dents.

– Mais tu vas me dire ce qui ne va pas !

Daniel se cale bien droit sur sa chaise. Il se penche pour que personne n'entende.

– C'est pas casher. Chez nous, on mange casher. Maman elle dit que Dieu nous regarde et qu'il nous punira si on n'obéit pas à ses commandements.

Joseph en lâche sa fourchette. Il lui foutrait bien sur la gueule, à ce petit crétin. Devant la mine déterminée de Daniel, il lui faut vite trouver une solution.

– Mais chez vous, il y a le Grand Pardon, non ?

Daniel hoche la tête.

– Alors, tu peux manger. C'est bien le jour où on jeûne et où on est pardonné de tous ses péchés ?

Daniel, intéressé :

– Comment tu sais ça ?

– J'avais des copains comme toi. Ils faisaient comme ça. Des conneries toute l'année et Dieu leur pardonnait à Kippour.

L'argument est sans appel. Daniel tire vite l'assiette à lui et avale tout, vite, vite, affamé. Il s'essuie la bouche.

– Comment tu fais pour tout savoir ? Moi, j'y aurais jamais pensé. Mais tu es sûr que Dieu...

– Laisse Dieu où il est jusqu'à ce qu'on soit sortis de la merde. Tu abandonnes les prières, le shabbat. Tu fais comme si tu n'étais pas juif. Je dis bien « comme si ». Tu redeviendras juif quand les Boches se seront fait ratatiner. Crois-moi, c'est comme ça qu'on en sortira.

Daniel hésite. L'idée lui plaît. Il lance un magnifique sourire à Joseph. Pour le coup, Joseph n'a rien mangé.

Pas davantage qu'il n'a dormi. Daniel a d'abord cherché le bout de chiffon sans lequel il ne peut jamais s'endormir. Joseph lui a répété qu'il n'était plus à la maison, que ses affaires, il les retrouverait plus tard, peut-être. Le gosse n'a rien voulu savoir. Il a argumenté jusqu'à ce que Joseph se fâche. Qu'à cela ne tienne. Daniel s'est souvenu qu'il n'avait pas montré à Joseph ses talents de couturier, qu'il fallait redéfaire le lit, trouver du fil, une aiguille et un dé, qu'il suffisait de trois minutes pour faire un surjet invisible. Au « dors donc au lieu de t'agiter comme ça ! », Daniel s'est mis à faire du chantage.

– Alors si tu ne veux pas, je dis à tout le monde où tu caches ton argent et les cartes d'alimentation. Et puis...

La gifle est partie. Daniel a suffoqué, s'est retourné vers la fenêtre et s'est mis à gémir.

Il appelle sa mère. Joseph est assis, bras croisés. Il regrette déjà. Mais il ne s'excusera pas. Daniel ne le mènera pas en bateau. Et puis une claque, ce n'est qu'une claque, on n'en meurt pas. Aux « maman, maman » plaintifs de Daniel, se joignent les mêmes appels muets de Joseph, à l'unisson. Il se hait d'avoir imité Schlomo, d'avoir repris les mêmes formules stupides. Une claque, c'est une claque : l'humiliation. Pourquoi ne s'est-il pas maîtrisé ? Pourquoi cette sauvagerie ? Ce n'est qu'un gamin qui se défend avec des armes d'enfant. Excuse-toi, Joseph, c'est le moins que tu puisses faire. Les larmes lui montent aux yeux lorsqu'il tend la main vers le dos de Daniel. Le gosse s'est endormi. Tout est silence. Joseph retient son geste, pose sa main sur l'épaule de Daniel. Il suit sa respiration. Demain, au réveil, aura-t-il le courage d'avouer sa faiblesse ? Joseph se lève sans bruit, allume un mégot dans la nuit, fenêtre grande ouverte. Il se rachètera. Il retrouvera Ida, Schlomo, les parents de Daniel. Il ignore son nom. Il y aura bien quelqu'un dans cette putain de ville qui saura où on les a conduits.

– Au Vel' d'Hiv !

Joseph après un long silence lève les yeux. Monsieur Baumann n'a pas bougé. La pièce est à peine éclairée. Il neige encore.

– Oui, au Vel' d'Hiv. On a traîné toute la journée, la main dans la main. On a su. On est allés voir, de loin, mais il n'y avait rien à voir. Daniel était rassuré que ses parents soient là. C'est ce que je lui ai dit, mais je n'en étais pas certain. Pas plus pour mes parents. Il fallait bien dire quelque chose.

– Et pour la gifle, qu'est-ce que tu as fait ?

– Je me suis excusé dès qu'il s'est réveillé. Il n'a pas très bien compris. Il se frottait encore les yeux. Il m'a dit que c'était rien et qu'il avait bien dormi. Moi pas. Quand je me suis allongé, il s'est mis à pisser au lit, sur moi, sans s'en rendre compte. C'est pas une gifle que j'aurais voulu lui donner. J'ai eu envie de lui tordre le cou, de foutre le camp.

– Et tu ne l'as pas fait.

– Est-ce qu'on fait une chose pareille ?

– D'autres ont fait pire.

Joseph ne relève pas. Il est dans son histoire. Plus personne ne la lui volera. Monsieur Baumann l'entendra, lui comme un autre.

Monsieur Baumann sent la crispation de Joseph, son regard de haine.

– Je m'excuse, Joseph. Ça m'est sorti comme ça. Raconte, je tâcherai de ne pas t'interrompre.

Le visage de Joseph se détend.

– Les ravages du pipi, vous ne pouvez pas savoir !

– C'est la première fois, Maxime, la première fois que ça m'arrive. Je recommencerai plus. Je te le jure.

Petit visage honteux.

– On va tout laver. On va faire sécher le matelas. Ce soir, il n'y paraîtra plus. Mais va aux WC avant de te coucher.

Daniel se colle contre Joseph.

– Et puis tu as bien fait de me gronder, hier, pour le surfilage parce que les billets…

Joseph et Daniel se sont mis à rire. Les billets, les cartes qu'il a fallu aligner par terre, sous le lit, sur tout le plancher. Et le vent qui les éparpille. Seuls rescapés du naufrage : les tickets de textile.

Du rire plein de peur.

– Maxime, et si cette nuit ça recommence ?

– Pourquoi tu veux que ça recommence ?

– Ben si je l'ai fait une fois, je peux le faire deux.

– Eh bien, on refera sécher le matelas.

Un petit rire contrit qui demande pardon. Un grand silence qui accompagne la terreur.

– Mais on ne peut pas sortir, Maxime ! On n'a pas le droit.

Le regard interrogateur de Joseph.

– C'est interdit. Tu sais bien, les Juifs… on peut pas sortir quand on veut. Il y a des heures. Et si on se fait choper…

Joseph ne bronche pas. Daniel comme une récitation apprise par cœur :

– Depuis huit jours, on ne peut faire les courses que de quinze à seize heures. Les grands magasins, c'est interdit, les petites boutiques aussi, sauf les boutiques juives. On ne peut plus aller au restaurant, au cinéma, au square...

– Ah bon ? Et hier, on n'est peut-être pas allés au restaurant ?

Daniel ouvre de grands yeux.

– Écoute bien, bonhomme, qu'est-ce qu'on risque puisqu'on n'est pas juifs ?

– Toi, non. Mais moi si.

– Ah oui ? Et à quoi on le reconnaît ?

Daniel fronce les sourcils, réfléchit.

– Ben, je suis circoncis.

Joseph rit sans bruit.

– Et tu te promènes tout nu dans les rues ?

– Bien sûr que non.

– Alors mon vieux, on va faire tout ce qui est interdit. Et on va s'en payer une bonne tranche. Allez zou, tu fais ta toilette, tu t'habilles. Aujourd'hui, tout est permis.

Fausse carte d'identité en poche, petit frère accroché à sa main, Joseph se venge. Dérisoire provocation que de prendre le métro, s'asseoir au café, entrer aux Galeries Lafayette acheter du linge de rechange, demander son chemin à un soldat allemand. Daniel, terrorisé, ne parle pas, ne pose pas de questions. Joseph bat le pavé parisien, l'injure muette aux lèvres. Ordures. Salauds. Fumiers. Crevures. C'est moi, c'est moi Joseph Katz, c'est lui Daniel-je-ne-sais-pas-comment, qui vous pissons à la raie. Nous existons. Vous avez pris nos parents ; vous ne nous prendrez pas. Crevez, crevez, c'est tout ce que vous méritez.

La main de Daniel est glacée. Joseph n'y prête guère attention. Il porte des coups imaginaires. Sa marche s'est précipitée. Daniel ne suit plus. Il abandonne la main de Joseph, s'arrête. Joseph s'en est aperçu : il s'en fout. Il dit merde à tout Paris. Il se calme au coin d'une rue, fait demi-tour pour rechercher Daniel.

– Viens, on va se reposer dans un square.

Daniel se raidit.

– Mais c'est interdit.

– Rien n'est interdit. Au contraire, tout est possible.

Sur un banc, il assoit Daniel de force. Les petites jambes pendouillent, lamentables.

– Va jouer, je te surveille.

L'ordre est sans appel. Pauvre Daniel, s'approchant du bac à sable : pigeon déplumé guetté par un matou. Il pose ses fesses sur le rebord, se penche, prend une poignée de sable cacateuse qu'il laisse couler entre ses doigts. Il ne cesse de surveiller Joseph. S'il lui prenait envie de s'enfuir ?

Pauvre Joseph qui ne comprend pas que Daniel ne participe pas à sa vengeance, qu'il n'en tire aucune jouissance. Le matin, ils n'ont vu, rue Nelaton, au Vel' d'Hiv, qu'un cordon de policiers : l'après-midi, il croit parader dans Paris, faisant la nique à l'occupant.

Le soir, ils remontent à pied vers Belleville.

– Alors Daniel, tu as vu comme on les emmerde !

Daniel se force d'une approbation.

– Et demain, tu verras, on retournera dans ton quartier. Tu retrouveras des gens que tu connais, des gens qui t'aideront.

Daniel sort les griffes.

– Si jamais tu fais ça, je vais voir les flics, je leur dis que je suis juif. Je leur raconte toute l'histoire. Ils seront bien forcés de m'emmener avec mes parents !

Et je leur montre même ma quéquette s'ils ne me croient pas !

– Dis pas de bêtises !

– C'est pas des bêtises, Maxime, tu me connais mal.

Devant une telle défense, Joseph temporise, biaise.

– Ça te dirait d'aller au ciné après manger ?

Le visage de Daniel s'illumine.

– Un vrai ciné ?

– Oui, pourquoi ?

– J'y suis jamais allé !

– Tu vois, tout n'est pas si mal.

Daniel reprend la main de Joseph qu'il serre fort, fort.

Émerveillement d'enfant installé au premier rang de balcon. Daniel ne bouge pas de son fauteuil. Il s'enhardit, s'avance, se penche pour contempler l'orchestre. C'est samedi, les beaux habits sont de sortie. Crânes chauves, cheveux gominés, coiffures de femmes. Et la dame qui passe dans les rangs, qui place les gens. Les lumières qui s'éteignent lentement. Daniel se rapproche de Joseph. Il pose sa main sur son bras. Monde de l'illusion dont ses copains parlaient à la récréation. Il en parlera lui aussi. Il ne fera plus semblant. Il est comme les autres. Il leur racontera les « Actualités » et les sifflets venus de nulle part au moment d'un défilé des troupes allemandes. Il dira les attractions. Le prestidigitateur qui coupe en morceaux la belle dame entrée dans la malle et qui ressort entière, en souriant. Comment il a fait ? C'est pas possible et pourtant c'est vrai. Et les applaudissements quand ils viennent saluer. Daniel trépigne de bonheur, tape des mains, tape des pieds, s'arrête. C'est shabbat. Il n'a pas le droit. C'est interdit. C'est tellement beau. Pourquoi son père lui interdisait le cinéma ? Peut-être il n'y était jamais allé. Il se met à hurler avec la foule. Encore ! Encore ! Mais le monsieur et la dame s'en vont et les lumières se rallument.

Daniel se tourne vers Joseph. Ses yeux étincellent.

– C'est toujours comme ça, Maxime ?

– Oui. Et des fois, c'est encore mieux.

Réponse stupide. Daniel a tiré Joseph de l'unique pensée qu'il roule et déroule depuis deux jours. Que va-t-il faire de ce gosse ? Plus d'issue. Rien. Joseph sait qu'il ne traînera pas Daniel de force vers la rue des Francs-Bourgeois. Tous ses contacts sont dans la nature. Élie l'a laissé en rade.

Les lumières éteintes, *Mademoiselle Swing* peut commencer dans les chuchotements puis le silence absolu.

Joseph ne peut s'empêcher de regarder Daniel, immobile, bouche grande ouverte. Est-ce qu'on peut abandonner un enfant ?

Daniel, à la sortie, ne verra pas les yeux rougis de Joseph. Il lui saute au cou, l'embrasse, se blottit contre lui.

– Jamais j'oublierai. Je le raconterai à papa et maman.

Joseph le pose par terre.

– Allez, on rentre.

Les rues sont noires. Les réverbères sont peints, les volets clos. Daniel est perdu dans ses rêves. La plus belle soirée de sa vie. Il faut faire le ménage dans la chambre. Il aide Joseph. Tout est sec : draps, matelas, billets. Il se déshabille sans rechigner, court aux toilettes.

– Tu sais, Maxime, cette nuit, on va bien dormir.

Il achève de refaire le lit avec Joseph. Daniel se glisse dans les draps. Joseph lui passe la main sur le front, relève ses cheveux, l'embrasse. L'enfant sourit. Il ferme les yeux.

Joseph se déshabille, plie ses affaires, entre dans les draps, à son tour. Il frôle les jambes de Daniel, tente de prendre ses distances : le lit est trop petit.

– J'éteins, Daniel. On dort maintenant.

Une pression du pouce sur la poire. Ils ne parviennent pas à s'endormir. Ils se forcent à ne pas bouger, à retenir leur respiration. Quelle heure est-il ? Daniel voudrait savoir. Il soupire. Joseph en profite pour se retourner, s'allonger à plat ventre. Ils continuent à faire semblant. Aucun n'est dupe.

Quand les bruits de pas leur parviennent, ils se redressent d'un coup. Pas étouffés, lents, réguliers qui mènent à l'étage. Un arrêt. Joseph et Daniel sont à l'affût, immobiles, assis. La marche reprend dans le couloir. Les pas s'arrêtent devant leur porte. Joseph ferme les yeux. Non, c'est impossible. Personne ne les a suivis. Il a fait attention. Un bruit de ferraille. Une clé glissée dans la serrure. La poignée qui grince. La porte qui s'entrouvre. Une main qui cherche l'interrupteur. L'effroyable cri de Daniel à l'instant où la lumière s'allume. La stupeur d'un visiteur du soir sur le seuil qui, dans la précipitation, referme la porte derrière lui. Les regards d'incompréhension. La peur. Et la plainte de Daniel.

– Non, monsieur, s'il vous plaît, j'ai rien fait, j'ai rien fait.

La voix cinglante de l'homme qui pose sa valise.

– Tu vas fermer ta gueule, non !

Daniel se cache sous les draps, en boule. Joseph toise l'étranger. Un vieux, tempes grisonnantes, immense, qui fulmine.

– Mais qu'est-ce que vous foutez là tous les deux ? La piaule devait être vide.

Joseph saute du lit, en slip. Il chuchote.

– Elle devait être vide, mais...

– Il n'y a pas de « mais » !

Joseph s'emporte.

– Pour qui tu te prends, ducon ? Qui t'a donné le droit de parler comme ça ? Tu vois pas qu'il y a un gosse qui crève de trouille ? Si on est là, il doit bien y avoir une raison.

L'étranger reste sans voix devant tant de violence. Joseph se radoucit.

– Assieds-toi où tu peux, on devrait pouvoir mettre les choses au clair.

La petite tête de Daniel réapparaît. L'homme s'assoit par terre. Il tente de reprendre l'initiative.

– Tu ne sais pas qui je suis...

– Tant mieux. Je ne veux pas le savoir. Et tu ne sauras pas davantage qui on est. D'accord ?

Le bonhomme hoche la tête.

– Alors maintenant tu te lèves, tu me suis, on va parler.

Joseph se tourne vers Daniel.

– On sort sur le palier. Tu ne bouges pas. Tu prends un couteau dans le tiroir si tu as peur. Je reste à deux pas. Il faut que je discute avec lui.

Joseph enfile son pantalon. Il ouvre la porte. L'étranger le suit sans bruit. Ils s'enferment dans les WC.

– Mais t'es cinoque ! Ici, c'est une planque.

– T'inquiète pas. Le fric est dans le matelas, avec les cartes. Et moi je me retrouve tout seul avec un môme. Ses parents ont été pris dans la rafle. Je ne peux pas le laisser.

– Mais tu connais les ordres !

– Oui, aussi bien que toi. Mais les ordres, aujourd'hui, je me les fous où tu penses. Fallait sauver la peau du moutard. Ses parents sont au Vel' d'Hiv. Tu ferais quoi dans ce cas-là ? Ici, c'était ma piaule, avant. Alors, je suis revenu.

– Écoute, on va pas s'engueuler. Mais demain vous devez être partis. Maintenant, c'est *ma* peau que je sauve et celle des camarades.

– Compris. Et qu'est-ce que je fais du petit ?

Le bonhomme fait un geste d'impuissance.

– Excuse-moi. Je suis crevé. J'ai couru toute la journée. J'ai besoin de dormir.

– On a tous besoin de dormir. Mais pendant que tu roupilleras, essaie de trouver quelque chose pour le gosse.

L'homme sourit. Il pose la main sur l'épaule de Joseph.

– Faut tenir, on ne s'en sortira pas autrement. On va en chier mais eux aussi, je te le jure. Elle est comment la bignole ?

– Rien à craindre. Elle ferme les yeux.

Joseph sent l'envie de poser sa main sur celle de l'étranger, de la garder. Que quelqu'un veille sur lui. Il se retient.

– Moi, c'est Maxime. Et toi ?

– Roger.

Ils se mettent à rire. Ils savent que tout est faux. Ils sortent des WC. Un raclement de gorge dans une des chambres de bonne.

Daniel les attend, debout sur le lit, brandissant un couteau, s'étant composé un visage de tueur, front plissé, dents serrées.

– Daniel, je te présente Roger, un ami. Il va dormir ici.

– A trois, dans le lit ?

– Mais non, mon bonhomme. Je vais dormir par terre.

Daniel le regarde.

– Dis, monsieur, tu sais où ils sont mes parents, toi ?

Roger ronfle en dormant. Il s'est allongé au pied du lit, un pull-over sous la nuque en guise d'oreiller. Daniel, en chien de fusil, respire régulièrement. Joseph, assis au bord du lit, se ronge d'avoir trahi Élie. La planque devait être libre. Sa montre phosphorescente marque six heures. Il n'a pas dormi. Il faut partir. Mais où ? Il se retourne vers Daniel. Comment faire avec lui ? S'il filait en douce, le laissant à Roger ? Il y a songé. Salaud ! L'enfant n'a que lui. Il dort, apaisé, certain que Joseph trouvera. Joseph ne trouve rien. Et si... ? Il aura fallu toute la nuit pour une évidence.

Joseph s'habille sans bruit. Il s'agenouille. Roger ne se réveillera pas. Il grogne qu'on le laisse roupiller. Il se tourne sur le côté. Il ronfle toujours. C'est au tour de Daniel qui refuse de comprendre.

– Allez, Daniel, c'est l'heure.

– Mais non, il fait nuit. Et puis l'heure de quoi ?

– J'ouvre les volets.

Le jour naît à peine.

Joseph secoue Daniel. Il s'étire, se frotte les yeux, s'assoit, regarde autour de lui, inquiet.

– Qu'est-ce qu'il y a ?

– On fout le camp. On ne peut pas faire autrement.

La panique s'empare du gosse. Qu'il imagine ce qu'il voudra, pourvu qu'il fasse vite. Daniel ramasse ses vêtements par terre, s'habille sur le lit tandis que Joseph bourre sa valise de tout ce qui lui tombe sous la main. Il tire le drap du dessous, passe la main dans le matelas, en tire une liasse de billets qu'il tend à Daniel.

– Mets ça dans ton slip !

Daniel obéit, plus effrayé encore. Il interroge Joseph du regard. Joseph pose son doigt sur ses lèvres. Chut. Il fait deux pas vers le réchaud, récupère son coupe-chou, son savon à barbe et son blaireau. Un regard circulaire dans la chambre. Un sourire pour Roger qui n'a pas bougé. Joseph fait signe à Daniel. Il lui désigne la porte.

Daniel tourne la poignée sans bruit. Joseph ferme sa valise. Il est sur le palier. Un temps d'hésitation. Il fouille dans sa poche, en sort la clé qu'il va reposer sur le matelas. Il tire la porte. Un bruit sec. Ils descendent l'escalier dans le noir.

Sur le trottoir de la rue Piat, Joseph avance la main pour mettre un peu d'ordre dans la tignasse de Daniel. Une violente rebuffade.

– Touche-moi pas. Tu m'as menti. Je le savais bien. T'es un gangster. T'as volé l'argent et tu veux pas partager avec Roger. Et tu te sers de moi. Je suis ton complice maintenant. Si les flics nous arrêtent, toi t'es tranquille, c'est moi qui ai tout.

Joseph, sidéré, pose sa valise. Puis il se met à sourire.

– Écoute, Daniel, la réalité est déjà suffisamment compliquée pour que tu n'en rajoutes pas. Est-ce que j'ai l'air d'un gangster ?

– Non. C'est justement.

– Alors pourquoi je ne me débarrasse pas de toi ? Tu es tout de même un témoin gênant.

Daniel cherche la réponse avec sérieux, sous l'œil rieur de Joseph qui lui vient en aide.

– On va reprendre simplement. L'argent, tu ne sauras jamais d'où il vient. Si ça t'amuse de croire que j'ai cambriolé une banque, libre à toi. Tu t'inventes les histoires que tu veux. La réalité, c'est que c'est toi qu'on recherche parce que tu es juif et qu'avec moi, tu ne risques rien. Et si on fouille ma valise, personne ne trouvera rien. C'est toi qui me tiens. Il suffit que tu t'enfuies avec l'argent...

– Et où tu veux que j'aille ?

– Ça ne regarde que toi.

L'air détaché de Joseph inquiète Daniel. Il se rapproche.

– Tu ne vas pas m'abandonner, hein ?

– Mais non, gros bêta !

La voix de Joseph se casse. Il reprend sa valise. Ils reprennent leur marche.

– Où on va, Maxime ?

Joseph, faussement enjoué :

– Cambrioler une autre banque.

– Elles sont pas encore ouvertes !

– Elles sont toujours fermées, le dimanche, Daniel. Je suis un spécialiste, non ?

Spécialiste menteur. Joseph sait pertinemment où il conduit Daniel. Il sait qu'il ne peut faire autrement. Il ne veut pas le lui dire. Il ne peut pas lui dire. Qu'arriverait-il ?

Il marche en silence vers le métro priant que sa trouvaille soit la bonne, le craignant aussi. Daniel ne comprend pas pourquoi Joseph lui serre la main avec tant de force. Il n'a peut-être plus confiance ? Long parcours, changement à République. Ils passent les contrôles de police dans le couloir. Personne ne s'occupe de la valise de Joseph. Deux civils vérifient les papiers d'une vieille dame à l'étoile jaune. Daniel maîtrise mal son envie de courir. C'est pour ça que Joseph lui tient la main si fort ; évident.

Joseph pousse la porte d'un café. Le patron, au comptoir, marque un signe d'étonnement. Joseph, d'un geste du doigt, coupe net l'interrogation, à l'insu de Daniel. Il l'installe sur une banquette défoncée et passe commande. Le patron sifflote en portant le plateau. Il regarde Joseph avec insistance. Daniel se contorsionne pour que les billets ne glissent pas. Joseph en profite pour interpeller le patron.

– Ça ne vous dérangerait pas de veiller sur le gosse et la valise le temps que j'aille faire un saut en face ? J'en ai pour cinq minutes.

– Vas-y, mon grand. Je vais te le bichonner, ton petit frère. Et quand tu reviens, il aura la panse pleine.

Daniel surprend le clin d'œil du patron à Joseph. Il se ratatine sur la banquette. Il est tombé dans un traquenard. Lequel ? Daniel est tout blanc, mains potelées crispées aux rebords de la table. Joseph s'en rend compte. Il s'assoit à ses côtés, l'attire contre lui, lui chuchote à l'oreille.

– Le patron est un ami. Regarde-moi dans les yeux.

Daniel hésite. Joseph lui soulève le menton.

– Je te jure sur ce que j'ai de plus sacré que tu ne risques rien et que je reviens. Tu me crois ?

Daniel cache ses larmes.

– Je suis bien obligé.

Joseph détache sa montre. Il la pose sur la table.

– Tiens, Daniel, je te laisse ce que j'ai de plus précieux. C'est ma mère qui me l'a offerte pour mes onze ans.

Il s'en va. Un bref salut au patron. Un hochement de tête rassurant pour réponse.

Joseph traverse la rue, *sa* rue. Il se dirige droit vers le porche de son immeuble. Trois coups frappés à la vitre de madame Gille. D'un pied sur l'autre, avant que le rideau de coton ne s'écarte, que la porte ne s'ouvre vivement.

– Entre vite, Joseph, vite. Qu'est-ce que tu fais là ?

– J'ai besoin de vous.

– Comment ça ? Assieds-toi. Tu boiras bien quelque chose.

Monsieur Gille se lève, serre la main de Joseph, se rassoit, se roule une cigarette.

– Si on s'attendait...

Joseph se tortille sur sa chaise. Madame Gille l'interroge.

– Quelqu'un t'a vu entrer ?

– Oui, monsieur Marcel, en face, au café.

– C'est bon, ronchonne monsieur Gille. Lui, au moins, il est du bon côté.

Il achève de ramasser sur la toile cirée quelques brins de tabac. Il les fait tomber dans sa blague en caoutchouc.

– Et qu'est-ce qu'on peut pour toi, mon garçon ?

Joseph redevient le petit garçon d'autrefois, entrant dans la loge. Le petit Joseph auquel monsieur ou madame Gille offraient un bonbon. L'enfant qui admirait la concierge quand elle passait la paille de fer dans l'escalier, quand ça sentait bon l'encaustique. Il balaie tout, glacé par son audace. Il appelle à l'aide, évoque la petite Sarah que monsieur Gille a conduite à la campagne. Est-ce que ce serait possible pour Daniel ? Il faut cacher ce gosse. Sa vie est en danger.

Monsieur Gille tire sur sa cigarette, secoue la tête. Joseph, dans l'énervement, se méprend sur ce geste, indigné.

– C'est dégueulasse ! Sarah, vous la sauvez et ce môme vous voudriez que les Boches le prennent. Moi, je vous ai toujours fait confiance. Vous étiez pas comme ça quand vous vendiez *L'Huma* avant la guerre…

Le visage de monsieur Gille s'assombrit.

– Mais qu'est-ce qui te prend, Joseph ? T'es maboule ou quoi ? Qui a dit quoi que ce soit ?

– C'est juste un gosse de même pas neuf ans. Il m'attend chez Marcel. Il crève de trouille…

– Toi aussi.

Monsieur Gille n'est guère bavard. Ses quelques mots portent juste. Joseph se tait. Il tremble en portant son verre à ses lèvres. Madame Gille est passée derrière lui. Monsieur Gille réfléchit.

– Trop dangereux pour moi, Joseph. Je ne peux pas quitter la loge. C'est toi qui conduiras le môme.

Joseph, dans un faux mouvement, renverse son verre. Il ne peut pas même s'excuser. Monsieur Gille se lève. Deux pas vers le tiroir du buffet. Une feuille de papier, un crayon. Il dessine. Il explique.

– Compris ?

Il tend la feuille à Joseph.

– Regarde bien. Retiens bien les noms.

Il lui reprend la feuille.

– Tu connais tout par cœur ?

Monsieur Gille la déchire en tout petits morceaux.

Joseph a cessé de trembler, soulagé. Il se lève. Monsieur Gille s'approche de lui.

– Maintenant, tu écoutes bien le mot de passe. Et tu te goures pas. « Comment va grand-mère ? » Je dis bien « grand-mère » pas « ta » grand-mère, ni « ma » grand-mère. Juste « grand-mère ». On doit te répondre : « beaucoup mieux ». Enregistré ?

Joseph hoche la tête.

– Tu vois, tout s'arrange. Je ne t'ai jamais revu. Tu ne m'as jamais revu. On ne se connaît que d'avant.

C'est si simple. Joseph ne bouge pas. Il remercie en silence, avec les yeux. Monsieur Gille le prend dans ses bras. Madame Gille l'embrasse sur la joue.

– Bonne chance, Joseph.

Il voudrait leur montrer Daniel. Il voudrait que Daniel dise merci. La porte de la loge se referme. Sur la pancarte accrochée sur le côté, Joseph machinalement parcourt la liste des locataires. Les Katz y figurent toujours. Il tend la main. De l'index, il caresse le nom de ses parents, le sien.

Daniel ne voit pas Joseph entrer. Le patron se retourne à peine, trop préoccupé à sauver un pion sur le damier posé sur la table du fond. Le rire de Daniel.

– Mal joué. Toc, toc, toc et dame !

Le patron abandonne. Il ne se force pas pour féliciter Daniel. Il s'adresse à la cantonade.

– Cinq parties qu'il me met la piquette ! Un môme qu'a même pas neuf ans. Moi, je sors un jeu pour passer le temps et je me prends une raclée !

Joseph s'est glissé sur la banquette. Les yeux de Daniel se plissent malicieux, fiers. Il désigne à Joseph la valise, collée contre le mur. Il aide le patron à ranger les pions. Une main légère, l'autre crispée sur la table. Il ne l'ouvre que lorsque le patron a regagné son comptoir.

– Tiens, je te rends ta montre. Comment ça s'est passé ton rendez-vous ?

Joseph, pour toute réponse, l'attire brusquement vers lui et l'embrasse. Daniel, médusé, marque un silence pour exulter.

– Alors on reste ensemble pour toujours, jusqu'à ce qu'on retrouve mes parents, c'est ça ?

Joseph s'essuie le visage, se mouche, élude.

– L'argent, tu l'as toujours ?

Daniel le regarde, outré, prêt à l'injure quand le patron vient les interrompre.

– Pouvez pas rester comme ça, ici. Montez à l'appartement, je vous rejoins.

Sous le regard indifférent de trois-quatre clients tombés du lit, Joseph et Daniel passent le rideau de la salle de billard et grimpent au premier étage.

– Qu'est-ce qui se passe, Maxime ? implore Daniel.

– Je te le dirai quand il sera temps. Ce n'est pas le moment.

Pourvu que ce ne soit jamais le moment.

– Dis-moi juste un petit quelque chose.

Le patron est déjà là. Il ouvre la porte.

– Faut absolument faire votre toilette. Vous vous êtes vus dans une glace ? On dirait deux épouvantails. Ils vont vous repérer en cinq sec.

Daniel et Joseph se regardent. Ils éclatent de rire.

– Quand vous avez fini, vous sortez par-derrière. Vous claquez la porte. Vous n'êtes jamais venus. Courage, les jeunes.

Débarbouillage, rasage, rangement de la valise : tout

est fait sans un mot. Joseph voudrait rassurer Daniel. Il faut qu'il se rassure avant tout. Le gosse ne tient pas en place. Il cherche à accrocher le regard de Joseph qui se dérobe toujours. Daniel ruse.

– Pourquoi il a dit « courage », le monsieur ?

– Parce qu'il sait qu'on se cache.

– Oui, mais toi tu ne risques rien. C'est moi le Juif et c'est moi qui ai l'argent.

– Arrête, Daniel. Je n'en peux plus. On a une dure journée devant nous. Tu fais tout ce que je te dis. Tu me poses plus de questions sinon je t'en retourne une. Et plus fort que tu crois. Je t'arrache la tête et...

L'air désemparé de Daniel.

– ... et je te mets le nez au milieu de la figure.

Pitoyable plaisanterie. Dernière pirouette avant de claquer la porte.

Joseph ne regarde pas le paysage, les villes traversées, les villages. Il a installé Daniel contre la vitre de l'autocar. Le gosse n'ose plus parler. Lui, se remémore le plan dessiné par monsieur Gille. Pourvu que ça marche. Et le mot de passe ? S'il l'oubliait ? Non, trop facile à retenir. Joseph sent qu'on s'appuie sur son épaule. Daniel vient de s'endormir, d'un coup. Dors, mon enfant, dors. S'il pouvait s'endormir lui aussi, ne plus penser à rien, à rien du tout, ne plus exister. Mais il y a ce gosse. Et puis il y a la vie, merde ! Joseph est rassuré. Ils ne les prendront pas. Dors, Daniel. Je te protège.

Quand l'autocar entre dans Malesherbes, Joseph a l'épaule ankylosée. Il faut réveiller Daniel. Il murmure. L'enfant ne répond pas. Il faut le secouer.

– Allez, mon vieux, on arrive.

Daniel sursaute.
– Où on est ?
– Ça y est. Tu recommences ?
Daniel baisse les yeux.
Ils descendent. Il fait soleil.

Joseph s'est tu. Il neige toujours. Monsieur Baumann a les bras croisés. Il va bientôt faire nuit.
– Tu veux encore du thé, Joseph ?
– Oui, j'aimerais bien. Où sont les toilettes ?
– A gauche, dans le couloir.
Joseph chancelle, s'appuie contre le mur. Monsieur Baumann le suit des yeux. Joseph ferme la porte, regarde les livres empilés là aussi. Il les frôle de la main. Elle est vieille cette histoire, vieille. Pourquoi tous ces détails qui reviennent ? Il les avait enterrés. Joseph hausse les épaules. Il ira jusqu'au bout. A quoi peut bien penser monsieur Baumann ? Quel intérêt pour lui, les histoires de Daniel ?
Le thé à nouveau, brûlant, est posé sur le bureau. Monsieur Baumann s'est calé dans son fauteuil. Il attend. Joseph avale sa salive.

Il faisait beau sur la place. J'ai pris Daniel par la main. Je n'ai pas hésité sur le chemin à suivre. Je savais qu'il était long. J'ai pris mon temps, même si j'étais pressé. Le gosse n'aurait pas suivi. On a contourné l'église. On s'est retrouvés sur un chemin, le long de l'Essonne. C'était beau, tranquille comme si la guerre n'existait pas. Un moment, on s'est arrêtés. J'ai enlevé mes chaussures, mes chaussettes. Daniel m'a imité. Les pieds dans l'eau, glaciale. Je lui ai appris à faire des ricochets. Il a essayé mais ses pierres ne rebondissaient pas. Plus tard, il en ferait autant que moi, mieux que moi. Il s'est remis à poser ses questions insupportables. Où on va ? Quand est-ce qu'on arrive ? Peut-être que ses parents étaient là, que je lui cachais pour lui faire une surprise. Il a aussitôt renfilé ses chaussettes, ses chaussures et m'a obligé à le suivre. Au premier carrefour, il a dû se rendre à l'évidence.

– Dis, Maxime, c'est par où ? Pourquoi tu ne veux rien me dire ?

Comment lui répondre ? Je ne savais rien de ce qui nous attendait. J'avais bien plus peur que lui. Si la sœur de monsieur Gille ne voulait pas de lui ? Si tout ça n'était qu'un cauchemar ? Je me suis mis à douter, des gens, de moi. Si j'avais fait une monstrueuse connerie ? Qu'est-ce que j'allais faire après ? J'étais lancé sur les routes avec un gosse et il n'était plus question de rentrer à Paris. Je ne connaissais plus personne. J'avais été lâche. J'aurais dû reconduire Daniel de force dans son quartier. Sûr que quelqu'un l'aurait reconnu, pris en charge. Dans quel merdier je m'étais fourré ! La petite main de Daniel dans la mienne m'a remis sur les rails, dans la descente vers Pinçon. Ce môme, quoi qu'il arrive, je m'en occuperais. Mes états d'âme, il n'en avait rien à foutre. A moi de m'occuper des siens. Deux kilomètres plus loin, j'ai aperçu la maison. Monsieur Gille l'avait bien décrite. Trézan n'était qu'une longue rue, une forêt d'un côté, la rivière en contrebas. Je me suis arrêté. J'ai repris ma respiration.

– Voilà, Daniel. On est arrivés. Je ne sais rien, je te jure, de ce qui va se passer mais fais-moi confiance.

Au crépuscule, j'ai tiré sur la clochette, à la grille. Un chien nous avait entendus. Il aboyait en grattant le fer forgé. Des pas. Une voix d'homme, peu aimable.

– C'est pourquoi ?

– Comment va grand-mère ?

La voix s'est immédiatement radoucie.

– Beaucoup mieux.

La grille s'est ouverte. Quand le bonhomme nous a vus, il n'a pas été surpris.

– Allez, rentrez.

Daniel s'est accroché à ma chemise. J'ai dû le pousser dans la cour. Le chien est venu le flairer.

– T'inquiète pas, mon garçon, il fait du bruit mais il est pas bien méchant.

La grille s'est refermée.

Le bonhomme, en chemise à carreaux verts, m'a écrasé la main. Il s'est penché vers Daniel.

– Moi, c'est Émile. Et toi ?

– Daniel. Lui, c'est Maxime.

– On était à table. Mais il doit bien rester quelque chose pour vous. Je parie que vous crevez de faim.

– Non, a dit Daniel. Vous savez où ils sont mes parents ?

Émile lui a souri avec gentillesse.

– On discutera de tout ça plus tard. Entre, en attendant.

Émile nous a précédés dans l'immense cuisine. Sa femme, la sœur de monsieur Gille, s'est levée pour nous accueillir. Elle s'est penchée vers Daniel, l'a embrassé.

– Tu dois être fatigué, mon lapin. Tu dois avoir faim. Installe-toi, je t'apporte quelque chose. Un œuf sur le plat, ça te dit ?

Daniel a hoché la tête. Il m'a regardé, demandant mon autorisation. Je lui ai fait un clin d'œil. Un hurlement m'a fait sursauter.

– Joseph ! Joseph ! Qu'est-ce que tu fais là ? Tu as retrouvé mes parents, tu viens me chercher ?

La petite Sarah Glasmann s'est jetée dans mes bras, heureuse.

– Joseph ! Joseph ! Elle va comment maman ?

J'avais la gosse collée contre moi. Je lui ai chuchoté à l'oreille.

– Je ne suis pas Joseph, tu dois confondre avec un autre.

Je l'ai reposée par terre. Elle a tapé des pieds, hurlant.

– Si, tu es Joseph, je te reconnais bien. Tu es Joseph Katz, tu habites ma maison. T'es un menteur, un menteur. Pourquoi tu veux pas dire que tu es Joseph ? Moi, je suis bien Sarah, même si Émile et Marie m'ont dit que je devais m'appeler Simone. Et j'ai plein de preuves contre toi. Un jour, tu es venu à la maison pour demander à maman si on n'avait pas du lait. Et un autre, tu es descendu à la cave avec moi parce que j'avais peur d'y aller toute seule. Alors pourquoi tu fais semblant de pas être Joseph ?

J'étais debout contre le buffet, incapable de résister à cette violence d'enfant. Daniel me fixait, prêt à prendre ma défense ou à m'assassiner, je ne sais pas. Ses yeux disaient que j'étais Maxime mais que peut-être je ne l'étais pas, que je n'étais qu'un voleur. Il a fallu la voix grave d'Émile pour que le calme revienne.

– Tout le monde assis. On va s'expliquer. Mais si jamais quelqu'un, en dehors de nous cinq, dit ce qui s'est passé ici, je le tue. Vous m'entendez, je le tue. Ma carabine de chasse, je l'ai cachée mais je peux aller la chercher n'importe quand.

Sarah et Daniel sont devenus plus pâles que moi. J'ai

dû tout raconter depuis ma rencontre avec Daniel. Je lui ai fait sortir ses billets. Sarah a eu le triomphe modeste. Daniel a soupiré :

– Mais t'es juif, alors !

Le bonheur d'avouer. Des mots tellement simples. Oui, je m'appelle Joseph Katz, je suis juif et moi aussi je me cache. Daniel s'est levé. Il est venu s'asseoir sur mes genoux.

– Tu as fait ça rien que pour moi ?

– Oui. Rien que pour toi.

Marie et Émile m'ont regardé, pleins de tendresse. Ils avaient à leur table trois enfants à la dérive. Je me suis tu. J'ai posé ma tête contre la toile cirée. J'ai pleuré.

– Qu'est-ce que tu vas faire, maintenant ? m'a demandé Sarah.

Elle est venue se coller contre mon épaule. Je ne pouvais plus parler. Émile a dit qu'il prenait les choses en main, qu'il fallait que je me repose un peu, qu'on verrait plus tard. Pour cette nuit, j'irais dormir dans la grange. Il m'a accompagné. Il m'a serré contre lui, ce grand costaud. Il avait des larmes dans la voix.

– Tu as bien fait, Joseph. Tout le monde n'a pas ton courage. Dors tranquille.

Est-ce vraiment courageux de sauver sa peau ?

Dans la nuit, il a posé deux couvertures sur moi. Je n'ai rien senti.

Le matin, j'ai entendu les rires de Daniel et de Sarah. J'ai poussé la porte de la grange. Ils jouaient à chat perché dans la cour. Ils m'ont à peine regardé. J'ai rejoint Marie dans la cuisine. Une petite bonne femme aux joues rondes. Elle aussi, en me versant le café, m'a dit que j'avais bien fait. Les enfants étaient rassurés.

Émile ne rentrerait que demain : son travail au chemin de fer.

Toute une semaine : repos forcé. Parfois, Marie partait à bicyclette. Je gardais les gosses et le chien. Émile m'interrogeait sans détour. Juste l'essentiel.

– Moins on en sait, Maxime, mieux c'est.

J'avais du mal à entendre ce « Maxime ». Il fallait pourtant m'y habituer. J'ai tourné en rond. J'ai aidé au bois, au potager. J'ai continué à dormir dans la grange. C'est moi qui l'ai voulu. Les gosses avaient été chapitrés. Sarah serait Simone jusqu'à la fin de la guerre. Par chance, Daniel pouvait rester Daniel. Il était content. Ils ne devaient pas encore sortir leur museau dans le village. Plus tard.

Émile, un soir, est rentré soucieux. Le dîner s'est passé dans le silence. J'ai couché Daniel. Je lui ai raconté *Le Chat botté.*

– Demain, je t'aiderai à construire un arc, avec des flèches.

Son visage de bonheur. Il s'est pendu à mon cou. Je l'ai embrassé. Il a voulu que je laisse la lumière dans le couloir. En descendant de l'étage, Émile, Marie, Sarah m'attendaient.

– Eh bien, Simone, tu n'es pas encore au lit ?

Elle m'a jeté un drôle de sourire. Émile m'a demandé de m'asseoir.

– La petite est au courant. Vous partez demain. Tu l'accompagnes en zone libre. Tiens, voilà les Ausweiss et sa carte d'identité. C'est maintenant ta petite sœur. Tu l'emmènes dans une autre famille d'accueil en Dordogne.

J'ai été saisi de frissons. Émile a demandé à Marie d'aller coucher Sarah.

– C'est comme ça, Maxime. Le réseau l'a décidé. On a d'autres gosses à prendre en charge.

– Mais Daniel ?

Émile, d'une voix tremblante, m'a simplement donné les consignes. Il s'est levé, m'a tendu une casquette des chemins de fer.

– Ça t'aidera. Laisse-toi aussi pousser la moustache, et trouve-toi des lunettes. Tu dois passer inaperçu, pâlichon, transparent.

– Mais Daniel ?

– Pas de sentiments, Maxime. Ne pense qu'à une chose, une seule : tu sauves des gosses.

J'ai acquiescé.

– Tu pars à l'aube. Tes contacts, tu les prendras là-bas. Moi, faut que je me sauve : le boulot. Je te dis au revoir maintenant. On gagnera, Maxime. On gagnera.

Il a pris mes mains gelées dans ses grosses pattes. Elles étaient aussi froides que les miennes. La porte s'est refermée. J'ai entendu les roues de son vélo sur les gravillons. Marie est descendue sans bruit.

– J'ai préparé toutes ses petites affaires. Mets-les dans ta valise. Je ne sais pas si la gosse dormira cette nuit.

Marie s'est détournée. Elle s'est essuyé les yeux. Elle s'est mouchée. Moi, je n'en parlerai pas de ma nuit. Seulement du réveil quand Marie est venue me chercher. J'étais prêt, assis sur mes couvertures. Sarah était toute belle, avec ses petites nattes. Elle n'arrivait rien à avaler. Dans la cuisine, juste quelques chuchotements : Daniel dormait. J'avais ma casquette passe-partout à la main. Marie faisait des efforts pour que tout paraisse simple. Juste un voyage mais elle n'était pas dupe. Je ne parvenais pas à cacher mon envie d'aller embrasser Daniel. Interdit. Quand Sarah a enfilé son gilet : un cri. Une dégringolade. Un tout petit garçon en pyjama qui s'est jeté sur moi, m'a agrippé.

– Joseph, Joseph, tu n'as pas le droit. M'abandonne pas, s'il te plaît. Joseph ! Joseph !

Il m'enfonçait ses ongles dans le dos. Je n'ai pas bougé. Marie s'est approchée de nous. Elle m'a arraché Daniel qui se débattait, qui filait des coups de poing, des coups de pied, hurlant « salaud ! salaud ! ». Elle m'a fait signe de la tête. Partir. Sarah a ouvert la porte. Le chien aboyait. Daniel était fou furieux. J'ai entendu ses cris, loin, loin, du portail, dans la forêt.

Deux ans, j'ai accompagné des gosses de tous les âges. J'étais leur grand frère, leur cousin, leur oncle. J'ai pris des trains, des autocars. J'ai marché dans les champs, dans les bois. J'ai vu des fermes, des maisons d'enfants. J'ai appris à ne m'attacher à personne, à fermer ma gueule, à laisser glisser les histoires que ces mômes me racontaient, leurs parents, leur famille. Je ne pouvais pas m'empêcher de tout lire sur leur visage. Un plissement de front, de sourcils : ça voulait dire la peur. J'ai passé des heures dans les gares, les salles d'attente. J'ai été contrôlé très peu. La casquette m'a aidé. J'ai changé dix fois d'identité. Je ne répondais pas aux questions des gosses, ou bien je mentais. J'essayais de me séparer d'eux sans rien montrer. J'accomplissais juste une mission. J'ai essuyé leurs larmes. Je les ai consolés. Je leur ai mis en tête des mensonges. Je leur ai fait miroiter qu'au bout de leur attente, il y aurait leurs parents. Je suis certain qu'aujourd'hui, si quelques-uns me revoyaient, ils voudraient me casser la gueule. Leurs parents, ils les attendent toujours. Et ils peuvent attendre longtemps. Je les ai sauvés pour rien, pour qu'ils passent leur vie entière à regretter de ne pas avoir été pris, eux aussi, comme leurs parents.

Un violent coup de poing fait sursauter Joseph. Monsieur Baumann est rouge de colère, debout.

– Qui est-ce qui te permet de dire ça ?

– Moi. C'est bien suffisant. Pourquoi je suis en vie ? A quoi ça m'a servi d'espérer, d'attendre ? J'étais comme ces gosses. Mes parents, ils ne sont jamais revenus.

– C'est pas une raison pour ne pas vivre. La vie, c'est pas seulement penser à son nombril.

– J'en ai rien à foutre de mon nombril. Je pense simplement à tous ces gosses. Et ma mission n'était pas finie. Je me suis blindé encore quand il a fallu aller les rechercher, à la Libération. Les Sarah, Esther, Jacob : ils étaient devenus Nicole, Estelle, Jacques avec des gens qui les aimaient. Et j'ai entendu de nouveaux hurlements de détresse. J'ai revu les coups de poing, les coups de pied de Daniel. Ils s'accrochaient à des paysans formidables, à d'autres gosses qui leur avaient servi de frères, de sœurs. Et moi, j'arrivais. Vos parents, tintin ! Mais il vous reste un oncle, une tante. Ils ne savaient parfois même pas de qui je parlais. Ils me regardaient avec mes beaux papiers bien tamponnés. Ils en avaient rien à fiche. Ils voulaient rester et je leur proposais encore une nouvelle vie. Mais riez donc, la guerre est finie, la vie est belle ! Des clous ! Deux années à sauver, à sauver pour du vent. Vous ne savez rien, monsieur Baumann. Quand j'ai voulu revoir Daniel, j'ai foncé chez Marie et Émile. Le voisin m'a gentiment fait comprendre qu'ils avaient été dénoncés et que Daniel…

Joseph, debout lui aussi, file un coup de latte dans le bureau de monsieur Baumann.

– Il n'y a plus de Daniel ! C'est avec tout ça que vous voulez que je vive ?

Monsieur Baumann tient tête.

– Il faudra bien. Est-ce que tu sais avec quoi je vis, moi ? Je ne t'en parlerai pas. Je sais que tu souffres. Si tu as besoin de cogner, cogne encore, gueule, hurle. Mais tout ce que tu as fait, c'est bien. Et je suis certain que tu le referais encore. Tu n'as rien à te reprocher, Joseph.

– Si. Je me reproche le petit Daniel. Et les autres qu'il a fallu arracher de force. Ils ne voulaient pas. Je suis sûr qu'ils étaient mieux là-bas, même avec des faux noms. On ne leur a pas demandé leur avis. J'ai fait pleurer des gosses.

Monsieur Baumann a contourné le bureau. Il pose sa main sur le bras de Joseph qui ne sait plus. A-t-il bien fait ? Mal fait ?

Joseph s'écroule sur le canapé. Monsieur Baumann lui passe la canadienne sur les épaules, s'assoit à ses côtés.

– A t'écouter, c'est le monde à l'envers. Comme si tu étais responsable de ce qui est arrivé à Daniel. Non, Joseph. Tu n'es coupable de rien. C'est toi qui as organisé la grande rafle ? C'est toi qui as inventé la déportation ? Un peu de sérieux, tu veux ? Tu n'as fait que sauver ta peau. Tu as lutté. Tu as caché des gosses. Tu leur as donné de la chaleur, de l'amour et tu craches sur ce que tu as fait. A quoi ça te sert ?

Monsieur Baumann s'arrête. Il laisse Joseph dans le silence.

– Vas-y, dis-moi à quoi ça te sert ?

Un regard douloureux vers monsieur Baumann. Joseph articule difficilement :

– A rien.

– Si. A te faire du mal.

Joseph est épuisé. Il n'a plus la force d'argumenter. Il n'a d'ailleurs plus d'argument. Monsieur Baumann vient de le mettre en mille morceaux. Joseph soupire. C'est lui qui interroge.

– Qu'est-ce que je peux faire d'autre ?

– Tu vois, la vie continue. D'abord, tu vas te reposer, retourner chez monsieur Weissenberg. Je t'attends demain, avec toutes tes affaires.

Le visage de Joseph s'anime.

– Vous pensez à quelque chose pour moi ?

– Oui, tu n'as pas fini le travail commencé.

Joseph n'a pas la force de relever. Il fait nuit. La neige a cessé de tomber. Monsieur Baumann lit un sourire aux lèvres de Joseph en le raccompagnant à la porte.

– Tu as de quoi prendre le métro ?

Joseph fait non de la tête.

Monsieur Baumann lui demande d'attendre. Il lui tend un carnet.

Monsieur Peau-de-lapin ! Le sourire de Joseph ne le quitte pas, dans le compartiment. Il l'avait totalement oublié celui-là. Effacé, disparu. Qu'était-il auprès de Daniel, de tous ces enfants chahutés par la guerre, de Marie, d'Émile, de tous ceux que Joseph n'avait pas évoqués et qui rôdaient sur sa jeunesse ?

Un sursaut d'orgueil. Qu'était-il allé se nicher au fond d'un hangar crasseux, chez un récolteur d'ordures, récupérateur de pourritures ? Il valait mieux que ça. Les paroles de monsieur Baumann reviennent, accusatrices. Joseph regarde ses mains gercées. Oui, il se fait mal. Oui, il souffre. Il l'a cherché, voulu. Comment monsieur Baumann le sait-il ? Comment a-t-il deviné ? De quoi se mêle-t-il ? Instants de révolte, d'immédiate justification. Est-ce sa faute si les souvenirs l'ont cueilli à froid ? S'ils ont fait surface malgré tout, contre tout. Personne n'a le droit de le lui reprocher. Est-ce sa faute si la photo de Schlomo et d'Ida le renvoie aux temps lointains d'un bonheur perdu ? Mais les coups de Schlomo ? Tout lui fait mal. Les bons, les mauvais moments. Qu'est-ce que tu paies, Joseph ? Qu'es-tu allé t'enkyster chez les Rosenblatt ? Tu as voulu qu'ils en chient. Tu as peut-être davantage morflé qu'eux. Joseph fait les questions, les réponses sans s'en apercevoir, entre République et Mairie-de-Montreuil. Monsieur Baumann, vous avez raison. La colère a quitté Joseph. Fini le trou à rats que lui propose monsieur Peau-de-lapin. Fini pour toujours. Joseph remonte l'avenue Pasteur sans avoir boutonné sa canadienne, léger.

Monsieur Weissenberg lui ouvre sa porte. Il murmure un « comment ça s'est passé avec monsieur Baumann ? ». Il n'attend pas de réponse, plutôt la mine butée de Joseph-allez-vous-faire-foutre.

– Bien. J'ai appris plein de trucs. Merci de m'avoir donné ma journée.

Monsieur Weissenberg, en veste d'intérieur, surpris, laisse la porte entrouverte.

– Fermez, vous allez attraper froid.

Monsieur Weissenberg obéit, interloqué. Joseph enlève sa canadienne, la suspend au portemanteau, se dirige vers la cuisine. Monsieur Weissenberg lui emboîte le pas, flairant un mauvais coup. Joseph n'y pense même pas. Il se retourne.

– Est-ce que vous pouvez me payer ma semaine, monsieur Weissenberg ? Je vais en avoir besoin.

La riposte est inattendue, haineuse.

– Je savais bien qu'il t'embobinerait, ce sale communiste. Qu'est-ce qu'il a encore dégueulé sur moi ? Ça l'emmerde que je travaille avec les Américains. Si c'était les Russes, il me ferait des sourires. Mais je fais ce que je veux. Je l'emmerde, tu entends. Je l'emmerde. Il t'a dit que j'étais un sale exploiteur. C'est lui qui t'a dit de demander de l'argent. Il ne t'a pas proposé de créer un syndicat, d'organiser une grève ? Salaud de Baumann ! Il se croit tout permis parce qu'il est revenu des camps. Comme si son numéro sur le bras lui donnait tous les droits. Moi, je vais te dire, Joseph. Cet homme-là, il veut ma mort. Il veut que les ouvriers me prennent mon entreprise. C'est comme ça chez les bolcheviques. J'aurais passé toute ma vie à construire ce qu'il veut me voler. Qu'il crève le premier. Voilà. Qu'il crève. Je fais pas de politique, moi. Mes ouvriers, je les paie…

– Mal.

Le mot est lâché, avec un sourire. La fureur de monsieur Weissenberg monte encore. Il est cramoisi.

– Eh bien, si tu n'es pas content, il ne te reste qu'une chose à faire : prendre tes affaires et rejoindre ces salauds de communistes.

– C'est exactement ce que je suis venu vous dire : je m'en vais.

La voix de Joseph est égale. Celle de monsieur Weissenberg s'éteint. Il fixe Joseph.

– Mais je t'augmente, si tu veux. C'est quoi, ton prix ?

– Il n'y a pas de prix, monsieur Weissenberg. Il n'y a pas de discussion. Je m'en vais, c'est tout.

– Je me suis mal occupé de toi ? Je ne t'ai pas nourri ? Je ne t'ai pas apporté des vêtements chauds, je...

– Si, vous avez fait tout ça. Et moi, je ne me suis pas toujours bien conduit. Je vous ai fait chier autant que j'ai pu. Aujourd'hui, ça ne sert plus à rien. Et je m'excuse. Je m'en vais. Ma place est ailleurs.

Monsieur Weissenberg a tiré une chaise, s'est assis. Il pousse un long soupir.

– J'ai tout raté avec toi, Joseph. Je voulais t'élever à la dure, pour que tu comprennes. Après, tu aurais pris ma suite. J'ai pensé t'adopter, te léguer tout ce que j'ai amassé. Je n'ai pas d'enfant, Joseph. Aucune femme ne m'a aimé, avant, quand je puais. J'étais le clochard. Aujourd'hui, elles me tournent toutes autour. Pas pour moi, pour mon fric. Mais tu vois, j'ai toujours les ongles crasseux.

Monsieur Weissenberg regarde ses mains, longtemps. Joseph se sert un verre de lait dans le réfrigérateur.

– Je ne vous en veux pas, monsieur Weissenberg. Et monsieur Baumann n'a pas dit un seul mot sur vous. Je vous aime bien, vous savez. Vos comptes truqués, vos pots-de-vin, si vous saviez comme je m'en fiche. Vous avez fait attention à moi, c'est bien suffisant.

La voix traînante de monsieur Weissenberg.

– C'est vrai ce que tu dis ?

– Oui.

Monsieur Weissenberg a la décence de ne pas pleurer. Il se lève.

– Dors dans la chambre d'amis, ce soir. Elle est libre. D'ailleurs, je n'ai pas d'amis.

Monsieur Weissenberg quitte la cuisine sans se retourner. Joseph l'entend murmurer.

– Reviens quand tu veux. Reviens.

Sur la banquette d'un wagon de deuxième classe, Joseph pose sa valise. Monsieur Baumann s'installe face à lui. Joseph s'amuse, mal à l'aise.

– C'est le comble. Pour une fois, ce n'est pas moi qui conduis quelqu'un : on m'accompagne. Et au grand jour, en plus, avec de vrais papiers. Et vous n'êtes ni mon oncle, ni mon grand-père.

Monsieur Baumann apprécie modérément la plaisanterie.

– Ne prends pas les choses à la légère, Joseph. Tu ne sais pas ce qui t'attend.

– C'est justement pour ça que je plaisante. J'ai les chocottes et je peux le dire. Vous me l'avez appris. « Quand tu as peur, dis que tu as peur. » Alors, je le dis. Mais avec vous, c'est moins dur.

Monsieur Baumann remet sa casquette pour se donner contenance. Il n'a pas vu le sourire angoissé de Joseph qui balance d'un trait la question qui le ronge.

– Pourquoi vous m'avez dit, hier, que j'avais pas achevé mon travail ?

Monsieur Baumann peut reprendre son sérieux.

– Parce que les enfants que tu as sauvés, il faut maintenant les aider à continuer à vivre. Ils n'ont plus de parents. Tu comprends ce que ça veut dire ?

Joseph regarde monsieur Baumann. Un sourire malicieux, vachard.

Monsieur Baumann le prend mal.

– Mais tu comprends ? Plus de parents. Plus de famille. Personne sur qui s'appuyer.

Il se tait. Il réalise soudain sa bévue, veut se reprendre. Joseph anticipe.

– Bien sûr que je comprends, ne vous inquiétez pas.

Monsieur Baumann avance sa main vers Joseph.

– Excuse-moi.

– Vous êtes tout excusé.

Joseph ne peut empêcher ce ton détaché, guilleret, adopté depuis le matin et qui irrite monsieur Baumann. Peut-être est-ce dû à l'expression victorieuse, vite réprimée, du vieil homme en ouvrant sa porte ? Joseph y a-t-il entrevu un nouveau piège ? Un de plus ? A moins que ce ne soit le sérieux papal de monsieur Baumann ? Hier si chaleureux, aujourd'hui grand maître des cérémonies, annonçant avec pompe ses titres et son rôle capital au sein de la Commission Centrale de l'Enfance.

– Je suppose que tu ignores tout de cet organisme.

Monsieur Baumann ne laisse pas à Joseph le temps d'une respiration. Et sur le chemin de la gare, dans la rue, le métro, parlant haut, mettant Joseph mal à l'aise, monsieur Baumann s'était enorgueilli des dix « maisons » d'enfants. Sept cents gosses qui avaient eu la vie sauve, grâce à des gens comme toi, Joseph.

Joseph n'en a tiré aucune fierté. Il voulait simplement que monsieur Baumann baisse le ton, redevienne l'homme tranquille d'hier. Mais c'était quelqu'un d'important, monsieur Baumann.

Joseph s'en est aperçu après une marche de deux kilomètres, passé la gare de T et son gros bourg. Une grande allée boisée menait au « Foyer d'enfants de fusillés et de déportés ».

– Souviens-toi du nom, Joseph.

Joseph a serré sa valise et contenu son envie de pisser. Monsieur Baumann semblait redevenu lui-même quand la lourde grille s'est ouverte sur un immense parc. Il a posé sa main sur l'épaule de Joseph.

Dans le hall d'une gentilhommière, Joseph attend que monsieur Baumann achève un entretien, portes fermées, avec une dame aux cheveux gris. Il a posé sa valise. Il reste bras croisés, immobile, canadienne col relevé. Il fait pourtant chaud. Un immense poêle rougeoie. Joseph suit les tuyaux jusqu'au plafond. Quelques murmures parviennent des portes latérales, du premier étage. Sur les murs, de grandes photographies. Des jeunes gens à lunettes. Des jeunes filles en nattes. Joseph ne parvient pas à lire les affichettes calligraphiées par des mains d'enfants. La conversation s'éternise.

Joseph prend la mesure des souffrances que des gosses ont subies par sa faute.

– Attends-moi là. Ne bouge pas. J'en ai pour quelques minutes.

A combien de mômes Joseph a-t-il fait le coup, ingénument ? Les conversations n'en finissaient pas. Et les gosses ?

Il les retrouvait, figés, à l'endroit même où il les avait laissés. Cours de ferme. Homes d'enfants. Cafés. Monsieur Baumann a raison : il n'a pas fini le travail commencé. Mais pas comme lui l'entend. Se mettre du côté des enfants, toujours, sans cette désinvolture d'adultes, toujours gonflés de leur importance. Les circonstances l'imposaient peut-être mais il aurait fallu que Joseph parle aux gosses. Il est Sarah, Rachel, Daniel auxquels il demande d'attendre, sans explication. Qu'imaginaient-ils pendant ces minutes interminables où de grandes personnes décidaient de leur vie derrière des portes closes ? Cette idée si simple le fouette. Il se rachètera. Il se détend, ouvre sa canadienne, fait un pas, deux. Il se rapproche de la porte. Peut-être pourra-t-il surprendre la conversation. Une volée de gosses hurlants l'arrête. Ils descendent les escaliers comme des fous, surpris dans leur élan. Qui est-il ? Que fait-il ici ? Qu'est-ce qu'il leur veut ? Ils sont une dizaine à l'entourer. Ils ont huit, dix ans, barbouillés de peinture. Ils passent leur chemin. Ils chuchotent. Une petite fille aux taches de rousseur revient sur ses pas. Elle se plante devant Joseph.

– Tu viens chercher quelqu'un ou tu es comme nous ?

– Comment ça, comme vous ?

– Oui. Sans parents. Enfant de fusillés ou de déportés ?

Joseph la regarde, catastrophé.

– Toi, comment tu t'appelles ?

Elle le regarde méchamment.

– Fais pas semblant de ne pas comprendre. Tu sauras comment je m'appelle quand tu auras répondu.

La gosse ne bouge pas.

– Je suis là pour m'occuper de vous. Je m'appelle Joseph.

La petite lui jette un regard dur et court rejoindre la petite troupe dans une des salles du rez-de-chaussée.

Joseph est en pull, sa canadienne sur le bras, déchiffrant les « plus jamais la guerre ! », « honneur à nos héros ! » qui décorent le hall.

La porte s'ouvre enfin. Monsieur Baumann regarde sa montre, fonce sur Joseph.

– J'ai tout expliqué à Paula. Elle dirige cette maison d'enfants. Je dois filer. J'ai une réunion rue de Paradis.

Il embrasse Paula qui le gratifie d'un « salut Léo ». Il serre avec vigueur la main de Joseph.

– Merci de t'être joint à nous. Tu vas faire du bon travail.

Il est parti.

Joseph reste en tête à tête avec Paula, toute petite bonne femme aux cheveux gris, aux yeux bleu d'acier. Elle tend la main à Joseph.

– Bienvenue parmi nous. Léo m'a raconté. Tu es chez toi, ici. Viens, on va faire le tour du propriétaire.

La voix chante, roule les « r », dans la salle à manger, les chambres des petits, des moyens, des grands, les douches, les espaces de jeux, les lieux d'étude, la bibliothèque, la cuisine immense. Joseph suit sans un mot. Il rumine sa colère. Qu'a bien pu raconter monsieur Baumann ? Il ne sait rien. Juste l'histoire de Daniel. Mais le reste, tout le reste, qu'en sait-il ? L'après-Daniel ? Joseph hausse les épaules. Qu'importe, il verra bien.

Il voit, dans une petite salle, une dizaine d'enfants, attablés. Une jeune éducatrice leur fait répéter l'un après l'autre, une phrase en yiddish. Paula invite Joseph à s'asseoir à ses côtés. Elle hoche la tête. Elle sourit. Joseph entend les mots de son enfance, rabâchés, déformés. Un crin-crin dont il se serait passé. Paula semble y prendre du plaisir.

– Ich hob a sach Mazel.

Et chacun d'entonner « J'ai beaucoup de chance (bis) ».

Tant mieux. Grand bien leur fasse. « Balèk chè doch. » Joseph l'a pensé en yiddish. Joseph les laisse à leur bonheur. Il inspecte la salle recouverte de lettres hébraïques. L'alphabet. Des coupures de la *Presse nouvelle* recopiées à la main. Joseph se met à compter sur ses doigts. Si les gosses ont dix ans, et ils n'ont guère plus, ils avaient donc six ans lors de la grande rafle. Les plus jeunes en avaient trois ou quatre. Daniel aurait treize ans. Il s'égare dans des décomptes qui le tirent en arrière. C'étaient des bébés. Quelles familles les ont recueillis ? Quelle image gardent-ils de leurs parents ? Ils ont bien gardé quelque chose. Est-ce qu'on peut tout gommer ? Gouffre de questionnements. Une tape amicale fait sursauter Joseph. Paula l'invite à la suivre, sur la pointe des pieds. Derrière eux s'égrènent toujours les « j'ai beaucoup de chance » !

C'est ça ! A force de le répéter, ils vont finir par le croire. J'ai beaucoup de chance d'« être né juif pendant la guerre. Mes parents sont morts en déportation et la Commission Centrale de l'Enfance s'occupe de moi ». Est-ce la suite qu'ils apprendront demain ? L'air renfrogné de Joseph. Où a-t-il mis les pieds ?

Paula précède Joseph dans l'escalier qui conduit à la chambre des petits. Les lits sont faits au carré. Une petite table de nuit pour chacun. Le parquet est ciré. Tout respire l'ordre et la propreté. Paula s'assoit sur un des six lits de la chambre des garçons. Elle fait signe à Joseph de s'asseoir.

– Ça n'a pas l'air de te réjouir qu'ils parlent yiddish.

Joseph ne répond pas.

– Tu as bien vingt-trois ans, Joseph ?

– Oui.

– Et quelle langue parlaient tes parents ?

– Yiddish, pourquoi ?

Paula se tait. Elle lisse le rabat du drap, faussement indifférente, laissant Joseph étourdi.

Elle reprend à voix basse.

– Et quelle langue parlaient les parents de ces enfants, d'après toi ?

Joseph hausse les épaules.

– C'est peut-être le seul souvenir qu'ils gardent d'eux. Ils étaient si petits. Pas de photos, rien. Juste une chanson, le soir, que leur mère leur chantait pour les endormir. Ils ont ça dans la tête, Joseph. Des mots en yiddish qu'échangeaient leurs parents. Tu comprends ce que je veux dire ? Toi, tes parents, si tu y penses, tu revois leurs gestes, leurs habits. Eux, n'entendent peut-être que quelques mots tirés du brouillard. C'est ça, leurs parents : une langue perdue qu'ils rechercheront toute leur vie.

Paula regarde Joseph, prostré.

– Et toi, tu les aideras comme nous tous à se rattacher à leur passé, à ce monde yiddish que les nazis ont assassiné. Dix, onze millions de gens le parlaient avant guerre. Il en reste combien aujourd'hui ? Et tous ces livres des grands écrivains, Scholem Aleichem, Perets, qui les lira si on ne parle plus la langue, si on oublie ?

Paula a posé sa main sur la cuisse de Joseph.

– Les gosses sont français, parlent français, vont à l'école française. C'est même toi qui les accompagneras et les ramèneras. Mais ils ne doivent jamais oublier, jamais. Je sais que tu vas me dire : « Mais avec qui ils parleront une langue qui meurt ? » C'est sans importance. Ils continueront à la parler avec leurs parents morts, en silence. Ils parleront avec leur cœur, comme toi.

Joseph avale sa salive avec difficulté. Paula se lève.

– Je vais te montrer ta chambre. Tu l'arrangeras à ton goût. Aujourd'hui, repose-toi, visite la maison, le parc, discute avec les éducateurs, les enfants. Et n'oublie jamais, si tu as besoin de parler, viens me voir. Je suis responsable de tous nos enfants.

Dans un élan de tendresse, Joseph lui sourit avec timidité. Paula lui rend un sourire franc.

Joseph marche lentement dans le grand parc, jusqu'au muret en contrebas. Il décrotte ses chaussures contre le tronc d'un grand pin magnifique. Sans rien comprendre, il est assailli par une volée de boules de neige. La plus mauvaise l'a atteint sur la nuque. Elle se glisse contre sa peau, perfide. Joseph se contorsionne, s'essuie, peste quand une petite bande fonce sur lui en riant, suivie d'un garçon de son âge qui s'approche nonchalant. Tout roux, de grosses lunettes. Il tend la main à Joseph.

– Ils ont voulu te souhaiter la bienvenue. Moi, c'est Paul.

– Moi, c'est Joseph.

Une voix d'enfant aiguë.

– Joseph ?

– Oui. Pourquoi ?

– Comme Staline ?

Joseph regarde le petit bout de chou. Sa surprise est telle qu'il ne répond pas. L'enfant insiste. Joseph bredouille, déconcerté. L'enfant lui tend alors la main.

– Moi, c'est Félix. On jouait à la Résistance dans le petit bois. On s'est dit que tu étais un Allemand. Alors on a monté une embuscade et t'es tombé dedans. C'était comme ça pendant la guerre. Les Allemands s'attendaient à rien et les FTP attaquaient.

Joseph tourne la tête vers Paul. La réponse est éloquente : une grimace, yeux levés au ciel. Joseph n'en est qu'au début de ses étonnements.

Allongé sur son lit, dans une petite chambre qui domine le parc, Joseph tente une impossible addition : celle de tous les lieux où il s'est installé, celle de tous les homes d'enfants où il a officié, un jour, un mois, pendant la guerre ; celle de toutes les Paula à la morale exigeante qu'il a secondées. Il est rompu à leurs pratiques douces et fermes.

Il se relève, fait son lit, range ses affaires dans l'armoire. Pour une fois, il abandonne la photo de Schlomo et d'Ida au fond de sa valise. Elle ne lui semble d'aucun secours sur sa table de chevet. Elle dormira en haut de l'armoire. Les ratés d'une mélodie qu'il met du temps à reconnaître montent jusqu'à lui. *L'Hymne à la joie*, couiné par il ne sait combien de flûtes à bec. Il se met à fredonner en souriant. Beethoven dans ce lieu ? A n'y rien comprendre. Pas davantage que la grève de la faim, entamée le soir, à sa table, par le petit Marcel.

La question stupide de Joseph.

– Tu ne veux pas manger ?

Les yeux baissés de l'enfant qui fixe son assiette. Il n'a rien avalé après que la salle à manger réunie a chanté et que Paula leur a souhaité « bon appétit ».

Il faut croire que Marcel n'a pas entendu. Il a boudé le hors-d'œuvre. Il n'a pas répondu à la sollicitation de Joseph. Ils mangent tous en silence, penauds, leur regard évitant celui des autres. La bouche de Marcel se pince. Il croise les bras. Il est au bord des larmes. Joseph dissimule mal sa gêne. Il mange du bout des lèvres, cherchant une explication. Le malaise gagne la salle à manger entière. C'est d'habitude un léger brouhaha. Mais une table absolument silencieuse, c'est la contagion. Paula lève la tête, interroge Joseph de loin.

Il fait signe d'incompréhension. Les fourchettes, les couteaux se posent. La table de Joseph devient le point de mire des cinquante enfants, des dix adultes. Joseph hésite, se lève, pour approcher Marcel.

– Qu'est-ce tu...

Marcel a attrapé son couteau. Il se dresse d'un bond, menace Joseph.

– Si tu me touches, je te tue.

Les yeux de haine.

– Et surtout, je les tue tous, les salauds.

Marcel laisse tomber son couteau, fond en larmes dans le même temps qu'il traverse la salle à manger en courant, laissant Joseph sur place. La porte claque avec violence. Joseph se retient de toute précipitation. Il marche calmement à la poursuite du fuyard tandis que Paula s'avance au milieu de la salle à manger.

– Marcel doit avoir un gros problème. Ça arrive à tout le monde. Ce n'est pas une raison pour ne pas manger.

Elle hausse le ton, indignée.

– Et que va dire, Suzanne, la cuisinière ? Elle a passé toute la journée à préparer quelque chose de bon, pour vous. C'est comme ça que vous la remerciez ?

Joseph referme la porte. Fourchettes et couteaux grincent derrière lui. Il est dans le hall, égaré. Il connaît mal la maison. Marcel a pu se cacher n'importe où, s'enfuir dans le parc. Une demi-heure de recherches infructueuses. Joseph a inspecté les dortoirs, l'infirmerie, la lingerie. Il a ouvert et refermé des placards. Il a croisé les plus grands qui le regardent comme un intrus. Ils ont quatorze, quinze ans, et passent devant lui, indifférents quand il demande de l'aide. Quelqu'un lâche, méprisant :

– Tous les jours, il y a un truc comme ça. Pas besoin de s'exciter. Il reviendra, Marcel.

Marcel ne revient pas. Joseph rejoint Paula dans son bureau. Il ne lui laisse pas le temps de l'interroger.

– Où est la cabane des gosses ?

– Au fond du parc, dans le petit bois, à l'angle du mur.

– Je peux avoir une lampe de poche ?

Joseph repart. Il sait que Marcel est là. Il le sait. L'évidence. Faire vite parce que le gosse a froid. Trois quarts d'heure qu'il a claqué la porte. Joseph, dans la nuit noire, court, au risque d'une chute sur les plaques de verglas. Il s'en fiche. Il va droit au petit bois, se prenant dans les ronces du chemin. Attentif au moindre bruit, il fonce vers la cabane. Le faisceau de sa lampe n'éclaire qu'un petit visage qui se protège les yeux.

– C'est moi, Marcel, n'aie pas peur. Viens.

Sans que le gosse ait bougé, Joseph l'emporte dans ses bras, le serre contre lui et court à nouveau. Marcel claque des dents. Joseph le réchauffe. Il lui frotte le dos. Il colle sa joue contre la sienne.

– Ça va aller, bonhomme. Ça va aller.

Joseph tambourine du pied pour qu'on lui ouvre la porte. Paula l'attend, seule, dans le hall. Son visage s'éclaire. Joseph donne des ordres.

– Vite, une serviette. Je l'emmène à la cuisine.

Marcel est tout nu près des fourneaux. Joseph le frictionne avec des torchons avant que Paula ne lui tende une serviette. Il la prend, frotte et frotte encore. Marcel se laisse faire. Joseph l'assoit. Il mouille un coin de la serviette, essuie le visage boueux. Marcel ne tremble plus.

– Tu vois, ça va déjà mieux.

Joseph ignore totalement Paula installée dans un coin, dos au mur, bras croisés.

– Tu ne bouges pas. Je t'apporte ton pyjama et un pull. En attendant, réfléchis bien. Quand je reviens, je veux savoir ce qui s'est passé.

Joseph l'embrasse, cavale, revient, l'aide à s'habiller.

– Voilà, tu es tout beau.

Marcel baisse les yeux. Ses pieds ne touchent pas le carrelage.

– Tant pis si tu dois pleurer, Marcel, mais il faut que je sache la vérité.

L'enfant s'est repris. Il serre les poings. La rage. La rage immense.

– Je pleurerai pas. Ils seraient trop contents. Ils m'ont pris ma lettre, la lettre des gens qui me gardaient. Ils me l'ont déchirée dans le bois. C'est des salauds.

Il se tait. Il a tout dit. Il regarde Joseph, provocateur.

Joseph s'agenouille, pose la main sur le genou de Marcel.

– Attends-moi.

Joseph se relève, court à l'étage, dans la chambre des petits. Ils sont assis dans leur lit, écoutant l'histoire que raconte une éducatrice. L'irruption de Joseph les terrifie, ses ordres aussi.

– Maintenant vous vous levez, vous vous habillez, vous mettez des vêtements chauds. Et plus vite que ça.

Ils obéissent sans un mot. Ils le suivent, terrorisés. Ils descendent l'escalier, marchent à la queue leu leu dans le parc. Joseph perd son calme.

– Et maintenant vous vous démerdez pour retrouver les morceaux de la lettre de Marcel.

Dans l'obscurité, ils cherchent, tombent, s'écorchent, trouvent des petits bouts de papier.

– Ça suffit. On rentre. Vous savez ce qu'il vous reste à faire.

Dans la cuisine, silencieux, cinq enfants déposent sur les genoux de Marcel les restes trempés d'un trésor.

– Asseyez-vous, maintenant. Il manque quelque chose. Excusez-vous. Vous n'aviez pas le droit de faire ça. Marcel, c'est le seul souvenir qu'il garde des gens qui l'ont sauvé. Et vous, comme des barbares, vous avez détruit ce qu'il avait de plus précieux. Si vous aviez la photo de vos parents et qu'on la déchirait...

Joseph regarde cinq mômes qui chialent, qui reniflent. Il n'en peut plus.

– Vous avez compris, je vois. Alors demandez pardon.

Cinq murmures, cinq hoquets.

– C'est bien. Je sais que je peux compter sur vous maintenant. Vous avez presque réparé. Allez vous coucher. Et toi, Marcel, je vais faire sécher les morceaux. Je te les rendrai demain.

Les enfants sortent. Joseph explose en larmes. Une main se pose sur son bras. Paula.

– Ça me fait la même chose quand il faut que je les dispute. Seulement je ne pleure pas, pas tout de suite. Ça se voit, Joseph, que tu t'es occupé d'enfants. Léo avait raison.

Joseph, une douleur au plexus, la regarde.

– Paula, j'ai fait une connerie.

Elle ouvre grands les yeux.

– J'ai oublié d'interdire à Marcel de ne jamais menacer personne.

Les yeux bleus d'acier se plissent. Un sourire.

– Moi aussi, Joseph, je fais des « conneries », comme tu dis. Mais je ne dis pas le mot « connerie ». Il faut toujours bien parler en français, donner l'exemple.

Joseph, d'un geste, se baisse vers la petite bonne femme. Il la serre dans ses bras, fort.

Le sommeil vient difficilement. Exemplaire Joseph torturé de remords. Il a fait pleurer cinq marmots. Qu'aurait-il fait à leur place ? Lui aussi se serait acharné sur la lettre de Marcel. Il l'aurait déchirée avec eux, crevant de jalousie. Il est Marcel sauvegardant son trésor. Il est aussi Max, Lucien, féroces d'envie. Il ne sait plus. Et le sommeil qui ne vient pas tuer le doute.

Joseph s'enroule dans ses couvertures. Paula l'aidera, lui parlera. Elle l'a présenté, le soir, aussitôt après l'incident, à tous les éducateurs qui grignotaient dans la cuisine. Elle l'a cité en exemple.

– C'est ainsi que vous devez faire. Comprendre mais les conduire fermement à accepter qui ils sont. Et tant pis si ça doit nous crever le cœur. Nous sommes en charge d'enfants auxquels vous ne rendrez jamais leurs parents. C'est nous leur famille. Nous tous. Il faut tout leur donner pour qu'un jour, plus tard, ils deviennent des hommes, des femmes responsables. Nous sommes ici pour eux. Nos petits problèmes personnels doivent toujours passer après.

La loi est donnée, les petits problèmes de Joseph, envolés. Il peut s'endormir.

Un chant précède le petit déjeuner. Litanie de l'union, rappel aux oublieux.

Ensemble, ensemble,
Notre devise est en ce mot.

Ensemble, tout semble
plus beau.

Joseph connaît le refrain. Pour le premier matin, il s'abstient de s'époumoner. Mais quand les gosses se tournent vers lui, il rentre à l'unisson.

Ensemble sur le chemin de l'école. Ensemble aux douches. Ensemble aux cours de yiddish. Ensemble à voir partir l'hiver, naître le printemps. Ensemble tous les dimanches, en beaux habits, pour le rassemblement dans le parc, éducateurs en tête, écoutant, bras collés au corps, le discours de Paula. Ensemble pour l'au revoir aux plus grands qui partent à Montreuil, dans la maison « Droit et Liberté ». Ils y apprendront un métier manuel. Ils deviendront des ouvriers modèles qui aideront au redressement de la France. Ensemble à la bibliothèque. Ensemble à découvrir les étoiles au ciel, à les nommer. Ensemble à chat perché, saute-mouton, ballon prisonnier, épervier. Ensemble à ne recevoir de lettres de personne. Ensemble à éplucher les patates. Ensemble à rédiger le panneau mural, à recopier des articles entiers de *L'Humanité* à la gloire de Thorez et de Staline. Ensemble à construire un monde meilleur dans l'enceinte d'une gentilhommière, un monde sans guerre où tous les hommes seront frères. Un monde sans nazis, sans fascistes. Un monde meilleur que tous les mondes possibles. Ensemble vers un monde sans cauchemars, sans déportés-squelettes qui viennent vous réveiller, en sueur. Ensemble le soir, dans la cuisine, à faire le bilan de la journée, à évoquer le cas de Samy qui pisse au lit, de Léon qui vole sans s'en rendre compte et qui joue à l'écureuil sous son matelas, d'Hélène qui mord ce qui est à sa portée, crayons, bras ou mains. Simon, silencieux des journées entières, et qui se réveille volubile sans qu'on puisse le faire taire. Ensemble à ne pas parler d'eux-mêmes. Et Joseph qui voudrait tant savoir. Un même credo : « au service des enfants ! » leur cloue le bec. Que se cache-t-il derrière tous leurs silences ? Hannah, la grande brune, avoue seulement que Paula l'a cachée dans la Creuse, qu'elle lui doit la vie, qu'elle est comme sa mère. Paul, le rouquin à lunettes, se trahit, un bouquin toujours en poche. Bella aurait voulu être danseuse : elle organise les rondes. Mais rien, rien ne sort véritablement.

Joseph n'en peut plus d'interroger des sourires, des mines accablées, des absences, durant les réunions. S'il pose une question directe, c'est vers la préparation d'une veillée qu'il est renvoyé. Il comprend combien son propre silence a dû exaspérer monsieur Rosenblatt et sa vieille sorcière. Lui, c'était volontaire : faire payer. Mais eux ?

Un soir de trop de solitude, Joseph est descendu faire un tour dans le parc. Paula s'y trouvait, mains derrière le dos, un chandail sur les épaules, immobile. Elle a sursauté.

– Je te dérange, Paula ?

– Jamais. Viens, on va marcher. J'aime l'odeur de l'herbe, la nuit quand la rosée tombe. J'aimerais tant le faire partager aux enfants. Même pendant la guerre, quand je les cachais, je leur montrais la beauté d'une fleur, d'un arbre, du ciel.

Elle s'arrête.

– Assez parlé de moi.

– C'est justement, Paula.

– Quoi ?

– Je n'y comprends rien. Tu crois que les autres me font la gueule ? Personne ne se parle.

– Comment ça ? Et les réunions, chaque soir ? Vos discussions dans la cuisine ?

– Il n'y a pas de discussions. On ne parle de rien. En tout cas pas de soi : je ne connais rien des autres. On dirait qu'ils ont peur.

– Mais ils ont peur, Joseph. Tu l'as racontée, toi, ton histoire ? Pourquoi tu leur reproches ce que tu ne fais pas ?

– Mais j'ai essayé, Paula. J'ai fait des efforts. Ils sont polis, aimables. Mais c'est des carpes.

Paula rit.

– C'est une tradition de chez nous.

Elle se reprend, sérieuse.

– Laisse à chacun le temps, son temps. S'ils ne te racontent rien, ils le disent à d'autres.

– A toi ?

– Oui, des fois. Comme toi, ce soir.

– Moi, je n'ai rien dit !

– Bien sûr que si. Il faut apprendre à écouter les silences.

Pour le coup, Joseph se tait. Ils marchent lentement. Paula parle avec douceur.

– Toi, tu as raconté ton histoire à Léo. Il t'a fallu beaucoup de courage. Eux, ne l'ont peut-être pas. Et puis, vous n'êtes pas tous faits pareils. Certains ont encore leur famille mais ils ont décidé de s'occuper des enfants. D'autres n'ont plus personne. Ils ont dû vivre des choses terribles. Est-ce que tu sais qu'un d'entre vous a failli être dévoré par les chiens en passant la frontière suisse ? Il en a réchappé. Il ne peut pas te le dire. Il m'a parlé. J'ai assisté à la scène. Je peux comprendre. C'est tout bête, Joseph. Tout sortira le moment venu, ne t'entête pas. Pense aux enfants.

La boucle est bouclée. Boucle-la, Joseph. Il le fait, regagnant la maison à petits pas.

– Je peux te donner le bras, Joseph ?

Joseph rougit de plaisir. Elle le tient. Elle les tient tous.

Le seul qui échappe à tout contrôle sort de l'école, à 16 heures 30, le visage barbouillé, l'œil au beurre noir, les genoux râpés et les dents serrées. Joseph, assis sur la petite place aux marronniers, le voit se précipiter vers lui et se blottir dans ses bras. Il ne pleure pas. C'est Maurice. Les autres arrivent à leur tour, franchissant le seuil de l'école quand l'instituteur, l'institutrice ont obtenu un rang parfait, un silence absolu et qu'ils ont frappé dans leurs mains, deux fois. La petite troupe qui entoure Joseph commente la magistrale bagarre de la récré, les coups de pied filés par Maurice, mais les autres étaient plus forts. Les filles qui sortent à leur tour y mettent leur grain de sel. La compagnie, comme chaque jour, prend le chemin de la forêt pour rentrer. Maurice ne dit toujours rien. Joseph lui donne la main. Les traînards ramassent quelques branches pour des épées ou des fusils-mitrailleurs, et reviennent au pas de course.

– Moi, j'ai tout vu, fanfaronne Samy qui s'est faufilé près de Joseph.

– Toi, ta gueule, hurle Maurice. Ta gueule ou je te ratatine, connard.

Samy n'insiste pas. Maurice reprend sa tête de mule. Joseph fait mine de rien.

Passé l'énorme cèdre, dans la descente vers la maison, Joseph leur ordonne d'y aller tout seuls. Personne ne se fait prier. Course folle, cartables balancés à bout de bras, avant le lavage obligatoire des mains et les tartines de confiture.

– Tu peux m'expliquer, Maurice ?

Le gosse s'immobilise. Il regarde Joseph, va pour répondre, se tait.

Joseph pousse un soupir. Maurice se raccroche à sa main.

– J'ai un mot, Joseph. La maîtresse, elle veut voir quelqu'un.

– C'est si grave ?

– Non.

– Alors tu peux me dire ?

– Pas envie. Je veux juste savoir quelque chose, Joseph. Tu crois que Dieu, il existe ?

Joseph sait qu'il faut toujours s'attendre à tout. C'est chaque fois inattendu.

– Non. Pour moi, Dieu n'existe pas. Mais il y a des gens qui y croient. Personne ne peut rien prouver, ni qu'il existe ni qu'il n'existe pas.

– Si, on peut le prouver !

La voix de Maurice est ferme.

– Si tu le dis…

Joseph n'a pas envie de rentrer dans une polémique épuisante.

– Alors, si tu ne crois pas en Dieu, c'est toi qui iras voir la maîtresse ?

– Je ne vois pas le rapport. Mais je veux bien voir ta maîtresse.

Maurice le remercie du regard, lui lâche la main et file vers le portail.

Dans la salle du rez-de-chaussée, Paul surveille les devoirs des gosses, champion de l'analyse grammaticale, capable de reconnaître sans coup férir, devant les enfants admiratifs, un « que » relatif d'un « que » conjonction. Simon, dans un coin, récite fort *Le Meunier, son fils et l'Ane*, commentant au passage l'idiotie de ces deux crétins qui portent l'animal comme à la chasse au lion, en Afrique. Maurice, rhabillé de frais, tire la langue sur les cent lignes qui accompagnent le « mot ». Joseph s'assoit, près de lui, à son pupitre.

– Fais voir ce que tu écris.

Maurice cache son cahier.

– Sors dans le hall, Maurice. Il faut qu'on parle. Et amène-moi le mot.

Maurice ferme son cahier, le range dans son cartable. Il rejoint Joseph.

– Allez, donne.

Maurice lui tend une feuille papier quadrillé grands carreaux. Il y est question « d'une attitude inqualifiable » qui mériterait une ferme mise au point, le lendemain à 16 h 30, avec l'assurance de sentiments distingués.

Joseph admire les pleins et les déliés, regarde Maurice et se souvient du petit Joseph, debout devant la machine à coudre, sachant qu'un aller-retour, sinon davantage, allait s'abattre dans les secondes suivantes. Schlomo qui demandait de traduire. Les mensonges et la volée de toute façon.

Maurice est dans la même attitude, la peur au ventre. Joseph lui passe la main dans les cheveux.

– Joseph, je t'en supplie, ne dis rien à Paula.

« Maman, s'il te plaît, ne dis rien à papa » revient en écho.

Joseph ne dira rien. Maurice lui saute au cou.

– Mais demain, devant la maîtresse, tu expliques tout.

– Je te le jure.

Un bref moment, Joseph s'interroge sur l'espèce de terreur rampante que Paula fait régner. Les gosses l'aiment à coup sûr. Ils l'aiment en tremblant. Lui-même vient de se rendre coupable. Il ne dénoncera pas Maurice. Sacrilège ? Il faut parfois mentir par omission. Où est le mal ?

Simon qui a achevé définitivement l'âne, le meunier et son fils, l'interrompt. Il le tire vers le journal mural.

– C'est quoi, le plan Maréchal ? Pourquoi on est contre ?

– Le plan Marshall, un Américain. Pas Maréchal. C'est compliqué, Simon. Et même si je t'explique, tu ne comprendras rien.

– Je comprends La Fontaine. Il vivait au XVIIe siècle. Ça fait longtemps. Alors je peux bien comprendre ce qui se passe aujourd'hui. Par exemple que les communistes ont quitté le gouvernement parce qu'il est contre les ouvriers. Pas vrai ?

– Si, mais c'est plus compliqué que ça. Il n'y a pas les bons d'un côté et les méchants de l'autre. C'est pas les cow-boys et les Indiens au cinéma.

Simon se met en colère.

– Si, il y a les bons d'un côté et les mauvais de l'autre. C'est comme si tu disais que pendant la guerre il y avait pas les résistants d'un côté et les nazis de l'autre.

– Eh bien, moi, je ne le dis pas.

Simon est outré.

– Alors, t'es du côté des Américains ?

– Simon. J'ai assez de mes ennuis. Et n'oublie pas

que les Américains ont fait le débarquement et qu'on leur doit un petit quelque chose.

– T'es contre les Soviétiques ?

– Non. Je suis contre les questions stupides.

Vexé, Simon menace.

– Je le dirai à Paula. Elle, elle explique autrement.

– C'est ça, va voir Paula. Elle t'apprendra le catéchisme.

Simon n'en revient pas d'une telle violence : Joseph toujours si attentif, pondéré. Il ne bouge pas, attend une explication. Elle ne vient pas. Joseph a tourné les talons. Il s'est réfugié dans sa chambre. Il ne descend pas pour le repas des mômes, pour la réunion du soir. Quelqu'un frappe à sa porte.

– Joseph, c'est moi, Paul. Paula veut te voir. On est en train de discuter.

– Discutez sans moi. J'en ai marre de vos conneries.

– Mais Paula insiste.

– Qu'elle aille se faire foutre. Tu lui passes le message, tel quel.

– Mais je ne peux pas.

– Alors tu ne peux pas.

Un silence. Le bruit des pas s'éloigne.

Six mois que Joseph s'est laissé enfermer dans la prison du bonheur possible. Six mois qu'il panse les plaies de gamins cabossés. Six mois qu'il a fermé sa gueule, accepté les mensonges. En avril, pour l'anniversaire du soulèvement du ghetto de Varsovie, il a participé au chœur parlé, au tableau vivant, déguisé en résistant juif qui jette sa dernière grenade sur un soldat allemand avant de s'écrouler. Mourir, mais mourir debout. Et le chant des partisans du ghetto s'est élevé dans le parc, beuglé par des petites voix qui serinent que leurs parents étaient des héros, des fusillés, des hommes hors du commun.

Ce chant n'a pas été écrit au crayon mais avec du sang.
Ce n'est pas le chant d'un oiseau en liberté :
Un peuple, entouré de murs qui s'écroulent
L'a chanté, fusil à la main.

Non, non et non. Leurs parents n'ont pas été différents de Schlomo, d'Ida, des parents de Daniel. Ils étaient simplement des gens ordinaires, conduits à la mort par des gens ordinaires, tués par des gens ordinaires. Hitler n'est pas le Diable de leurs cauchemars, les nazis étaient des êtres humains inhumains, mais la monstruosité n'est-elle pas humaine ? Assez de ces salades qui transforment la vérité. Leurs parents, ses parents étaient des gens normaux assassinés par des gens normaux. Tant pis si ça défrise le crétin du Parti venu faire un grand discours le 1er Mai, il y a quelques jours. Ida et Schlomo ne sont pas morts pour la grande lutte antifasciste, pas plus que « pour la France ». Ils sont morts parce que leur mort était programmée, exécutée par d'autres hommes. C'est ça, la vérité.

Daniel, petit Daniel, dis-moi que c'est vrai. Si les flics nous avaient pris, toi et moi, le jour de la grande rafle, est-ce que nous serions morts pour défendre nos idées, notre idéal ? Moi, je voulais être ébéniste, toi, je ne sais pas. Dis-leur, Daniel, que le peuple soviétique, tu n'en avais rien à foutre, explique-leur. Ils sont en train de te voler ta mémoire. Ils se servent de toi. Ils n'ont pas le droit. Et moi, je serais un héros parce que j'ai seulement sauvé ma peau ? J'aurais droit à une médaille pour avoir passé des enfants de ferme en ferme, de maison d'enfants en maison d'enfants ? Je l'ai fait parce que je l'ai fait, c'est tout, sans arrière-pensées. Simplement, parce qu'on ne laisse pas crever des enfants. Dis-leur, Daniel. Dis-leur, petit bonhomme. Je t'aime.

Et vous, Samy, Hélène, Simon, Léon, Maurice, je ne veux pas que vous souffriez, c'est tout. Vous êtes mes petits frères. Je ne veux pas qu'on se serve de vous. Vos parents étaient comme les miens : des hommes, pas davantage, pas moins.

Joseph s'effondre en larmes, libéré du mensonge. Il se relève.

Son entrée dans la cuisine est accueillie par un silence éprouvant. Ils sont tous assis. Joseph les ignore. Il marche vers Paula.

– J'ai pris une décision, Paula, et je m'y tiendrai. Dorénavant, je ne m'occupe que du quotidien, de l'école, de la bouffe, de la propreté. Le reste, la propagande, les discours, je ne veux plus en entendre parler.

– Tu en entendras parler quand même.

Paula n'a pas élevé le ton.

– Tu as peut-être des excuses, tu vas peut-être mal, mais tu as abandonné ton poste de travail, ce soir. Tu as laissé à tes camarades les tâches que tu devais accomplir. Ça ne se fait pas. Je te demande de t'excuser auprès d'eux. C'est la moindre des politesses. Pour le reste, on en discutera.

Joseph hésite, baisse la tête, la relève.

– Je ne m'excuse pas et je ne discuterai pas.

Il lit dans le regard des éducateurs, compagnons d'infortune, le crime de lèse-majesté.

Il fait demi-tour, ferme la porte avec précaution.

Au pied de l'escalier, le lendemain matin, Paula l'attend. Elle lui barre le passage.

– Aussi longtemps que tu ne te seras pas expliqué, je t'interdis de t'occuper des enfants.

Joseph, sans méchanceté, pose sa main sur celle de Paula.

– Écoute, Paula. Pendant l'Occupation, même sous la torture, personne ne m'aurait obligé à parler, à dire où étaient les enfants. Je me serais fait tuer, toi aussi. On aurait peut-être notre photo dans le hall. On dirait de nous que nous étions des héros. Tu sais comme moi qu'on n'aurait fait que notre devoir. Est-ce que tu crois que je vais parler aujourd'hui ? Interdis-moi de m'occuper des enfants mais pas de chantage, s'il te plaît. C'est contre tes principes.

Pour la première fois depuis qu'il est à T, Joseph voit Paula blêmir, ne pas trouver ses mots. Ses lèvres tremblent. Elle arrache sa main de celle de Joseph. Elle trottine vers son bureau, s'y enferme.

On tire le pantalon de Joseph. Il se retourne. Maurice, sur une marche, le supplie.

– Tu n'oublies pas pour la maîtresse, hein ?

– Tu peux compter sur moi.

Maurice file vers le petit déjeuner.

La salle de classe est désertée. La carte de France Vidal-La Blache est accrochée à côté du tableau noir, blanc de craie essuyée. Curieuse impression pour Joseph de se sentir tiré des années en arrière. La même odeur, les mêmes pupitres, la même armoire vitrée où dorment les livres. Maurice est debout sur l'estrade, mains derrière le dos, raide de peur. Joseph regarde la maîtresse, son chignon noir, ses yeux bleus, le grain de beauté sur le cou. Elle est d'un sérieux gravissime. Joseph s'amuse. Elle a son âge. Assise bien droite à son bureau, elle joue à l'institutrice. Elle se racle la gorge, ne soutient pas le regard de Joseph et feuillette un cahier.

– Vous êtes son tuteur ?

– En quelque sorte.

– Il m'a beaucoup déçue, vous savez. C'est mon meilleur élève, intelligent, fin, obéissant, jusqu'à ces derniers jours. Et puis…

Elle ouvre le tiroir de son bureau, en extirpe une feuille qu'elle tient du bout des doigts et la tend à Joseph.

– Voilà ce que j'ai trouvé sur son pupitre. Il l'écrivait alors que je leur parlais de la Révolution française. C'est tout l'effet que ça lui fait.

Joseph marque sa stupeur puis retient un sourire. En colonnes s'alignent, impeccables, des horreurs à faire frémir toute l'école laïque. « La maîtresse est une pute… Le directeur va au bordel… Il a pas de couilles… Louis XVI a une quéquette… »

Joseph regarde la maîtresse cramoisie, Maurice mal à l'aise. Il lui rend sa feuille qu'elle range précipitamment.

– Et vous ne vous rendez pas compte ! Je n'ose même pas répéter ce qu'il a dit dans la cour.

Joseph n'imagine rien. Il va seulement falloir engueuler Maurice.

– Si c'était un enfant comme les autres, je l'aurais immédiatement envoyé chez Madame la Directrice. Mais je me suis dit qu'il avait peut-être des raisons… Un enfant sans parents…

– C'est ça, coupe Joseph. Vous avez très bien fait.

Maurice, tu vas promettre de ne plus jamais recommencer. C'est grave, très grave ce que tu as fait. Tu te rends compte ?

Maurice hoche la tête.

– Excuse-toi auprès de ta maîtresse !

Maurice s'exécute, bafouille. La maîtresse, fière de l'ordre enfin rétabli, de ses doigts fins déchire avec lenteur la feuille ordurière dans la corbeille.

Joseph la remercie du tact avec lequel elle a mené l'affaire. Il lui serre la main – il l'aurait écrabouillée – et prend Maurice pas le cou.

– Allez, viens. Tu as de la chance de ne pas avoir de parents !

Maurice est emporté par le tourbillon. L'institutrice gargouille une excuse.

Dans le chemin de la forêt, Joseph s'assoit sur un tronc. Maurice l'imite.

– Bon, maintenant, tu peux m'expliquer ?

– Oui, je te l'ai promis. C'est à cause de Dieu.

– Qu'est-ce que Dieu vient faire dans cette histoire ?

– Ben, c'est simple. C'est les autres. Ils disent que Dieu il existe, qu'il voit tout, qu'il entend tout. Et que si on dit des gros mots ou des choses cochonnes on va directement en Enfer. Moi, j'ai dit que c'était pas vrai, que j'allais leur prouver. Les phrases sur la feuille, je l'aurais montrée à la récré mais la maîtresse l'a prise. Alors, dans la cour, je leur ai dit que j'allais dire le plus gros mot possible, qu'ils comptent jusqu'à cinq et qu'à cinq je ne serais quand même pas en Enfer. J'ai dit : « Dieu est un macaque pourri. » A cinq, la bagarre a commencé. Tu vois, Dieu, il existe pas.

Joseph lui sourit avec gentillesse.

– Mais tu as eu peur pendant les cinq secondes ?

– Tu parles d'une trouille, si jamais Dieu il avait existé !

Joseph attrape Maurice par les épaules. Il l'embrasse.

– Maintenant que la preuve est faite, tu me promets d'arrêter ?

– Oh oui, Joseph !

– Mais pourquoi tu ne crois pas en Dieu ?

Maurice se tourne vers Joseph.

– Il aurait jamais laissé prendre mes parents si il avait existé !

Joseph frotte la tête de Maurice.

– Tu as sans doute raison. Et garde ton œil au beurre noir le plus longtemps possible, comme preuve des preuves.

La journée est magnifique. Maurice a pris la main de Joseph, étonné qu'il ne lui ait pas fait de grande leçon de morale. Joseph se tait, regarde les arbres. Il aurait peut-être agi comme Maurice. Les mêmes arguments. La preuve de la non-existence de Dieu par les gros mots, il fallait l'inventer. Joseph s'en amuse. Un moment de détente, de respiration. Tout a été si violent depuis la veille. Tout devrait s'arranger. Joseph sifflote en poussant le portail. Il change de mine en voyant, côte à côte, marchant lentement, Paula et monsieur Baumann qui parlent avec les mains. Joseph court chercher refuge dans la maison. Mais dans le hall, lieu de tous les passages, les enfants se détournent de lui, l'ignorent. Avis de tempête. Mieux vaut s'y préparer.

Le visage de Joseph ne manifeste rien à l'instant où Paula et monsieur Baumann pénètrent dans le bureau. Joseph les y a précédés, installé sur une chaise, bras croisés. Paula marque un recul d'étonnement, s'assoit à son tour, laissant la présidence du tribunal à monsieur Baumann.

Monsieur Baumann attaque. Il faut bien qu'il tienne son rôle. Il n'est pas là par hasard.

– Joseph, je tiens à te dire que tu nous as beaucoup déçus.

Un « vous aussi » riposte, obligeant le commissaire politique à un arrêt imprévu.

– Joseph, nous t'avons fait confiance, nous t'avons considéré comme un de nos enfants et nous apprenons que, dans notre dos, tu dénigres nos valeurs. Tu dis du mal de l'Armée rouge, tu te ranges du côté des impérialistes, des Américains. Tu te mets du côté des exploiteurs contre les exploités.

Joseph n'en croit pas ses oreilles. Il se lève, rouge de colère.

– Qu'est-ce que c'est que ces conneries ? D'où vous les sortez ? C'est toi, Paula, qui es allée raconter ça ?

Elle ne répond pas. Il se calme avec difficulté.

– Paula, je te demande simplement de me dire la vérité. Est-ce que Simon est venu me cafter ?

– Simon n'a pas « cafté », comme tu dis. Il est venu me poser tout un tas de questions parce que tu lui avais brouillé l'esprit.

Joseph serre les poings.

– Vous et vos grandes valeurs ! Vous avez fait de ces enfants des délateurs et toi tu t'es conduite en moucharde. Un coup de téléphone et ton Léo rapplique pour me remettre dans le droit chemin. Mais vous êtes fous, complètement fous ! Je n'imaginais pas à quel point.

– Joseph, je t'interdis !

– Personne ne m'interdit rien. Vous êtes un beau

salaud, monsieur Baumann. Vous m'avez manipulé quand j'étais au plus profond du trou. Je peux bien l'admettre parce que je suis adulte. Mais les gosses, les gosses, ils n'ont rien pour se défendre. Ils vous suivraient partout, vous pouvez tout leur faire avaler. Ils n'ont que vous. Vous êtes aussi pourris que les sionistes !

Insulte suprême. Monsieur Baumann et Paula se lèvent d'un même élan.

– Asseyez-vous. Je n'en ai pas pour longtemps.

Il baisse la voix.

– Je vais vous raconter une histoire, comme vous savez si bien le faire. Il était une fois, un gamin de vingt ans. Il s'appelait Joseph. Pendant la guerre, il a sauvé des gosses, après la guerre, il est allé les rechercher. Mais quand il a appris que Daniel, le premier enfant dont il s'est occupé, était mort, il s'est tapé la tête contre les murs, jusqu'au jour où il a rencontré un monsieur Baumann sioniste. Il l'a recueilli. Il l'a fait parler. Il lui a dit que les parents de Daniel étaient des héros, que ses propres parents, Schlomo et Ida, l'étaient aussi, qu'ils n'étaient pas morts pour rien, mais pour que les Juifs aient une terre à eux, là-bas en Eretz-Israël. Joseph a bien voulu se laisser convaincre : il avait tellement besoin de chaleur. Il est parti en Palestine après une préparation de trois mois. Je ne vous raconte pas le voyage clandestin, à fond de cale, les vomissures, les histoires de camps qu'il a entendues, les cauchemars qu'il a faits. Il est allé dans un kibboutz. On lui a interdit de parler français, yiddish. Il fallait qu'il parle l'hébreu, la langue du renouveau. Il a accepté. On lui a donné un nouveau nom. Il a appliqué les mêmes valeurs qu'ici : la justice, la vérité, la solidarité. Joseph y a toujours cru. Il y croira toujours. On lui a confié des enfants à éduquer. Il s'est appliqué. Mais il n'a pas supporté de voir des gosses esquintés par la vie, les mêmes qui sont dans vos maisons d'enfants, embrigadés pour une cause dont ils ignoraient tout. Si leurs parents avaient été déportés, c'était pour Israël. Si eux-mêmes avaient été déportés, c'était pour Israël. La belle couillonnade ! Ils sont devenus sionistes par force et s'ils ne le devenaient pas, on disait d'eux, aux réunions, qu'ils étaient irrécupérables, inéducables. On les mettait en accusation. Ils avaient quatorze, quinze ans. Ces mêmes gosses, dans vos mains…

Joseph se tait. Il regarde Paula, monsieur Baumann. A quoi bon leur dire que ces gosses, ils en font de futurs communistes, que chacun tire à soi les morts des camps alors qu'ils ne sont morts ni pour Israël ni pour le communisme – sauf quelques-uns. Ils ont été assassinés parce que les nazis l'avaient décidé.

Joseph sait que Paula, monsieur Baumann sont incapables de le comprendre. Mais il *doit* le dire. Sa voix a perdu de sa véhémence.

– Je me suis aperçu qu'on me volait mes parents. J'ai pris mes affaires. J'ai quitté le kibboutz. Je ne vous dis qu'une chose : vous êtes comme les sionistes. Vous dites qu'ils ont tort, ce n'est pas pour autant que vous avez raison. Au nom de la liberté, vous volez, vous aussi, les enfants des morts. Vous leur volez leur passé. Vous leur mentez. Moi, je vais partir. Vous ne pouvez pas comprendre : je suis libre. C'est tout.

Monsieur Baumann se prend la tête dans les mains. Paula regarde Joseph avec amour. Il le sent. Il le sait. Il se lève et s'en va.

– Je vais dire au revoir aux enfants.

Devant la grille, Joseph embrasse Hélène, Samy, Simon, Léon. Il est accroupi. Il tient Maurice par la main.

– Écoute bien, petit Maurice, un jour tu comprendras peut-être ce que je te dis. Tes parents, les miens ne nous ont pas légué la mort, les camps, les tortures. Ils n'y sont pour rien. Ils nous ont donné la vie, simplement. Ils nous aimaient chacun à leur façon. C'est tout.

Joseph serre Maurice dans ses bras. Il le repose à terre.

Dans le parc, Paula fait signe de la main. Joseph ne la voit pas.

Du même auteur

Dans le mitan du lit
en collaboration avec Evelyne Gutman
Éditions Des femmes, 1974

Les Réparations
Mercure de France, 1981

Les Larmes du crocodile
Mercure de France, 1982

Toufdepoil
Bordas, 1983
prix Bernard Versele. Lauréat IBBY
Pocket Junior n° 125, 1995

Pistolet-souvenir
Bordas, 1984
Pocket Junior n° 157, 1995

La Folle Cavale de Toufdepoil
Bordas, 1985
Pocket Junior n° 175, 1995

Danger : gros mots
Syros, 1986
Gallimard, Folio Cadet n° 319, 1995

Tout feu : tout flamme
Syros, 1986

La Folle Rumeur de Smyrne
Payot, 1988
Folio n° 2228
prix du roman de la Société des gens de lettres

La Maison vide
Gallimard, 1989
Folio nº 702
prix Sorcières 1990
prix du roman historique 1990
prix européen de la littérature de jeunesse 1993
prix Henri-Matisse 1994

Doudou Ier
Rouge et Or, 1989
Nathan, 1995

Comment se débarrasser de son petit frère ?
Rouge et Or, 1989
Nathan, 1995

L'Hôtel du retour
Gallimard, 1991
Totem du roman 1992

Les Petits Cailloux
Julliard, 1991

Les Nougats
Messidor, 1991
Nathan, 1995

Rue de Paris
Gallimard, 1993

Vive la grande école
(8 titres)
Casterman, 1993-1995
prix Brive-Montréal pour l'ensemble de son œuvre

COMPOSITION : IGS CHARENTE-PHOTOGRAVURE
IMPRESSION : S.N. FIRMIN-DIDOT AU MESNIL-SUR-L'ESTRÉE
DÉPÔT LÉGAL : MARS 1997. N° 31512 (37518).